John Updike, geboren am 18. März 1932 in der Kleinstadt Shillington, Pennsylvania, war von 1955 bis 1957 Redaktionsmitglied des ‹New Yorker›. Er veröffentlichte 21 Romane sowie Erzählungen, Essays, Gedichte und ein Theaterstück. Ausgezeichnet wurde sein Werk u. a. mit dem National Book Award, dem National Book Critics Circle Award, dem Prix Medicis und zweimal mit dem Pulitzer-Preis. John Updike lebt in Massachusetts.

2003 erhielt seine Übersetzerin Maria Carlsson den renommierten Helmut M. Braem-Übersetzungspreis.

# John Updike **Wie war's wirklich**

**Erzählungen** Deutsch von Maria Carlsson

Rowohlt Taschenbuch Verlag

Die Originalausgabe erschien im Jahr 2000
unter dem Titel «Licks of Love» im Verlag
Alfred A. Knopf in New York

Redaktion Hans Georg Heepe

Veröffentlicht im Rowohlt Taschenbuch Verlag,
Reinbek bei Hamburg, Juli 2005
Copyright © 2004 by Rowohlt Verlag GmbH,
Reinbek bei Hamburg
«Licks of Love» Copyright © 2000 by John Updike
Umschlaggestaltung any.way Barbara Hanke/Cordula Schmidt
unter Verwendung eines Gemäldes
von Richard Estes, «Hot Girls», 1968
Druck und Bindung Clausen & Bosse, Leck
Printed in Germany
ISBN 3 499 23981 7

# Wie war's wirklich

# Inhalt

## Die Frauen, die ihm entgangen sind

Pierce Junction war eine abgelegene Stadt in New Hampshire, der ein kleines College für Geisteswissenschaften ein wenig Glanz verlieh; wir überlebten, indem wir uns zusammenknäulten wie Schlangen in einer Wüstenhöhle. Die Sechziger hatten uns gelehrt, was für einen hohen moralischen Wert der Beischlaf hat, und nur zögernd fanden wir uns bereit, von einer Betätigung zu lassen, die so angenehm und gleichzeitig so gesund war. Indes, man konnte nicht mit jedem schlafen: wir gehörten der bürgerlichen Mittelklasse an, waren verantwortungsbewusste Leute, hatten unsere Berufe und unsere Kinder, und Affären kosteten Energie und hatten seelisch und nervlich einen gewissen Verschleiß zur Folge. Wir hatten noch nicht gelernt, Gefühl und Sex voneinander zu trennen. Wenn man, rückblickend, die Frauen zählt, mit denen man zusammen war, kommt man nicht annähernd auf die Zahl, die ein durchschnittlicher Collegestudent heute in vier Jahren schafft. Es gab Frauen, mit denen zu schlafen man versäumt hatte, und gerade die sind einem mit perverser Intensität in Erinnerung, vielleicht, weil die Berührungen im gleitenden Schlangengeschlinge so rar waren, dass sie sich im Nachhinein deutlich von allen anderen unterscheiden.

«Also, Martin», murmelte Audrey Lancaster mir gegen Ende eines sommerlichen Ausflugs mit einem Boot zu, das zur Feier von irgendjemandes vierzigstem Geburtstag in Portsmouth gechartert worden war, «ich begreife endlich, was man über dich erzählt.» Das «endlich» sollte eine Spitze sein, und «man» bezog sich aller Wahrscheinlichkeit nach auf Personen weiblichen Geschlechts. Ich fragte mich, wie viel wohl zwischen den verheirateten und den geschiedenen Frauen in unserer Clique geredet wurde und worüber genau. Ich hatte gerade an der Reling gestanden, für einen Augenblick allein, sanft benebelt vom kalifornischen Chablis, und zugesehen, wie die Hafenlichter sich zitternd im Piscataqua River spiegelten, während das Boot beidrehte und auf den Anlegeplatz zuhielt und die Lautsprecheranlage Simon und Garfunkel in den warmen, feuchten Abend hinaussäuselte.

Meine Frau tanzte langsam, eng umschlungen, mit Frank Greer, ihrem Geliebten, auf dem Vordeck. Audrey war plötzlich neben mir aufgetaucht, und meine Hand legte sich ihr um die Taille, als ob auch wir tanzen könnten. Ich ließ meine Hand dort liegen, und wie einen ein Kribbeln durchfährt, wenn man eine defekte Geräteschnur anfasst, spürte ich die Wirklichkeit ihrer schwellenden Hüfte wie einen sachten Stromschlag in meinen Fingern und meiner Handfläche. Sie war eine stabile, sanftgesichtige Frau und so kurzsichtig, dass sie sich mit spreizfüßiger Kampfeslust bewegte, als könne jeden Augenblick etwas, das sie nicht sah, sie umwerfen. Ihre Kontaktlinsen gingen dauernd verloren, bei irgendjemandem auf dem Rasen oder hinten auf ihren Augäpfeln. Sie hatte früh geheiratet und war ein wenig jünger als wir anderen. Man musste Audrey lieben, wenn man sie in abgeschnittenen ausgefransten Denims und mit ihren stämmigen braunen Beinen und ihrem großen Blinzellächeln auf dem Tennisplatz sah – sah, wie sie den Schläger schwang und den Ball verfehlte. Ihre Taille war glatt und biegsam unterm sommerlichen Baumwollstoff, und, ja, sie hatte Recht, zum ersten Mal in all den Jahren unserer Bekanntschaft empfand ich sie als potentielle Bettgefährtin, als ein Teil des kosmischen Puzzles, das zu meinem Teil passen könnte.

Aber ich spürte auch, dass sie sich im Grunde nichts aus mir machte, nicht genug, um sich den Fährnissen des Ehebruchs auszusetzen, den anfallartigen Schuldgefühlen, all diesen brennenden Reifen, durch die man springen muss. Sie misstraute mir, wie man einem Rivalen misstraut. Wir waren beide Clowns und hatten den Ehrgeiz, zum Klassenkomiker gewählt zu werden. Und sie war überdies doppelt in Anspruch genommen: nicht nur verheiratet, mit einem Mann namens Spike, und gesegnet mit den für unsere Generation üblichen vier Kindern, sondern obendrein verwickelt in etliche trübe Flirts, schwärmerische Liebeleien, unter anderem mit Rodney Miller, meinem besten Freund – falls man sich überhaupt nachsagen lassen durfte, gleichgeschlechtliche Freunde zu haben in unserer ziemlich doktrinär heterosexuellen Enklave. Sie hatte eine hübsche Art, sich giftige Bemerkungen von den Lippen tropfen zu lassen, und sagte jetzt zu mir: «Findest du nicht, dass du Jeanne und Frank darauf aufmerksam machen solltest, dass wir jeden Moment anlegen? Sonst nimmt die Polizei von Portsmouth sie womöglich noch wegen Erregung öffentlichen Ärgernisses fest.»

Ich sagte: «Wieso ich? Ich bin nicht der Tourveranstalter.»

Jeanne war meine Frau. Ihre Liebe zu Frank, verquält und verquer, wie damals vieles war, band mich nur umso stärker an sie: sie tat mir so Leid, musste den größten Teil ihrer Zeit mit mir und den Kindern verbringen, wo sie doch mit dem Herzen ganz woanders war. Sie war als französische Katholikin erzogen worden, und es lag für sie etwas Nobles darin, zu leiden und sich selbst zu verleugnen; ihr unsichtbares Büßerhemd hielt ihren Körper aufrecht wie den einer Tänzerin und trug, in meinen Augen, zu ihrer Schönheit bei. Ich mochte es nicht, wenn Audrey sich über sie mokierte. Oder doch? Vielleicht waren meine Gefühle primitiver, auf törichte Weise possessiver, als mir damals bewusst war. Ich packte Audreys Taille fester, so fest, dass es fast ein schmerzhaftes Kneifen war, ließ sie dann los und ging zu Jeanne und Frank hinüber; die Musik hatte aufgehört, und die beiden standen mit leicht verquollenen, erschrockenen Gesichtern da und sahen aus, als seien sie gerade aufgewacht. Frank Greer war bis vor ganz kurzer Zeit in unserer kleinen Lokalgeschichte mit einer Frau namens Winifred verheiratet gewesen. Scheidung, etwas, das seit zehn Jahren an unseren Rändern geflackert hatte, während unser großer Kinderpool in langsamen Blasen von einer Schulklasse zur nächsten aufstieg, einer, so hofften wir, psychischen Gesundheit entgegen, war noch eine Seltenheit, und ich meinte, sie Frank ansehen zu können, eine wunde Stelle, wie der rote Fleck auf seiner Wange, da, wo er sie gegen die Wange meiner Frau gepresst hatte.

Während eines dieser Zwischenakte im Bett, wenn die Leidenschaft gestillt war, aber noch eine verlegene halbe Stunde überbrückt werden musste, bis ich mich in geziemender Form zurückziehen konnte, klärte Maureen Miller mich darüber auf, dass Winifred mir böse sei, weil ich ihr in den Jahren, als die Affäre zwischen Frank und Jeanne längst allgemein bekannt war, niemals Avancen gemacht hätte. Winifred, manchmal Freddy genannt, war eine eulenhafte kleine Frau, eine anmutige Schnee-Eule mit großen dunklen Augen und ungebräunter Haut und einer Emily-Dickinson-Frisur oben auf einem rundlichen Körper, der sich zu kleinen, wohlgeformten Händen und Füßen hin verjüngte. Wenn meine Frau auch die Haltung einer Tänzerin hatte: die, die wirklich tanzen konnte, war die Frau ihres Geliebten; sie tanzte mit federleichter Schmiegsamkeit, passte sich mit einer Weichheit an, dass der erotische Effekt nicht ausblieb und mir Peinlichkeit bereitete. Ich bekam eine Erektion, wann immer ich sie im Arm hielt, und darum vermied ich es tunlichst, mit ihr zu tanzen; erst am Ende des Abends, wenn wir unsere Partner dazu bewegen wollten, sich voneinander loszureißen, und der eine oder andere von uns sich schon mal den Mantel anzog, konnte ich es riskieren. Sonst aber fand ich nichts an Winifred. Wie das Vorbild für ihre Haartracht hatte sie literarische Ambitionen und eine dogmatische, verknappte, bewusst indirekte Ausdrucksweise. In allem, was sie sagte, wirkte sie eine Spur zu harsch.

«Also, ich sage nicht nein», sagte sie, nicht übermäßig liebenswürdig, eines Abends weit nach Mitternacht, als Jeanne vorschlug, ich solle Winifred nach Hause bringen, durch ein Schneetreiben, das während unseres Essens eingesetzt hatte und im trägen, alkoholisierten Verlauf der Party stärker geworden war. Die Gäste waren nach und nach davongeweht, bis nur noch Winifred übrig blieb; sie hatte eine strenge, leidenschaftslose Art, sich Alkohol in großen Mengen einzuverleiben und sein Vorhandensein in ihrem Organismus lediglich durch ein leichtes Senken der Lider über ihren glänzenden schwarzen Augen und durch eine zunehmende Pedanterie in ihrer flötenden Stimme zu verraten. Das war vor der Scheidung der Greers. Frank hatte sich mit einer mysteriösen Geschäftsreise herausgeredet und war der Party ferngeblieben. Es war das erste Stadium ihrer Trennung, erkannte ich später. Jeanne, die mehr wusste, als sie sich anmerken ließ, hatte sich für den Abend vorgenommen, der ohne Begleitung kommenden Frau wie eine jüngere Schwester zur Seite zu stehen. Als die Gästeschar sich lichtete, drängte sie Freddy immer wieder, uns noch eine Geschichte aus dem Kurs für kreatives Schreiben zu erzählen, den diese als Gasthörerin am Bradbury, unserem hiesigen College, belegt hatte. Bradbury war vormals ein karges kleines presbyterianisches Seminar gewesen, das mitsamt seiner Säulenkapelle hier in den Ausläufern der White Mountains versteckt lag, aber es hatte seine Kirchenbande längst gelockert und seit den sechziger Jahren auch Mädchen zugelassen, mit tumultuarischen Folgen.

«Das eine Mädchen», sagte Winifred und schwor, während sie das Glas entgegennahm, dass das jetzt ihr letzter Kahlúa mit Brandy sei, «las einen Text, der sich offenkundig *sehr* eng auf eine schmerzliche Trennung bezog, die sie gerade durchgemacht hatte, und der Dozent hatte nur die sar*kas*tischsten Kommentare für sie übrig, er scheint ein wahrer Sadist zu sein, oder aber es war seine Art, sich an sie heranzumachen.» All diese Wechselbeziehungen widerten sie an, sie hatte sie satt, sagte ihr Gesichtsausdruck. Ich vermutete, dass sie ihren Zorn auf Frank an dem Dozenten ausließ, einem New Yorker Dichter, der sich ohne Zweifel nichts lieber wünschte, als wieder in Greenwich Village zu sein, wo die sexuelle Revolution polymorph war. Er war ein dröger, mürrischer, herablassender Kerl, bei den wenigen flüchtigen Begegnungen, die ich mit ihm hatte, und überdies irritierend klein.

Diese aufgewärmten Vorlesungsstunden waren über die Maßen faszinierend, wenn man nach Jeannes Lebhaftigkeit ging und nach dem vergnügten Eifer, mit dem sie Winifred ermunterte, mehr zu erzählen. Eine Lebensregel in Pierce Junction besagte, dass man zu dem Ehegespons des oder der Geliebten ganz besonders nett zu sein habe – ein keineswegs heuchlerisches Gebot, denn die heimliche Teilhabe gebar ja tatsächlich eine verschlungene, von Schuld durchglühte Dankbarkeit gegenüber dem Alltagsbewahrer eines solchen Kleinods. Aber selbst Winifred in ihren Kahlúa-Nebeln begann, sich unbehaglich zu fühlen; sie erhob sich in unserem kalten Zimmer (der Thermostat hatte sich schon vor Stunden zur Ruhe begeben) und drapierte sich ihren Schal um den Kopf, als plustere sie ihre Schleierfedern. Finster dreinschauend ließ sie sich auf Jeannes dringlichen Vorschlag ein, dass ich sie nach Hause begleiten solle. «Natürlich bin ich nicht in der Verfassung zu fahren, es war *ganz* reizend», sagte sie zu Jeanne und verabschiedete sich mit einem Handschlag, den Jeanne, rosarot angelaufen, mit einer ungestümen, einer, wie ich fand, geradezu leidenschaftlichen Umarmung übertragener Liebe erwiderte.

Winifreds Auto war von den drehäugigen Behemoths unseres städtischen Straßenbauamts am Rand des Gehwegs zugepflügt worden; sie wohnte drei Straßen entfernt: ein bergan führender Fußmarsch durch zehn Zentimeter hohen Neuschnee. Sie nahm meinen Arm, weil es offenbar wirklich nötig war, sonst aber hingen wir jeder für sich unseren Gedanken nach. Der Schnee wehte mit stetigem Flüstern nieder, und die Anwesenheit der mahlenden, schrappenden Räumfahrzeuge auf den Straßen so tief in der Nacht vermittelte das Gefühl von Gefährtenschaft – von einer größeren Gemeinschaft unter dem niedrigen Himmel, der gelblich leuchtete, mit dieser eigentümlichen, verschwiegenen Phosphoreszenz eines Schneesturms. Die Häuser waren dunkel, und das Licht meiner Verandalampe wurde immer kleiner, verlor sich hügelabwärts. Vor ihrer Haustür, im Schein einer Straßenlaterne, wandte Winifred sich mir zu, als wolle sie, so eingemummelt wir waren, mit mir tanzen; doch sie wollte mir nur das blasse, ovale, kummervolle, vor Kälte fast erstarrte Gesicht hinhalten, um einen Kuss zu empfangen. Schneeflocken hingen in den langen Wimpern ihrer geschlossenen Lider und bestirnten den Bogen gescheitelten dunklen Haars, der nicht vom Schal bedeckt war. Ich verspürte die übliche Erregung. Im Haus hinter ihr waren nur schlafende Kinder. Die mit Brettern verkleidete Fassade brauchte einen neuen Anstrich und sah auch sonst vernachlässigt aus, sprach von der zerrütteten Ehe, die sich dahinter verbarg.

Etwas Romantisches war um die Häuser anderer Paare in Pierce Junction – zweierlei Geschmack, der sich vermischt hatte, Möbel, die zusammengekommen waren, gerahmte Photographien, die zurückreichten bis zu vorehelichen Ferienszenen und dem Tag der Hochzeit. Wir waren beides gern, Gäste und Gastgeber, aber lieber waren wir Gäste, neugierig schnüffelnde Eindringlinge, die nicht die Verantwortung trugen. Erwartete sie, dass ich hereinkam? Selbst wenn ich gewollt hätte, es erschien mir als ganz und gar unmöglich – hinter mir, unten am Hügel, mühte Jeanne sich ab, unser von der Party verwüstetes Wohnzimmer aufzuräumen, und ihr verzweifelter Blick ging immer wieder zur Küchenuhr mit dem wischenden roten Sekundenzeiger … Winzige Eissterne hingen auch mir in den Wimpern, als ich Winifred einen Gutenachtkuss gab, auf den Mund, aber zart, ganz zart, mit einer von Alkohol glasierten feinen Andeutung galanten Bedauerns. Von allen Küssen, die ich in Pierce Junction gab und empfing, die ich mit Kindern und Erwachsenen und Golden Retrievers tauschte: dieser eine, dieser keusche kristalline, ist nie aus meiner Erinnerung geschmolzen.

Als ich ins Haus zurückkehrte, saß zu meiner Verblüffung Frank im Wohnzimmer: er hielt ein Glas Bier in der Hand, trug einen zerknitterten Anzug, und sein langschmales Gesicht war dunkelrosa, wie nach großer Anstrengung. Jeanne, zu müde, um verlegen zu sein, erklärte: «Frank ist gerade von seiner Reise zurück. Die Maschine konnte fast nicht landen auf dem Manchester Airport, und als er nach Hause kam, und Freddy war nicht da, dachte er, er fährt rasch bei uns vorbei und holt sie ab.»

«Den Hügel rauf und runter, bei diesem Blizzard?», verwunderte ich mich. Ich erinnerte mich nicht, dass ein Auto an uns vorbeigefahren wäre.

«Wir haben Vierradantrieb», sagte Frank, als ob damit alles erklärt sei.

Maureen konnte eine rohe Spötterin sein. Ihr langgliedriger Körper war breit, aber nicht tief – sie hatte ausladende Hüften und flache Brüste –, und den ganzen

Sommer trug sie um den Halsansatz eine rosa Sonnen-brandschlinge, fleckig und schuppig, weil sie bei der Gar-tenarbeit immer eine rund ausgeschnittene Bauernbluse und nie einen Strohhut trug. Sie war ein Rotschopf und blieb dem langen glatten Haar der Blumenkind-Ära treu, Jahre nachdem die Blumenkinder längst in den Unter-grund, in den Wahnsinn oder zurück zu ihren Eltern ge-gangen waren. Als ich ihr von dem Abend berichtete, al-lerdings ohne den eigentümlichen physiologischen Effekt zu erwähnen, der sich jedes Mal einstellte, wenn ich Winifred im Arm hielt, lachte sie und schüttelte ihre Mähne, als werde sie mich gleich mit ihren vorspringen-den weißen Zähnen verschlingen. «Jeanne ist unglaub-lich», sagte sie. «Überleg mal, du verabredest dich mit deinem Liebhaber um ein Uhr morgens, im Vertrauen darauf, dass dein Mann genau zu der Zeit mit der Frau deines Liebhabers schläft! Scheint, als hätte sich durch den Schneesturm alles verzögert – deswegen hat sie Fred-dy immer wieder zum Bleiben überredet.»

«Ich kann nicht glauben», sagte ich so abweisend, wie ich nur konnte, während ich unbekleidet, gegen mehrere Kissen gelehnt, mit einer Zigarette und einem Glas roten Vermouths in ihrem Bett saß, «dass es so kaltblütig, so, so *abgekartet* zugeht. Ich vermute, er hat vorbeigeschaut, weil er dachte, die Party sei noch im Gange.»

«Aber er konnte doch sehen, dass keine Autos mehr vorm Haus standen!»

«Ah», sagte ich, in maßvollem Triumph, «Freddys Auto *stand* da. Zugepflügt.»

«Pflügen, genau», sagte Maureen. «‹Hättet ihr nicht mit meinem Kalb gepflügt› – na? –, ‹mein Rätsel hättet ihr nicht gelöst.›» Sie und Rodney hatten sich eines Sommers in der Bibelschule kennen gelernt, und Rodney bewahrte sich immer noch etwas von der wohlgekämmten, knabenhaften Ausstrahlung eines zukünftigen Missionars. «Wie dem auch sei», fuhr sie fröhlich fort und ließ die Matratze so heftig federn, dass ich mir Vermouth in die Haare auf meiner Brust schüttete, wo Jeanne ihn später womöglich roch – verdammt!, «ich sehe, du hast das Gefühl, dass du Freddy enttäuscht hast, ist aber nicht nötig. Sie vögelt mit dem ekligen kleinen Dichter aus New York, das sagen alle am Bradbury.»

«Mir wär's lieber, wenn du mir all das nicht erzähltest. Ich würde mir so gern eine gewisse Unschuld bewahren.»

«Martin, du ge*nießt* es, du würdest am liebsten *alles* wissen», sagte sie und schnüffelte und leckte an dem verschütteten Vermouth mit einem gesichtslosen, zielstrebigen, löwinnenhaften Ernst, der mich ziemlich erschreckte. Ich versuchte, sie abzuwehren, griff nach ihren Ohren in all dem Haar und benutzte sie wie Henkel, um ihren Kopf von meiner Brust wegzuziehen. Ihr zurückgerissenes Gesicht, straff gespannt, mit hochgezerrter Oberlippe und zu Schlitzen gezogenen Augen, erinnerte mich an Winifreds, wie es sich im Schneetreiben meinem Kuss entgegenhob, und an eine Totenmaske. Maureens Körper war kein weicher weiblicher Körper, der seine Knochen, seinen verzehrenden, unstillbaren Hunger verbarg. Lachend, doch mit hartem Blick, boshaft und scherzhaft zugleich sagte sie: «Rodney sagt, du bist wie eine Frau, genauso neugierig.»

Das verletzte und erregte mich. Rodney und ich waren unbedingt diskret, bei unseren Gesprächen ging es ausschließlich um unsere züchtigen sportlichen Betätigungen – Golf, Poker, Tennis, Skilaufen. Wir sprachen nicht einmal über Politik, nicht über das, was in Vietnam geschah, und auch nicht über den sich hinziehenden Niedergang Nixons. Der Gedanke aber, dass Maureen und Rodney in ihrer ehelichen Zweisamkeit über mich redeten, hatte etwas Kribbelndes. «Wie eine Frau? Ich bin wie eine Frau?», sagte ich mit einem Knurren und rangelte heftig mit ihr, ich wollte, dass wir unsere Positionen wechselten und sie unter mir lag im Bett, diesem Gästezimmerbett, das ich so gut kannte, einem Vierpfostenmöbel aus Mahagoni, auf jedem Pfosten ein abnehmbarer Schmuckzapfen. Maureens Kreischen, aus Protest und aus Vergnügen, hallte durch die mit Eichendielen ausgelegten Zimmer ihres viktorianischen Hauses und, so fürchtete ich, nach draußen, auf die Straße.

Pierce Junction war eine Stadt voller Geheimnisse, die unablässig heraussickerten, wie Holzmehl aus einem von Termiten befallenen Balken. Allenthalben diese winzigen, ins Holz genagten Kämmerchen und ganz hinten in jedem ein Flattern von Leben. Als Jeanne von meiner Affäre mit Maureen erfuhr, reagierte sie mit einem jäh aufbrausenden Zorn, der mich überraschte, denn ich lebte immerhin schon seit Jahren damit, dass sie in Frank verliebt war. Unverzeihlicherweise veranstaltete sie eine Kundgebung ihres Zorns, indem sie zum Millerschen Haus hinüberstürmte und Rodney alles erzählte. Maureen mit ihrer frommen Ader arbeitete mittwochs und samstags in einem Methodistenheim für straffällige Kinder in Concord, und nur weil die tüchtige Telefongesellschaft bei Ferngesprächen gewissenhaft Ort und Teilnehmernummer registrierte, war unsere Liaison ans Licht gekommen. Wenn ich versuche, mir unsere Leidenschaft in Erinnerung zu rufen, sind es keine pornographischen

Bilder von unseren Stunden im Bett, die sich einstellen, sondern vielmehr ein gewisser dumpfer Geschmack, die Madeleine einer besonders desolaten Minute eines stillstehenden Tages, die Sehnsucht, die mich an einem tristen, leeren Nachmittag verzweifelt lechzen ließ nach dem Klang ihrer Stimme – tiefer und rauchiger am Telefon, von bewussterer Musikalität, so kam es mir vor, als wenn wir uns von Angesicht zu Angesicht sahen. Ihre Stimme vertrieb vorübergehend die lähmende Angst, in der ich in jenen Jahren lebte; ihre Stimme und der beflügelnde scharfe Spott, der darin aufblitzte, malte die Welt, die für mich mit einem undefinierbaren Schrecken umrissen schien, in hellen, furchtlosen Farben. Maureen befreiend lachen zu hören, als ob wir alle an einem köstlichen, waghalsigen Spaß beteiligt seien, löschte einen Durst, der mir wie ein Eisengewicht in der Kehle lag. Ohne Maureen, selbst wenn sie nur eine Stimme am Telefon war, hatte die Welt keine Mitte. Ich *musste* mit ihr reden, auch wenn die Telefonrechnung uns verriet.

Nicht nur ich hatte diesen Durst, diesen Hunger; alle in unserm Kreis waren davon ergriffen, von diesem überschwänglichen Gefühl, Not zu leiden. Arme Jeanne, armer Frank, stahlen sich diese törichte halbe Stunde im Schneesturm. Maureen war für mich wie ein Lagerfeuer, dessen Helle die umgebende Dunkelheit absolut erscheinen lässt und dessen Wärme wenige Schritte von seiner unmittelbaren Nähe entfernt zur beißenden Kälte wird.

Es dauerte Stunden, bis Jeanne von ihrer Unterredung mit Rodney zurückkehrte. Nicht sofort, sondern erst nach ein paar Tagen, als wir zu Skeletten erschöpfter Ehrlichkeit zermürbt waren, gestand sie, dass sie, weil Maureen nicht da gewesen sei, in einer Art Rachedelirium mit ihm geschlafen habe, allerdings sei er nur widerstrebend dazu bereit gewesen.

«Es hat Maureen immer so bekümmert», sagte ich, «dass er so treu war, sich durch sie so befriedigt gefühlt hat. Jedenfalls dachte sie das.»

«Wie komisch von ihr. Du erinnerst dich an die Zeit, als Winifred und Frank gerade auseinander gingen und Freddy wild auf Männer aus war? Und ich schreckliche Angst hatte, dass sie dich verführen würde, in der Schneenacht damals? Nun, Rodney war der einzige Mann weit und breit, der sie nicht enttäuscht hat – der der Vorstellung gerecht wurde, die sie sich von sich selber macht. Anscheinend ist sie sehr sexy. Rodney sagte, es habe ihn ziemlich abgestoßen, als er den Eindruck gewann, dass sie, an diesem Punkt ihres Lebens angelangt – ich höre mich wie Nixon an –, mit jedem vögeln würde. Ich wünschte, er hätte es mir nicht gesagt – nicht einmal Frank weiß es, und vor *ihm* ein Geheimnis zu haben ist mir grässlich.»

«So schöne Skrupel», sagte ich.

«Nur weiter, spotte ruhig. Ich verdiene es nicht anders.»

«Meine Märtyrerin. Meine Jeanne im Feuer», sagte ich und konnte es kaum abwarten, mit ihr ins Bett zu gehen und herauszufinden, wie weit ihre neueste Erfahrung, ihre jüngste Verderbnis sie bereichert hatten.

Doch wir ließen uns scheiden, ein langsames, schmerzhaftes In-Stücke-Schneiden, und bei Maureen und Rodney war es genauso. Ich zog nach Nashua, kehrte aber immer wieder nach Pierce Junction zurück, um die Kinder zu besuchen, Jeannes Temperatur zu messen und meine alten Spiele zu spielen. Eines Pokerabends, als wir viel Bier getrunken hatten, wollte Rodney mich nicht nach Nashua zurückfahren lassen, sondern bestand darauf, dass ich in seiner Junggesellenhütte oben in den Hügeln übernachtete, am Ende einer unbefestigten, etwa eine Meile langen Straße. Während ich darauf wartete, dass er im Badezimmer fertig wurde und ich hineinkonnte, sah ich ein Briefchen, das achtlos auf dem überhäuften Schreibtisch lag. Die runde gerade Handschrift, jedes «a» merkwürdig wie ein «o» aussehend, kam mir ominös vertraut vor; Audrey Lancaster war die Schriftführerin eines Naturschutzkomitees gewesen, dem ich einmal als Mitglied angehört hatte. *Abermals vergebens,* stand da. *Habe ich etwas missverstanden, oder hat Bruder Lawrence wieder alles durcheinandergebracht? Jetzt ist mein Van staubig, und meine Beine sind voller Mückenstiche vom einstündigen Warten auf Deiner Veranda. Irgendein dummer Vogel in Deinem Wald wollte mir auf Englisch eine Nachricht übermitteln, hat es mit seiner Zwitscherkehle aber nicht ganz geschafft. Deine – irgendwie schon, oder?* Keine Unterschrift. Eine blau liniierte Seite, aus einem Kollegheft gerissen, mit Wut, wie man am ausgefransten Papierrand sehen konnte. Ein Loch von einer Reißzwecke, mit der der Zettel draußen an der Tür festgepinnt war. Er brachte mich Audrey erregend nah, so nah, wie wir einander an jenem Abend gewesen waren, als meine Hand auf ihrem schwellenden Hüftansatz lag. Sie war den düsteren Weg durch den Wald heraufgekommen wie ein großer, geschmeidig flussaufwärts steigender Lachs und hatte dann schmachvoll wieder hinunter gemusst. Ihre literarische Anspielung klang irgendwie eher nach Winifred.

Als Rodney nichts ahnend aus dem Bad kam, wie ein

kleiner Junge im Baumwollpyjama und mit einem Klecks Zahnpasta am Kinn, hasste ich ihn wie nie zuvor in all den Jahren, da ich sein großes Haus nahe dem College betrat, durch die Garage ging, am Rasenmäher und den Ölkanistern vorbei, dann durch die Küche, wo er jeden Tag sein Frühstück verschlang, und weiter, vorbei am Regal mit seinen Golftrophäen zum Gästebett aus Mahagoni. Während einige von uns sich brennend, unersättlich an den Rändern des Lebens verzehrten und sich verzweifelt bemühten, tiefer hineinzuschauen, saß er satt und selbstzufrieden im Zentrum und ließ das Leben zu sich kommen – in solcher Fülle offenbar, dass er über seine Verabredungen keinen Überblick mehr hatte.

Als die Siebziger an ihr Ende kamen und in der Inflation und Misere Jimmy Carters mündeten, war ich unten in Nashua über die Feinheiten des Lebens in Pierce Junction irgendwann nicht mehr auf dem Laufenden. Die Möglichkeit, dass Maureen und ich uns auf einer ehrbaren Basis zusammentun könnten, war von ihr frühzeitig verworfen worden. Zu viele Kinder, zu viel finanzielle Erosion, zu viel Wasser den Bach hinunter. «Begreifst du denn nicht, Marty?», sagte sie. «Es ist vorbei! Wir würden uns anschauen, und jeder sähe im anderen nur den Beweis für seine *Sünde*!»

Das befremdliche letzte Wort traf mich wie ein Schock: ich musste es jetzt für möglich halten, dass sie – und Jeanne und alle Frauen – in unserem sexuellen Paradies gelitten hatten, dass die Abweichung von der Monogamie eine seelische Belastung, eine Strapaze für sie gewesen war. Ich war beleidigt. Und so empfand ich, unter anderm, eine scharfe, kleine, rachsüchtige Genugtuung, als ich von ihrem plötzlichen Tod erfuhr: in einem Auto spätnachts auf der Route 202, am Steuer ausgerechnet Spike Lancaster, ein bulliger, großmäuliger, trinkfreudiger Gastwirt, dessen auf der Hand liegende Defizite Audrey in unserem kleinen Kreis den Glorienschein einer Dulderin eingetragen hatten. Spike und Audrey hatten nichts miteinander gemein, nur die schlechten Augen. Maureen starb bei dem Unfall, und er, der Fahrer, trug geringfügige Verletzungen und den Ruf eines Roués davon, der dem Geschäft sicher keinen Abbruch tat – sein an der Straße gelegenes Lokal hieß übrigens Zum grünen Glücksklee.

Ich konnte kaum glauben, dass Maureen sich, nach unserem sublimen «Wir», mit diesem Klotz, diesem Hohlkopf eingelassen hatte. Geschah ihr recht, sich den Hals zu brechen, den schlanken Hals, der mit seinem Puls einem Ring sommerlichen Sonnenbrands entstieg. Diese hässlichen, nichtswürdigen Gedanken währten natürlich nur eine Sekunde – ein Blitzgeflacker amoralischer Neuronen, bevor der sanfte Regen geziemender Traurigkeit einsetzte. Aber ihr Tod und dieser finale Skandal, mit schwarzen Bremsspuren und splitterndem Sicherheitsglas, setzten für mich ein für alle Mal einen Schlusspunkt hinter Pierce Junction.

Jeanne und Frank heirateten, und ich fügte mich in ein zweites Leben ein, mit einer zweiten Frau und neuen Kindern. Meine leiblichen Kinder wuchsen heran, gingen aufs College, heirateten und zogen fort. Ich hatte immer weniger Anlass, zurückzukehren; wenn ich es tat, schien mir, dass es in der kaum veränderten Geographie der Stadt immer noch die gleiche alte Elektrizität gab, nur lagen die Leitungen jetzt anders. Die alten, ins Holz genagten Kämmerchen, aus denen die Geheimnisse sickerten – falls es sie noch gab, waren sie für mich nicht mehr wahrnehmbar, von Bedeutung nur noch für jüngere Leben. Wenn ich an unsere hektische und doch auch heilige Blütezeit zurückdachte, dann, wie ich schon sagte, weniger im Hinblick auf die Frauen, die mir am nächsten gewesen waren, als vielmehr auf die im Mittelgrund, die gewissermaßen jungfräulichen, die den Sirenengesang des Unbekannten mit sich genommen hatten, als sie hinter meinem Horizont verschwanden.

Zwischen Nashua und Pierce Junction war eine Mall entstanden, auf dem Gelände eines Molkereibetriebs, und ich rechnete immer noch damit, an dieser Biegung des Highways die silbernen Silos schimmern zu sehen. Stattdessen jetzt dies explosionsartig fragmentierte Geglitzer – Kettenläden mit postmoderner gläserner Außenhaut und eine große mit Asphalt zugedeckte Wiese voller Autos. Ich wollte in einem der Spielzeugparadiese mit dem blödsinnig verkehrt herum geschriebenen «R» ein Geburtstagsgeschenk für ein Enkelkind kaufen und ging durch eine rundum geschlossene, aufdringlich von Musik erfüllte Arkade, die so tat, als sei sie eine dörfliche Hauptstraße aus der guten alten Zeit, zu beiden Seiten Fenster, dekoriert mit Markenartikeln, und in der Mitte verstreut schlecht besuchte Verkaufsbuden, in denen es billigen Schmuck, exotische Kräutertees und Süßigkeiten und mit Joghurt überzogene Brezeln in wolkigen Plastikeimern gab. Plötzlich sah ich im Mittelgrund einen unverkennbaren Gang – spreizfüßig, achtsam, aber entschlossen vorwärts strebend und, in meinen Augen, verlockend jugendlich. Ich verdrückte mich eilig in einen Gap-Laden und spähte, versteckt zwischen Regalen mit blassblauen

Jeans und erdfarbenen Rollkragenpullovern, hinaus, während Audrey, grau und rundlicher geworden, aber immer noch geschmeidig, vorüberging. Statt der Kontaktlinsen, die sie immer verlor, trug sie jetzt unbekümmert eine klobige Brille mit dicken Gläsern. Sie blinzelte und lächelte und redete angeregt, ihr großer flexibler Mund war in lebhafter Bewegung.

Die Person an ihrer Seite, in Hosen und gesteppter Daunenjacke und mit federigen kurzen weißen Haaren, erschien mir eine Sekunde lang vollkommen fremd, ein kleiner Mann mit feierlichem Schmollgesicht. Aber dann, mit einem Stich des Wiedererkennens, der ein seniles Zucken der Erregung hinter meinem Hosenschlitz auslöste und mich einen Schritt weiter vom Fenster zurückscheuchte, begriff ich. Natürlich, eine Verwechslung war gar nicht möglich – der fassförmige Eulenkörper, die überschirmten dunklen Augen, die zierlichen Extremitäten. Winifred. Sie und Audrey bewegten sich mit der träumerischen gegenseitigen Ergebenheit eines alten Ehepaars. Sie hielten einander bei der Hand.

## Mittagspause

David Kern lebte seit vierzig Jahren nicht mehr in Pennsylvania, aber er kam immer zu den Treffen seines Highschool-Jahrgangs, die alle fünf Jahre stattfanden. Der eigentliche Schatz seines Lebens war dort vergraben, in der kleinen Stadt Olinger, und er gab die Hoffnung nicht auf, ihn irgendwann zu heben. Julia Reidenhauser, andererseits, war seit Jahrzehnten zu keinem Treffen gekommen, nicht seit jenen ersten, mit geringen Mitteln finanzierten Zusammenkünften, die das Jahrgangskomitee auf dem Picknickplatz im Wenrich-Wäldchen und im Veteranenheim von Schenktown veranstaltet hatte, als sie alle noch in ihre Highschool-Kleider passten und füreinander fast noch die ganze Welt bedeuteten. «Julia ist dies Jahr da – mit Doris natürlich», sagte Mamie Kauffman zu ihm.

Mamie war rund wie ein Muffin geworden, und ihre kleinen patenten Grübchenhände – sie war künstlerisch angehaucht gewesen und hatte gehofft, Modedesignerin zu werden – waren von Arthritis verkrümmt, aber sie hatte immer noch die sternäugige Süße von früher, und die rührende Erleichterung und Freude, hier zu sein, es *geschafft* zu haben, strahlte sie noch genauso aus wie damals, als ihre Mutter Hand in Hand mit ihr zur alten Grundschule an der Alton Pike ging und ihr auf die drei

Fuß hohe Böschungsmauer hinaufhalf, die den asphaltierten Spielplatz vom Gehweg trennte. Es war kein richtiger Spielplatz; die Kinder spielten zwar dort, wenn Pause war, aber es gab keine Schaukeln, keine Rutschen, keine Basketballreifen, bloß ein paar verwischte weiße Linien und Kreise, die auf den Asphalt gemalt waren. Nur die Lehrer kannten die Spiele und Regeln, für die diese Markierungen galten. Der asphaltierte Pausenhof umzingelte das Gebäude wie ein breiter Burggraben, und Zementwege, einer vorn, einer hinten, bildeten die strenge Grenzlinie zwischen den Bereichen der Jungen und der Mädchen. Alles war symmetrisch und streng geordnet an der Grundschule, nur die unruhig wippenden, hin und her rutschenden, kichernden Schüler mit den Triefnasen, den Grummelmägen, den nervösen Blasen nicht, vom Kindergarten bis zur sechsten Klasse.

«Du nimmst mich auf den Arm», sagte David, wusste aber, dass sie's nicht tat; sie machte ihm gerade ein Geschenk, und ihre Augen, kleiner als die Augen, die sie in der Grundschule gehabt hatte, funkelten spitzbübisch. Sie war Schriftführerin des Jahrgangskomitees und von Anfang an, seit es die Treffen gab, die Seele des Ganzen, sie war es, die immer wieder mit List und Tücke versuchte, jeden einzelnen der hundertzwölf Jahrgangsangehörigen zum Erscheinen zu bewegen. «Wie hast du sie herumgekriegt?», fragte er.

Mamie klang auf einmal gekränkt. «Habe ich nicht. Ich hab's satt zu betteln, David. Ich habe Julia wieder und wieder bekniet und noch etwa ein Dutzend andere, von denen ich wusste, dass sie sich bombig amüsieren würden, wenn sie zu kommen geruhten, aber jetzt gehe ich die Liste durch, schicke die Einladungen ab, und wer kommen möchte, der kommt. Wir sind alle erwachsen, weiß Gott.» Sie waren alle über sechzig; ihre Abschlussprüfung hatten sie vor fünfundvierzig Jahren gemacht, im Juni, als der Koreakrieg begann. Sieben von den hundertzwölf waren, nach den Unterlagen der Schriftführerin, schon tot. Trotzdem, rings um sich, durch einen Nebel aus grauen Haaren und Falten und Körperfett, sah David die Gesichter von Kindern, die, im Wesentlichen unverändert, von einer Klasse zur nächsten aufstiegen. Mamie setzte hinzu: «Betty Lou sagt, Doris habe sie gebeten mitzukommen – sie wollte nicht den ganzen Weg von Schenktown allein herfahren. Und ich könnte mir denken, Julia hat ihre unglückliche Zeit hinter sich, mit ihrer Gesundheit und ihrem Mann und so.»

Unglückliche Zeit? Mamie hatte Olinger nie verlassen – sie wohnte zwei Straßenecken von ihrer Mutter entfernt, die noch am Leben war – und nahm an, dass David, der fortgegangen war, aufs College und dann in die Army und danach nach New York City und dann dreißig Jahre lang jeden Tag die Fahrt von Connecticut in die City gemacht hatte, besser über die hiesigen Geschehnisse Bescheid wusste, als es der Fall war. Er erinnerte sich allerdings, dass Ann McFarland ihm beim Treffen anlässlich des fünfzehnten Jahrestags erzählt hatte, Julia habe gesagt, sie werde nur kommen, wenn es ihr gelinge, zehn Pfund abzunehmen, und weil sie das nicht geschafft habe, sei sie hochmütig weggeblieben. Sie wohnte in Schenktown, sechs Meilen von Olinger entfernt, und war erst zu Beginn der neunten Klasse zu ihnen auf die Schule gekommen. Sie war der alten Olinger-Magie nicht so unterworfen, wie Mamie und Betty Lou und Ann es waren.

Davids Mutter hatte sich immer darüber verwundert, wieso die Leute von Olinger so eine hohe Meinung von sich hatten. Es war nicht so, dass Olinger der reichste Vorort von Alton gewesen wäre oder der hübscheste oder der «deutscheste». Im Land der Pennsylvania-Deutschen war «Deutschheit» messbar, nicht bloß daran, wie viele geschmückte Scheunen und weiß gestrichene alte Gasthöfe es in einem Ort gab, sondern auch an einer gewissen verstockten Widerborstigkeit gegen die Neuerungen – Einkaufspassagen, Selbstbedienungstankstellen, Discountläden, Wohnungsbauprojekte für die Alten und sozial Benachteiligten –, die das Bild verwässerten und schuld daran waren, dass es hier nicht mehr so war wie früher. Touristen kamen in Bussen aus Baltimore und Philadelphia her, um sich anzuschauen, wie es früher war. Im Zentrum von Olinger stand ein Kalksteinhaus aus der Zeit vor der Revolution, und da, wo jetzt die gewundenen Straßen von Oakdale waren, einer ziemlich schicken Wohngegend, die in den Dreißigern erschlossen worden war und sich nach dem Krieg ausgedehnt hatte, an den Hängen des Shale Hill hinauf, war im neunzehnten Jahrhundert eine Trabrennbahn gewesen; aber besonders «deutsch» war die Stadt nicht, auch wenn es David jedes Mal, wenn er herkam, so schien, als gebe es wieder mehr von dem serienmäßig produzierten regionalen Kitsch – überall hingepappte Abziehbilder von Drudenfüßen, Puppen in Amischentracht.

Für jemanden, der auf der Fahrt von Lancaster nach Alton durch Olinger kam, war es nichts weiter als ein Teilstück eines sich ununterbrochen über viele Meilen hinziehenden Geschäftsunternehmens. In Davids Kindertagen hatte die Stadt sich in Maisfelder hinein verloren, zu einer alten Getreidemühle, einem Bach voller Brunnenkresse, einem gewaltigen Steinbruch hin, der gefährlich und verlockend zugleich war in seiner Leere. Solch geheimnisvolles, kaum von Menschen betretenes Terrain gab es jetzt nicht mehr, überall machten sich Einkaufszentren und Parkplätze breit, Aluminium-Diners und Fastfood-Lokale. Trotzdem bewahrte Olinger sich das ausgeprägte Selbstgefühl – zumindest galt das für Davids Generation –, die gesunde, segensreiche Mitte zu halten zwischen der lächerlichen ländlichen Unschuld eines Kaffs mit einer Straße und zwei Fabriken wie Schenktown, das von öden, meilenweit reichenden Maisstoppelfeldern und verwilderten Obstplantagen umgeben war, und den großstädtischen Gräulichkeiten von Alton, einer heruntergekommenen Industriestadt, die jetzt immer mehr von ihren farbigen Einwohnern beherrscht wurde. Die Leute in Olinger waren stolz darauf, dort zu sein, wo sie waren, und David empfand es immer noch als einen Verlust, dass er als Junge hatte weggehen müssen. Seine Mutter hatte seinen Vater dazu überredet, von Olinger fortzuziehen in ein altes Farmhaus einige Meilen weiter südlich, als David vierzehn war.

Obgleich er dazu neigte, sich bei diesen Treffen schüchtern zurückzuhalten, stand er auf und sah sich nach Julia um. Das Treffen fand in einem Restaurant in Alton statt, im Veranstaltungsraum, der mit Papiergirlanden in den Jahrgangsfarben Kastanienbraun und Gold dekoriert war. Vergrößerungen von Fotos aus den glücklichen Tagen – Entenschwanzfrisuren, Söckchen, die mit Zigarettenrauch gefüllte Luncheonette – hingen rings an den Wänden. Ein langes Büfett wurde aufgebaut. An der Bar ging es wuselig und lärmend zu. Er entdeckte Julia in der Mitte des Saales, nicht weit entfernt von ihm; sie stand mit ein paar alten Bewunderern zusammen und mit Doris Gerhardt, die untrennbar zu ihr gehörte. Die gutmütige rotblonde Doris war vielleicht die Kleinste des gesamten Jahrgangs gewesen und eine der Ersten, die heirateten. Beide Frauen küssten ihn, womit David nicht gerechnet hatte. Doris reckte sich energisch zu ihm hinauf, und ihr Kuss war herzlich und nachdrücklich, Julias hatte ihn nur gestreift, aber es hatte eine Bedeutung darin gelegen, in diesem feuchten weiblichen Hauch auf seinem Mund. Den in Connecticut üblichen Höflichkeitskuss, ein steriles Berühren der Wangen, gab es hier nicht. Julia hatte seit der Highschool mindestens zehn Pfund zugenommen, aber bei ihrer Größe und ihrer elegant aufrechten Haltung machte das nichts. Ihr Haar war weiß, aber immer noch voll, es sprang über der Stirn in einer weich hochgekämmten Welle auf und fiel dann auf ihre breiten Schultern nieder. Sie hatte eine gebogene Nase und graugrüne Augen, in denen eine dunkle Ruhe lag. Eine deutsche Schönheit, blasshäutig, die sich mit einer Selbstverständlichkeit gab, als genüge es völlig, die zu sein, die sie war. Sie war außerhalb der Schule keiner Betätigung nachgegangen, soweit er sich erinnerte. Ins Jahrbuch hatte sie als ihr Hauptziel eingetragen: «Die Schule hinter mich bringen». Während des Unterrichts war sie von vornehmer Zurückhaltung und Gelassenheit, außer wenn sie etwas rezitieren sollte. Sie stand dann auf, und ihr Gesicht wurde von einer so tiefen Schamröte überschwemmt, dass ein erotischer Schauer durch die Reihen lief. Ihr Lächeln hatte etwas anziehend Hilfloses, so als wollte es sagen: «Ja nun, was kann man tun?» *Was kann mer duh?*

David war zu Beginn des Treffens nervös und über-dreht gewesen, er hatte sich zu angestrengt darum bemüht, wieder in den Olinger-Rhythmus zu kommen, doch jetzt, da er mit Julia und der kleinen Doris zusammenstand, spürte er, wie er sich veränderte. Er wurde zu einem anderen Selbst, ruhiger und größer. «Wie geht es euch beiden?»

«Ach, eigentlich können wir nicht klagen», sagte Doris.

«Du vielleicht nicht, ich schon», sagte Julia und strich sich mit einer müden Geste das üppige Haar zurück. «Ich verbringe die eine Hälfte meiner Zeit beim Zahnarzt und die andere beim Chiropraktiker.»

«Du siehst fabelhaft aus», sagte David. «Ihr seht beide fabelhaft aus.» Und dann unterbrach er die gestelzten, aber lächelnd vorgebrachten Nettigkeiten, um seine Frau aus einer anderen Unterhaltung herauszuholen – sie hatte ihn zu genügend Treffen begleitet, um ihren eigenen Bekanntenkreis in seinem Highschool-Jahrgang zu haben. Er wollte, dass sie Julia kennen lernte. Die beiden Frauen gaben sich die Hand und sahen einander mit leicht verwunderter Freundlichkeit an. David fragte sich, warum er diese kleine Begegnung forciert hatte und warum er sich so ungewohnt entspannt und *zu Hause* fühlte. Dann erinnerte er sich: Mittagspause. Für diese Schenktown-Mädchen war er einfach jemand gewesen, der auch auf dem Land lebte, ein normaler Mensch. Ihnen hatte es nichts ausgemacht, dass er von einer Mutter mit verrückten Ideen aus Olinger herausgerissen worden war; sie hatten ihn als den gesehen, der er war, ein zukünftiger Mann.

Der Umzug seiner Familie hatte sich ereignet, als er in der neunten Klasse war. Die Farm lag nicht in der Richtung von Schenktown, südwestlich von Olinger und Alton, sondern weiter nach Südosten hin. Die Vorstellung, in dem Bezirk, in dem sie von nun an lebten, zur Schule gehen zu müssen, entsetzte ihn, so, als sollte er in einen nach Heu und Dung riechenden Abgrund voll fremder ländlicher Nachkommen hinab. Aber sein Vater unterrichtete in Olinger, und es ließ sich leicht arrangieren, dass David dort auf der Schule blieb. Zusammen fuhren sie täglich in einem alten schwarzen Chevrolet von der Farm nach Olinger und wieder zurück. Nach dem Unterricht schlug David auf dem Schulgelände oder in der Luncheonette am Ende der Straße die Zeit tot. Er war kein Junge aus Olinger mehr, er war jetzt ein Heimatloser, ein herumlungernder Bauerntölpel, der sich an den Status eines Schülers klammerte. Keiner in seinem ganzen Jahrgang kam von so weit her wie er.

Aber in Wahrheit war Olinger ihm schon vor seinem Wegzug nach und nach entglitten. Als er ungefähr in der fünften Klasse war, hatte es angefangen: die Schule war erfüllt von Geschnatter und Geklatsch, das sich auf Wochenendereignisse bezog, an denen er nicht teilgehabt hatte – Zusammenkünfte in irgendjemandes Keller oder unten im Steinbruch oder auf der Rollschuhbahn im Vergnügungspark von Alton. Es gab eine Clique, und er gehörte nicht dazu. Er hatte die Fährte verloren, der er gefolgt war seit dem täglichen Gang zum Kindergarten, seit den Sommern, die er auf dem Spielplatz von Olinger verbracht hatte, und seit den Radtouren im Pulk durch die ganze Stadt, mit den Jungen und Mädchen, die er immer schon gekannt hatte. Einige Mädchen waren hübscher als andere, hatten mehr Mumm und Energie, und bei den Jungen brachten manche mehr von den magischen Voraussetzungen mit, die die Beliebtheit förderten – Selbstsicherheit, pfiffiges Sichauskennen –, aber die Unterschiede waren nicht so ins Gewicht gefallen, wie sie es dann in der siebten und achten Klasse taten. In der neunten Klasse war David fast so weit, zu glauben, dass er eigentlich genauso gut auf dem Land leben und seine Nachmittage damit verbringen könnte, Kriminalromane zu lesen, Freiwürfe durch einen Reifen zu üben, den sein Vater für ihn an die Scheunenwand genagelt hatte, und Unkraut im «organischen» Gemüsegarten zu hacken, den seine Mutter am struppigen Obstbaumhang angelegt hatte.

Als er in der zehnten Klasse war, machte er seinen Führerschein und bekam Zugang zum Familienauto, das während der Arbeitsstunden seines Vaters auf dem Parkplatz der Schule stand. So geriet er in den Orbit von Julia und Doris. In Schenktown gab es eine alte Hutfabrik, und auch wenn Filzhüte nach und nach aus dem amerikanischen Alltag verschwanden, hatte die Fabrik doch immerhin für so viel Wohlstand gesorgt, dass Julia ein grünes Studebaker-Cabrio fahren konnte und Doris einen Willys-Kombi, die Seiten ganz aus Metall statt aus lasiertem Holz, was 1948 noch eine Seltenheit war. Die Autos machten sie nicht nur vom Schulbus unabhängig, sondern auch von der Highschool-Cafeteria. Während die meisten Schüler zum Mittagessen heimgingen in ihre Küchen in den gedrängten Häuserblocks von Olinger und die anderen in der Cafeteria Schlange standen und gebratenes Spam oder Huhn à la King auf den Teller geklatscht bekamen, fuhren Julia und Doris und David und vielleicht noch Wilbur Miller und Morris Hertzog, die auch aus Schenktown waren, im einen oder anderen ihrer Autos die Alton Pike hinauf und hinunter, auf der Suche nach dem perfekten Hamburger. Essen in der Luncheonette oder im Diner war etwas teurer als die Cafeteriakost, aber genauso selbstverständlich, wie Davids Eltern sich damit einverstanden erklärt hatten, dass die Highschool auf dem Land nicht gut genug für ihn war, bewilligten sie ihm jede Woche die zusätzlichen fünf Dollar für seine Mittagsmahlzeiten außerhalb der Cafeteria. Rückblickend staunte er über ihre Großzügigkeit und seine Selbstsucht: ein habgieriger Teenager, hungrig nach Hamburgern, Anerkennung und Benzin.

Die Schule gestand ihnen eine Mittagspause von der Länge einer Unterrichtsstunde zu, fünfundfünfzig Minuten. Wenn sie die richtigen Hamburger gefunden und gegessen hatten, blieb immer noch Zeit zum Spazierenfahren. Im Pennsylvania der späten Vierziger, als die Nachkriegskonjunktur noch nicht die großen Umwälzungen gebracht hatte, erstreckte sich fünf Minuten von Olinger entfernt in jeder Richtung reine Landschaft, nur nicht entlang den Straßenbahnschienen, die nach Alton führten. Hügelige, kurvenreiche Township-Straßen verbanden einsame Farmgehöfte mit ebenso einsamen Lebensmittelläden hier und da, vor jedem zwei rostige rote Benzinpumpen, die mit einem Flügelross auf sich hinwiesen. David erinnerte sich, dass er einmal auf dem Rücksitz von Julias Studebaker stand, dass der Wind ihn peitschte und er sich dann zurücklegte, über das gefaltete Verdeck hinweg auf das sonnenwarme Metall des Kofferraums, und zusah, wie in flirrendem Wechsel Himmel und Zweige über ihm hineilten.

Kleine Friedhöfe mit windschiefen Grabsteinen, geheimnisvolle dichte Tannenpflanzungen, wacklige Gemüsestände, die verlassen gewirkt hätten, wären nicht die saftig gelben und orangefarbenen Kürbisse gewesen und die alte Frau mit der Haube, die von der Veranda aus ein Auge auf die Straße hatte; zerfallende steinerne Brunnenhäuser, die überwachsenen Ruinen alter Eisenschmieden, Bäche, die mit ihren glucksenden kleinen Wasserfällen braunen Schaum aufquirlten; Mais- und Roggen- und Tabakfelder, Wiesen mit Kühen, mit Apfel- und Pfirsichbäumen in voller Blüte oder gebeugt unter der Last ihrer Früchte – all das strömte an den mittäglichen Reisenden vorüber, die aber blind waren und nur Sinn hatten füreinander und für die berauschende Geschwindigkeit. Wenn David der Autogastgeber war, in dem alten schwarzen Chevrolet, wandte er einen Trick an, der sicherer war, als er aussah, seine Fahrgäste aber zuverlässig zum Quieken und Kreischen brachte: am höchsten Punkt einer hügeligen Straße schaltete er in den Leerlauf, stellte sich draußen aufs Trittbrett und steuerte den Wagen durchs offene Fenster hügelabwärts. Die Chance, dass ihnen ein Auto entgegenkam, war gering. Die Straßen, einst als unbefestigte Fahrwege für Pferdefuhrwerke angelegt, waren vor dem Krieg gepflastert worden. Nicht mehr lange, und sie würden verbreitert werden, die Kurven würde man begradigen auf Kosten eines kleinen Farmhauses mit Mansardenfenstern oder einer alten Scheune mit gemauerten Flanken und einer Rampe aus gestampftem Lehm, vorläufig aber bildeten sie ein weites leeres Labyrinth, das diese privilegierten Jugendlichen anzog, sie herauslockte aus den überfüllten Fluren und Unterrichtsräumen der Highschool mit ihren parfümierten und pomadisierten Klüngeln in Angorapullovern und Cordhemden und zweifarbigen Schnürschuhen und Pennyloafers, mit ihrem brodelnden Getuschel über romantische Affären und deren Ende und über absichtlich schlechtes Benehmen und mit ihrer gnadenlosen Wertskala nach Olinger-Maßstäben – die im Licht Stehenden, die dazugehörten, und die im Schatten, die ausgeschlossen waren, die Attraktiven und Bewunderungswürdigen hier und die vielen anderen, die nichts von beidem waren, dort.

Bei den Treffen zeigte sich, dass diese so deutlich empfundenen unversöhnlichen Unterteilungen wenig oder nichts ausgesagt hatten über die Vorstellung, die die Jahrgangsgefährten als Erwachsene geben würden. Der komisch verschüchterte Dorftrottel, der im Unterricht nie den Mund aufbekam, war nach Maryland gegangen, hatte ein Baumschulimperium gegründet und fuhr in einem silbernen Jaguar vor dem Restaurant vor, in dem das Treffen stattfand. Aus der unglücklichen, verachteten Tochter einer geschiedenen Mutter – etwas Ungeheuerliches in jenen Tagen –, war eine glamouröse Merchandisingfrau in Chicago geworden. Die dauernd den Unterricht störenden Faxenmacher waren jetzt Lehrer und Polizisten mit würdevollem Gebaren und gebeugt von der Verantwortung, die kommunale Ordnung zu bewahren. Der Preis für den jüngsten Vater – seine knackige vierte Frau, in tief ausgeschnittenem Satinmini, sah genauso aus wie vor fünf Jahren seine dritte – ging an einen Jungen, der, soweit alle sich erinnerten, nie eine Tanzparty besucht und sich nie mit einem Mädchen verabredet hatte. Die Mauerblümchen, ein fast unsichtbarer Bühnenhintergrund farbloser Weiblichkeit, vor dem die Stars unter den Mädchen ihre Auftritte gehabt hatten und mit ihren Reizen groß herausgekommen waren, hatten liebenswürdige

Umgangsformen und eine hübsche vorstädtische Selbstsicherheit erworben, während sich bei den Königinnen des Jahrgangs ebenjene Eigenschaften, derentwegen sie spektakulär gewesen waren, auf unvorteilhafte Weise stärker ausgeprägt hatten: Vollbusigkeit, Forschheit, Wurstigkeit, eine gewiefte Unempfindlichkeit.

Julia war spektakulär gewesen, schien es aber nicht gewusst zu haben, oder sie hatte sich nichts daraus gemacht. Der für sie charakteristische Ausdruck, dies besorgte Lächeln, das fragte: «Was kann man tun?», schlug, Davids Beobachtung nach, dann und wann in eine ein wenig grimmige, maskuline Entschlossenheit um, zum Beispiel, wenn sie mit ihrem Cabrio sehr schnell fuhr und das kastanienbraune Haar ihr flach aus der Stirn wegwehete und wütend flatterte oder wenn sie beim Lunch eine Zigarette rauchte. Ihr Unterkiefer schob sich dann unter der Zigarette vor, und ihre Augen verengten sich wie die eines Mannes. Dass sie nie ohne Begleiterin auftrat, immer die kleine Doris bei sich hatte, verstärkte den ohnehin schon mächtigen exotischen Eindruck, den sie auf die Elite der Klasse machte. Die gut aussehenden dynamischen Mädchen umwarben sie und nahmen sie fast gegen ihren Willen in ihren Kreis auf. Sie tat die Jungen als lächerlich ab, die ihr auf verschlungenen Munkelwegen ihre Liebe gestanden. Sie hatte kein Liebesleben, jedenfalls keines, das David bemerkt hätte. Vielleicht fand es in Schenktown statt. Wilbur und Morris, die Jungen, die an den Autofahrten in der Mittagspause teilnahmen, waren von einer ländlich unbedarften Friedlichkeit und Manierlichkeit, als ob es keine Unterströmungen im Leben gebe – als ob diese sorglos-unbekümmerten Ausflüge in der Mittagspause nicht eine erhebende Übung in Solidarität, in Wagemut, im Entkommen von der Ordnung seien, die ihnen in der Olinger-High und in der umliegenden engen Gemeinschaft backsteinerner Doppelhaushälften auferlegt wurde. Etwas Abweisendes war um Julia, ein Nein, das David gefiel, ohne dass er versucht war, an der angenehmen Geschlechtslosigkeit zwischen ihnen etwas zu ändern. Sollte sie ihn vor diesem Treffen zum fünfundvierzigsten Jubiläum jemals geküsst haben, so hatte er es vergessen.

Für die Mobilität, über die sie bei aller ländlichen Abgeschiedenheit verfügten, gab es reichen Lohn. Julias Studebaker oder Doris' Kombi kreuzten am Wochenende vor Davids Farm auf, jener Farm, von der seine Mutter sich versprochen hatte, sie werde zwischen ihrer Familie und der Stadt einen unwiderruflichen Abstand schaffen. Sie nahmen ihn mit, Julia und Doris, in einem Pulk von Passagieren, und es gehörten nicht nur die phlegmatischen Kumpel aus Schenktown dazu, sondern auch so wunderbare Mädchen wie Mamie und Betty Lou und Ann und die Jungen, die sie für akzeptabel hielten. Dank Julias Magnetismus und der Macht des amerikanischen Automobils nahm er wieder teil an den geheimnisvollen, belanglosen, unbedingt notwendigen Zusammenkünften, von denen er seit der fünften Klasse ausgeschlossen gewesen war. Die Gruppe ging zum Bowling, spielte Canasta in Wolken von Zigarettenrauch, sah sich etwas im Fernsehen an (Fernsehen steckte da noch in den Anfängen), fuhr zu einem kleinen See, wo es einen Bootssteg und ein Sprungbrett gab – alles fadenscheinige Vorwände, um zusammen zu sein und zusammenzubleiben am Rand jener Möglichkeiten, die sie verschwommen herannahen fühlten und die ihr Leben prägen und ihm Grenzen ziehen würden. Es war ein wenig spät für ihn; er plante für sich schon ein Leben nach Olinger und folgte damit letztlich dem Beispiel seiner Mutter. Aber er war glücklich, wieder in einer Clique zu sein, und nahm den Stolz, dazuzugehören, Anerkennung zu finden, mit sich in die Welt.

Bis zu diesem Abend war ihm nicht deutlich bewusst gewesen, wie sehr dieses Anerkanntsein eine Trophäe gewesen war, die Julia an ihn weitergereicht hatte, weil sie selbst keinen sonderlich hohen Wert darin sah. Von ihrem Leben nach dem Schulabschluss wusste er wenig und brauchte er nichts zu wissen – ein Ehemann aus Schenktown, mehrere Kinder, das Maß an Krankheiten und Enttäuschungen, das dem Leben seinen endgültigen bitteren Geschmack gibt. Sie hatte diesen Geschmack schon als Teenager gekannt. *Ja nu, was kann mer duh?* Alles, was uns am Ende bleibt, ist unsere Haltung. Die hohe aufrechte Art, mit der sie sich in jenen von der Zeit verschluckten lärmenden Fluren bewegte, hatte ihre Brüste in einem altmodischen steifen BH unterm flauschigen Sweater spitz vorspringen lassen, über einem Bauch, so flach und straff, als habe sie einen tiefen Atemzug getan, um zu singen.

Darum also hatte er sich entspannt und groß und dankbar gefühlt und anerkannt als der, der er war, als er Julia Reidenhauser wiedersah. Warum aber hatte ihn dieser unwiderstehliche Drang ergriffen, sie seiner Frau vorzustellen? Er sah seiner Frau zu, wie sie sich im Motelzimmer am Rand von Alton hin und her bewegte, sich langsam auszog, ihren BH über einen Handtuchhalter hängte, den Kopf schüttelte über die provinziellen Unzulänglichkeiten der Unterkunft – Pulverkaffee im Bad, dafür keine Duschhaube und kein Badeöl –, doch alles mit einer süßen Ruhe tat und so, als sei sie nicht ganz da unter dieser Oberfläche milder Irritation. Eine Frau war ein Kreis, dessen Mittelpunkt nicht ganz in der Mitte war. David fragte sich, ob er wohl noch das Treffen zum fünfzigsten Jahrestag erleben würde. Mamie hatte am Mikrophon davon gesprochen, ihre Stimme mit dem kindlichen Lispeln hatte eine Vision von etwas Außergewöhnlichem umkräuselt – eine Bootspartie in der Chesapeake Bay, gar ein Wochenende auf den Bermudas, beides nicht so teuer, wie man vielleicht denkt, außerhalb der Saison natürlich. Alle sollten ihr schreiben, was ihnen das Liebste wäre. «Und, bitte, fügt eure gültige korrekte Anschrift bei, für die Jahrgangsliste. Die Post wird nicht mehr nachgeschickt; die Eltern, die das sonst gemacht haben, sind … sind nicht mehr bei uns.» Hilfe, sagte sie, wir versinken im Meer der Generationen. Es gab keine Olinger-Highschool mehr: der Name war in den Fünfzigern einer Neuaufteilung der Verwaltungsbezirke zum Opfer gefallen, und das Gebäude, mit seinen gebohnerten Eichendielen in den Fluren und seinem Reichtum an verstecktem Asbest, hatte man in den Siebzigern dem Erdboden gleichgemacht. Beim Treffen zum fünfundzwanzigsten Jahrestag hatte es zur Begrüßung aus dem Schutt geborgene gelbe Backsteine gegeben.

«Vielleicht war dies das letzte Treffen, zu dem ich dich mitgeschleppt habe», sagte David zu seiner Frau.

Sie wandte ihm flüchtig das Gesicht zu, ein wenig belästigt, halb abgeschminkt, liebenswert. «Du willst nicht zum fünfzigsten Jubiläum? Warum nicht? Ich komme gern mit. Es sind nette Leute, wirklich. Sie sind bloß nie irgendwo gewesen.»

«Ich glaube, sie denken, sie sind schon da. Wie fandest du Julia?» Julia und Doris waren nach dem Essen gegangen, bevor getanzt und getrunken wurde. Zum Auftakt hatte Butch Fogel einen alten Film vorgeführt, den sein Vater auf Achtmillimeter aufgenommen hatte, von der Memorial-Day-Parade 1937 und von einem Picknick auf dem unbebauten Grundstück neben der Lutherischen Kirche. David war hingerissen gewesen, er hatte im Geflacker einen alten Sonntagsschullehrer ausgemacht, der seine Zigarre schwenkte, und den glatzköpfigen Arzt, der ihm auf die Welt geholfen hatte und, wenn man krank war, ins Haus kam mit seiner kleinen schwarzen Tasche, und (für den durchdringenden Bruchteil einer Sekunde) seinen jugendlichen Vater, der für die Kamera Grimassen schnitt, und dann den dicken Stadtpolizisten, der sich zu Weihnachten immer als Santa Claus verkleidete und jedem Kind eine in rotes Papier gewickelte Schachtel Pralinés von Zipf überreichte. David suchte sich selbst in der Menge, die die Kamera mit schnellen Schwenks eingefangen hatte, aber er war damals erst fünf gewesen – hätte er sich überhaupt wieder erkannt?

«Welche war das?»

«Die Große mit der gebogenen Nase und dem vielen weißen Haar.»

«Sie schien ein bisschen erhaben über alles.»

«So hat sie sich gegeben. Aber in Wirklichkeit war sie's nicht.» Er wusste jetzt, warum er gewollt hatte, dass sie sich begrüßten, einander berührten: er war stolz darauf, dass er sie kannte, diese beiden Frauen. Vor Julia hatte er nur unerwachsene Mädchen gekannt.

## New-York-Girl

In jenen Tagen erschien einem New York von Buffalo so weit entfernt wie heute Singapur. Ich legte die lähmend lange achtstündige Strecke entweder mit dem Zug zurück, oder aber ich fuhr mit dem Auto auf der Route 17, machte Halt in Corning und Binghamton, wo wir Kunden hatten, und kam dann durch die Catskills hinunter nach Westchester County. Für gewöhnlich stieg ich im Roosevelt oder im Biltmore ab, beide Hotels waren von der Grand Central Station aus bequem zu Fuß erreichbar, auch mit einem Koffer. Sobald man in New York ankam, war man auf einem anderen Planeten, an einer fernen Küste, alles drängte einen, ein neues Leben zu beginnen. Die Zeit, zu Hause so angefüllt mit den Bedürfnissen des Hauses und der Kinder und der Ehefrau – Carole zählte täglich ihre grauen Haare, und von den Geburten waren ihr Krampfadern geblieben –, hier gehörte sie ganz einem selbst, die Zeit, über viele Stunden hin, und niemand schrieb einem vor, was man mit ihr zu tun hatte, sobald die geschäftlichen Termine des Tages hinter einem lagen. Wir verkauften stranggepresstes Nichteisenmetall, überwiegend Aluminiumlegierungen. Unsere Hauptabnehmer waren die Hersteller von integrierten Winterfenstern, aber in den Sechzigern waren als Nebensortiment Bilderleisten aus Metall dazugekom-

men, und dieser Artikel brachte mich mit den niedrige-
ren Rängen der Kunstwelt in Kontakt. Ich besuchte Ga-
lerien, um zu sehen, was sie benötigten, und in einer von
ihnen, an der West Fifty-seventh Street, eine Treppe
hoch, traf ich Jane.

Sie war nicht unattraktiv, aber sie war auch keine
Schönheit im herkömmlichen Sinn. Sie hatte etwas Asym-
metrisches; nicht nur ihr Lächeln, ihr ganzes hageres Gesicht mit den hohen Wangenknochen und den über-
puderten Sommersprossen schien leicht zur einen Seite
verzogen. Wenn sie gestikulierte, wirkten ihre Arme und
Hände zu lang und so, als hätten sie irgendwo noch ein
zusätzliches Scharnier. Zum Repertoire ihrer Gesten gehörten häufiges abruptes Innehalten und Streicheln der
eigenen Gliedmaßen, als müsse sie sich vergewissern, dass
sich nichts gelockert hatte. Sie flippte sich immer wieder
das lange glatte Haar zurück, dessen stumpfrötlicher Ton
mich an Bleistiftspäne erinnerte und an den Zedernholz-
duft, der aufsteigt, wenn man den Anspitzer ausleert. Sie
trug ein beigefarbenes gestricktes Minikleid und schwarze Strumpfhosen; ihre Hüften waren breiter und ihre
Schenkel voller, als die knochige obere Hälfte ihres Körpers hätte vermuten lassen, und in der unbarmherzigen
Helle des Ausstellungsraums verstärkte das den rührenden Eindruck, alles an ihr sei ein wenig schief und ver-
rutscht. An den weißen Wänden hingen hastige abstrakte
Kompositionen, Blauschattierungen auf weiß grundierter
Leinwand, alle in derselben Größe und in dünne Leisten
aus kaltgewalztem Stahl gerahmt, wie eine Reihe Bade-
zimmerspiegel.

«Ich bin nicht wegen der Bilder gekommen», sagte
ich, um Entschuldigung bittend. «Nur wegen der Rah-

men. Um mir einen Eindruck zu verschaffen, was Sie brauchen.»

«Ich würde denken, wir brauchen etwas Unauffälliges», sagte sie und ließ eine lange Hand zur grausamen Wand hin flattern, legte sich dieselbe Hand dann rasch aufs runde Schultergelenk und drückte es sacht. «Viele Künstler sind gegen jede Art von Rahmung, sie sagen, die starre Form erzeugt starres Denken, ihre Arbeit soll *unfertig* wirken, das rechteckige Format ist ihnen sowieso ein Dorn im Auge. Aber wir machen die Erfahrung», sagte sie, sich mit einem herzwärmenden schiefen Lächeln erbarmend, «dass ein Rahmen die Kunden beruhigt. Er beweist, dass das Bild *abgeschlossen* ist. Dass der Maler es so *meint*.»

«Ich bin mehr an den Profilen interessiert», sagte ich, aber sie wusste schon, dass ich an ihr interessiert war. Ich war benommen; eine Art Nebel war zwischen uns aufgestiegen. In jenen unaufgeklärten Tagen wurde ein solches Interesse nicht als Beleidigung empfunden, sondern als eine gegebene Größe, die man in seine Lebensgleichung aufnahm, wie immer die gerade aussah. Jane und ich waren beide Anfang dreißig, ein Alter, in dem man neue Rechnungen aufmachte. Zu Hause in Buffalo hatte ich, zusammen mit meiner Familie, eine wilde Verliebtheit und die explosive Lösung des Knotens überlebt; im Gefolge dieser Stürme hatte ich meine Schätzung, wie viel Glück ich der Welt abringen könnte und wie viel ich einer Frau, die nicht meine Frau war, zu bieten hätte, nach unten korrigiert. Ich war klug und vorsichtig geworden. Aber New York war eine andere Welt – eine Unendlichkeit an Restaurants und Apartments und Fahrstuhlschächten und menschlichen Begierden. Ich wurde erst am späten Abend des nächsten Tages zurückerwartet.

«Wegen der Profile», sagte Jane nach einem linkischen Zögern und einem alarmiert starrenden Blick, der sich für eine Sekunde durch den Nebel brannte, «müssten Sie vielleicht in den Lagerraum mitkommen.» In dem voll gestellten Raum mit seinem nicht gänzlich ungeordneten Durcheinander aus ungerahmter Kunst und nicht zusammengefügten Rahmen und L-förmigen Messwinkeln und Messern und einem zernarbten Arbeitstisch setzten wir uns auf kippelige hohe Hocker und rauchten eine Zigarette.

«Und was machen *Sie*, Stan?»

Ich erzählte ihr, dass ich eigentlich als Ingenieur hatte arbeiten wollen, stattdessen aber als Verkäufer von Formstücken aus Metalllegierungen unterwegs war. Ich erzählte von meinem Haus mit acht Zimmern, meiner Familie mit drei Kindern, meiner Garage für zwei Autos in Eggertsville und von der neuen roten Toro-Schneefräse, mit der ich in den legendären Schneemassen am Erie-See einen Weg offen zu halten versuchte. «Jetzt erzählen Sie mir von sich.»

Sie rauchte wie jemand, der noch nie zuvor geraucht hatte, führte die Zigarette mit flacher Hand an die Lippen, die Finger dabei verkrampft zurückgebogen. Sie drückte den Stummel in einem klobigen grünen Aschenbecher aus, als zermalme sie ein hartnäckig lebendiges Insekt. «Keine Zeit, Schätzchen», sagte sie und hopste ungeschickt vom Hocker herunter. Die Schuhe am Ende ihrer langen Beine mit den vollen Schenkeln waren von einem bestürzenden leuchtenden Rot, wie scharlachfarben lackierte Fingernägel an schwarzen Händen. «Ich höre vorne Leute. Vielleicht wollen sie die Kunstwerke stehlen. Ich sollte sie dazu ermuntern.» Sie setzte hinzu: «Ich habe auch ein Kind. Einen neunjährigen Sohn. Keinen Mann, kein Auto, keine Schneefräse, aber ein liebes, gut geratenes Kind.»

Dieses Mal hatten ihr Zögern und ihr eindringlicher Blick eine klare Bedeutung: *ich* war an der Reihe, einen Zug zu machen, und das rasch. Ich war an der Reihe, linkisch zu sein. «Würden Sie, hätten Sie Lust, heute Abend essen zu gehn? Oder haben Sie Besseres zu tun? Bestimmt haben Sie das.»

Zu meiner leisen Enttäuschung – ich sah Komplikationen voraus – hatte sie nichts vor. «Hört sich gut an, für mich», sagte sie und strich sich auf bedachtsame Weise die Haare vom einen Ohr zurück. «Was ist mit Ihnen – Sie sind anscheinend nicht so überzeugt.»

«Und der Junge?»

«Ich bestelle jemanden, der auf ihn aufpasst.»

«Das geht? So kurzfristig?» In Buffalo waren Kinderhüter unergründliche pubertierende Mädchen, eingesponnen in die Traumwelt von Dreizehnjährigen, oder aber großmütterliche Frauen, Witwen, ältere Fräulein, die hoch geschätzt waren und Wochen im Voraus gebucht werden mussten. Ich war in der Tat unschlüssig, aber der Nebel zwischen Jane und mir hatte sich verdichtet.

«Das geht», insistierte sie. «Acht Uhr zu spät für Sie? Ich mache ihm zu essen und bringe ihn zu Bett. Hier ist die Adresse – ein Spaziergang von hier aus. Seien Sie nicht so zaghaft, Stan. Es wird lustig werden.»

Jane wohnte auf der West Side, zwanzig Blocks nördlich von ihrem Arbeitsplatz. In jener Nacht, oder in einer nicht lange danach, entdeckte ich verblüfft, dass etliche Taxis in den Straßen unterwegs waren, um drei in der Frühe. Schläfrig aus der Wärme ihres Bettes hervorgekrochen, hatte ich mich gefürchtet, als ich auf die Columbus Avenue hinaustrat. Unsere geflüsterten Abschiedsworte summten mir noch in den Ohren; ihr letzter Kuss verdunstete unter meiner Nase. Ich fühlte mich am ganzen Körper so schutzlos wie eine Nacktschnecke. Ich war gegangen, damit der Junge mich nicht vorfand, wenn er wach wurde, und weil meine Frau im Hotel angerufen haben könnte, außer sich wegen irgendeines häuslichen Notfalls. Bei aller Lebenstüchtigkeit und allem Aplomb hatte Carole etwas Nervöses, Klammerndes. Ich hatte sie zur mehrfachen Mutter gemacht und war dann wieder meiner Wege gegangen.

Jetzt hatte ich meinen eigenen Notfall: rings um mich zogen sich die leeren schnurgeraden Straßen hin und verloren sich im Nichts; irgendwo, in einem hohen dunklen Eingang, hinter einer Treppe aus braunem Sandstein, lauerte vielleicht jemand mit gezücktem Springmesser und würde mich jeden Augenblick überfallen. Doch zwei Blocks entfernt leuchtete ein Drugstore, der die ganze Nacht geöffnet war, und stoßweise belebte Verkehr die Avenue. Es dauerte vielleicht zwei Minuten, und ein Taxi kam in Sicht, mit eingeschaltetem Lichtschildchen, das Rettung verhieß. Der Fahrer und ich waren auf diesen Rückfahrten zu meinem Hotel meistens in Plauderlaune; er freute sich, einen Fahrgast zu haben, und mir war die Zunge gelöst durch sexuellen Triumph und das Gefühl, entkommen zu sein. Diese Fahrten durch die fast menschenleere Stadt hatten etwas Klares, Wahres; ich war wieder auf Kurs. Wenn ich vor dem Hotel ausstieg, den Fahrer bezahlte, in meiner erhitzten Derangiertheit am keine Miene verziehenden Portier vorbeiging in den Lift und zum fensterlosen Flur hinauffuhr, der zu meinem stillen, wartenden Zimmer führte, vereinigte ich mich wieder mit einem Selbst, das die ganze Zeit hier gewesen war. Das Bett war kühl, die Laken waren straff gespannt, auf dem Kopfkissen lag ein Pfefferminzplätzchen.

Manchmal kam Jane zu mir ins Hotel. Einmal, als ich kein Licht im Zimmer gemacht hatte, weil ich wusste, dass sie gleich kommen würde, fragte sie, als ich sie einließ: «Bin ich hier richtig – findet hier die Orgie statt?» Ein anderes Mal – dasselbe Mal? wie viele Male gab es? – bekamen wir die Tür nicht auf, als es Zeit für sie war, zu gehen. Es war absurd und beängstigend; ein unsichtbarer Gesetzesvollstrecker hatte mich mitsamt dem lebendigen Beweis für mein Verbrechen in eine Falle gelockt. Es war nach zwei Uhr morgens, Jane hätte die Orgie längst verlassen und die Babysitterin erlösen müssen. Eine Frau, die eine Etage tiefer wohnte, sprang kurzfristig für sie ein und hütete das Kind. Es gab eine Schwesternschaft allein stehender New Yorker Frauen, die einander anfeuerten im nahezu aussichtslosen Rennen um einen Partner. Männer – taugliche, ungebundene, heterosexuelle Männer – waren knapp, in New York knapper als im Umland; Jane teilte mir das zu ihrem Nachteil mit, denn in den Monaten zwischen meinen Ausflügen in die Stadt machte ich mir keine Sorgen: sie würde jedes Mal für mich da sein, so berückend und bereit wie eh und je.

Das Geheimnis der verschlossenen Tür wurde nie ganz gelöst. Über die moralischen Maßstäbe des Hotelmanagements in jenen Jahren kurz vor der sexuellen Revolution war ich mir nicht im Klaren; ich stotterte schuldbewusst, als ich den Portier anrief. Es kam uns vor, als warteten wir viele Minuten, eine Zeitspanne, während deren Jane und ich zusammen gefangen waren, vollständig angezogen und physisch erschöpft. Endlich kam ein schwarzer Wartungsmonteur und öffnete die Tür von außen mit einem Hauptschlüssel. Er fummelte verdattert an dem widerspenstigen Knauf auf der Innenseite herum und unterhielt sich mit uns, als ob heller Tag sei und als habe er es mit dem normalsten, legalsten Paar zu tun, das je seiner fachmännischen Dienste bedurft hatte. Wir bildeten eine kleine Gemeinschaft zu dieser ungewöhnlichen Stunde; er und Jane verstanden sich besonders gut, sie überboten sich in Theorien, wie diesem technischen Rätsel beizukommen sei. Jane sagte: «Ich dachte, vielleicht ist es wie bei einem Subway-Drehkreuz – man muss eine Marke reinstecken.» Es war eine Offenbarung für mich, diese nächtliche New Yorker Kameraderie und die freundliche Art, mit der die Stadt meinen Ehebruch in ihren Rund-um-die-Uhr-Betrieb hineinquirlte.

Carole und ich hatten uns auf dem College kennen gelernt, an der Universität von Buffalo, bevor die der N. Y. State University angegliedert wurde. Sie studierte im Hauptfach Mathematik, war intelligent, überlegt, fest und harmonisch zusammengefügt. Sie trug dicke Brillengläser und hatte einen schmalen, ernsten Mund. Ich sah auf den ersten Blick, dass sie vertrauenswürdig sein würde, als Partnerin und als Mutter meiner Kinder. Mein Urteil war vernünftig; sie brachte alles mit, was ich mir billigerweise von einer Gefährtin erhoffen konnte. Wir studierten beide zu angestrengt, um Zeit und Energie für das herkömmliche Zelebrieren einer jungen Liebe aufzubringen; wir verkehrten einfach zwei Jahre lang als gute Kumpel miteinander und beschlossen im letzten Studienjahr, zu heiraten. An einem der kleinen, an Straßenecken gelegenen Blumenläden in Manhattan zu halten und einen Arm voll roter Rosen oder blasslila Gladiolen zu kaufen bedeutete, eine Rolle zu spielen, die Rolle des Verehrers: ich spielte sie zum ersten Mal. Ich spielte neben der sturmerprobten italienischen Aktrice hinter dem Ladentisch, der mit dem Schnurrbartflaum und dem ausgefransten Sweater und dem fest aufgesteckten eisengrauen Dutt, aus dem in dramatischem Winkel ein gelber Bleistift ragte. Im weißen Rampenlicht waren alle meine Sinne um eine Nuance gesteigert: ich registrierte mit fiebriger Schärfe die blütenblättrigen Farben, die sich zusammen mit ihren Spiegelbildern im schwarzen Schaufenster drängten, und den kalten Hauch, der aus dem Kühlraum mit der Glastür wehte, worin die Schnittblumen verwahrt wurden, und die unwirsche geschickte Bewegung, mit der mein Co-Star sich den Bleistift aus dem Dutt zog und mir die Quittung hinkritzelte, bevor sie mich mit meinem kegelförmig in grünes Papier gewickelten Strauß auf die Straße hinaus schickte. Dadurch, dass ich Blumen bei mir hatte, war ich aufgenommen in die Armee der Liebenden in dieser Stadt. Ein Stück weiter oben an der Columbus Avenue betrat ich den erleuchteten Spirituosenladen und kaufte eine Flasche Wild Turkey – der teuerste Bourbon, für meine Begriffe. Carole und ich tranken zu Hause Jim Beam, und auch nur in Maßen. Aber ich war hier ein anderer, ein Sugar Daddy aus Singapur. Blumen und Alkohol – was sonst konnte ich Jane mitbringen, um meine Dankbarkeit zu bekunden? Sex, für den man zahlte, wie unzureichend auch immer, war besser – klarer, nackter, direkter – als ehelicher Sex, von dem wir erwarten, dass er sich gratis an uns heranschleicht. Ich ließ mich zu selten in dem Spirituosenladen blicken – vier- oder fünfmal im Jahr –, als dass mir ein Gruß seitens der Besitzer, zweier mürrischer Brüder, zugestanden hätte, aber nach einem Jahr konnte ich eine Regung in ihren misstrauischen Gesichtern sehen, einen Verdacht, dass ich ihnen nicht ganz unbekannt war. Vielleicht lag es an meiner glühenden Verliebtheit, dass ich in die Augen fiel. Ich hätte ein Jungverheirateter sein können, der neu in der Nachbarschaft war und noch benommen von den Wonnen des innigen Miteinanders.

Ein sicherlich imaginäres Glück besonnt meine Erinnerungen. Einmal, im Januar, stand ich an Janes vorderen Fenstern und sah auf die Kronen einer Reihe von Platanen nieder, als ein schräg fallender nasser Schneeschauer weiße Halbmonde auf jede kleine Kugelfrucht legte, indes das Apartment hinter mir überströmte vom ergreifenden Menschenstimmengeläut der Swingle Singers, die Bachfugen vortrugen – eine Platte, die Jane zu Weihnachten bekommen hatte, von wem, fragte ich nicht –, und ich vor Freude den Tränen nah war. Ich hatte einen losen wollenen Morgenmantel, der Jane gehörte, um mich gewickelt, und mein Körper fühlte sich an, als sei er gepolstert mit dem spirituellen Flausch der Zufriedenheit. Hinter mir, gleich neben der Küche, deckte sie den Frühstückstisch. Orangensaft-Paraboloide und ein Marmeladenzylinder leuchteten mit einem Licht, das von innen kam. Der Duft nach aufgebackenen englischen Muffins überschnitt sich mit dem Anblick des diagonal fallenden Schnees, der an den Platanenkugeln haften blieb. Der morgendliche Moment strömte über und über, Bach ging wieder und wieder sein Thema an und wollte kein Ende finden. Jeffrey, Janes Sohn, war bei einem Freund oder bei seinem Vater, sodass wir, dieses eine Mal, die Wohnung ganz für uns hatten. Ich war über Nacht geblieben, hatte mich mutig darauf verlassen, dass das Telefon im Hotel nicht läutete. Jane war fast so groß wie ich, deshalb konnte ich ihren blauen Morgenmantel tragen. In einen Morgenmantel von Carole hätte ich nie hineingepasst; Carole war klein und knapp. An Jane liebte ich das Übermaß, das Zuviel – die Hüften so breit, dass sie einen schlingernden Schaukelgang hatte, die zedernholzfarbene Mähne, die mir immer ins Gesicht fiel, die langen knochigen flaumigen Arme, die Beine, die bis in die Ecken am Fußende des Bettes reichten. Es war ein Einzelbett; wir hatten schlecht geschlafen, hatten uns gegenseitig ins Gesicht geschnarcht und waren Ellbogenknüffen ausgewichen.

Ihr geschiedener Mann war Maler, so wenig erfolgreich, dass er keinen Unterhalt für das Kind zahlen konnte und ich noch nie von ihm gehört hatte, aber nicht so erfolglos, dass er seine Vorstellung von sich als Künstler revidieren müsste. Ich hasste Janes Künstlerwelt und war gleichzeitig neidisch – die Lofts und die Gelage, die Privilegiertheit dieser Leute, die sich selbst freistellten von der alltäglichen Plackerei der breiten Masse, der weltentrückte Charme, den sie hatten. Jeffrey, neun, dann zehn, war rehäugig und von ernster Höflichkeit, vielleicht, weil ich ihn meistens sah, wenn er gerade zu Bett gebracht wurde, wenige Augenblicke bevor ich mit seiner Mutter die Wohnung verließ. Das große Fenster seines winzigen Zimmers ging nach Süden hinaus, auf die Lichter von Midtown, die in riesigen rechteckigen Formationen höher und höher stiegen – ein Anblick wie aus Tausendund-einer Nacht, der mich mit unterwürfiger Dankbarkeit er-füllte, dass es mir, einem Plünderer aus dem Norden des Staates, vergönnt war, meinen kleinen erschlichenen Vor-teil zu nutzen und diese Pracht, diese Herrlichkeit zu sehen.

Jeffrey war in der Schule frühreif, und Jane war stolz darauf. Manchmal wechselten er und ich ein paar Worte miteinander; ich hatte den Eindruck, dass er sich mir ge-genüber mit gewiefter Fügsamkeit gab und dass er eine vorsichtige Hoffnung hegte. Die Einsamkeit seiner Mut-ter war die Luft, die er atmete, und ich verhalf ihm zu einer kurzzeitigen Luftveränderung. Er war blonder als sie, sah britisch aus mit dem spitzen Kinn, der hellen Haut und den rosigen Wangen; nur die eulenhaften brau-nen Augen und die schwarzen Brauen zeugten von dem dunkleren Blut in ihm, dem seines Vaters. Er hatte alles Mögliche von Tolkien und C. S. Lewis gelesen; in der Schule hatte er gerade leichte Schwierigkeiten beim Ad-dieren von ungleichen Brüchen. Unter den Männern am Rand seines Lebens muss ich der einzige gewesen sein, der ein Diplom als Ingenieur hatte.

«Du schreibst die Zahlen so schön ordentlich!», rief er aus, als ich begann, ihn über gemeinsame Nenner auf-zuklären.

«Das muss man. Wenn sie nicht klar und deutlich sind, taugen sie zu gar nichts. So wie du die ‹4› schreibst, oben geschlossen, ähnelt sie viel zu sehr einer ‹9›.»

«Aber, Stan, in Büchern ist die ‹4› oben immer so ge-schlossen.»

«Bücher können sich eine Menge erlauben, was wir uns im wirklichen Leben nicht erlauben dürfen», erklärte ich ihm väterlich. Es war eigenartig bezaubernd, von einem Kind, das so alt war wie meine eigenen Kinder, «Stan» genannt zu werden. Ich war zeitweilig ein Mitglied dieser Familie, doch die Zugehörigkeit war aus Engelshaar gewoben, war unwirklich, hatte nichts von dem Gewicht, das echte Familienbande haben. Ich war vorübergehend verwunschen, um zur Verwunschenheit dieser beiden zu passen, die so prekär in der Schwebe hingen, hier, zwischen den Kronen der Platanen und den Formationen leuchtender Wolkenkratzerfenster.

Janes Wohnung war billig eingerichtet; an den Wänden hatte sie ungerahmte Drucke befestigt, und als Lampentische dienten ihr aufgestapelte Kunstbücher und Kataloge. Ich fühlte mich unerhört behände in dieser Wohnung, leichtfüßig, verstohlen, ich stahl Glück aus diesen Zimmern und schlüpfte dann davon, in den Fahrstuhl (wie laut sein Getriebe und seine Türen erschienen in diesem fest schlafenden Gebäude!), und hinaus auf die kahlen Straßen, die mir geheimnisvoll prompt ein streunendes Taxi mit hell glühendem dritten Auge zuführten.

Abenteuer! Abenteuer mit Jane. Wir mussten essen. Als der Wartungsmonteur uns schließlich aus dem Hotelzimmer befreite, waren wir beide halb verhungert und fanden an der East Forty-second Street ein durchgehend geöffnetes Automatenrestaurant. Es war, als träte ich, mit einem Petty-Girl am Arm, in einen Hopper ein. Ganz gleich, in welches Restaurant ich Jane begleitete, es war ein luxuriöses Gefühl. Wir riefen nie vorher an – ich mochte mich nicht mit den saftig-klangvollen, akzentschweren Stimmen in den namhaften Etablissements herumschlagen, La Côte Basque und so fort –, aber New

York war reich an halb leeren Restaurants ohne großen Namen, wo die Leute sich freuten, wenn man vorbeischaute; der Oberkellner strahlte beim Anblick Janes in ihrem Minirock und dem langen zedernholzroten Haar. Ich erinnere mich an ein ziemlich teures schwedisches Smörgåsbord in den East Fifties und an ein Steakhaus mit Texasdekor und großen Fenstern, die auf die Third Avenue hinausgingen, und an ein Fischlokal mit nackten Holztischen südlich vom Washington Square. Broadway-Stücke dauerten zu lange, die Zeit, die wir miteinander hatten, war zu kostbar dafür, aber sie ging mit mir in einen «Underground»-Film irgendwo in den trostlosen Thirties und in ein Theaterstück im Village, das von einer Gruppe Drogensüchtiger handelte, die herumsaß und wartete, dass ihre «Connection» sich blicken ließ. Ich umarmte sie immer wieder während des Stücks; seine Botschaft von Hoffnungslosigkeit, von Abhängigkeit, schien an uns adressiert und uns aufzunehmen in die verstreuten Rebellionstruppen jener Prä-Vietnam-Jahre. Aber sie reagierte ostentativ nicht, als wolle sie mir zu verstehen geben, indes ihr lose fallendes Haar mich an der Wange kitzelte, dass ich es mir mit meiner romantischen Sicht der Dinge zu leicht machte.

Der Film hatte keine Handlung, die mir in Erinnerung geblieben wäre; es gab viele körnige langsame Schwenks und eine zerfahrene surrealistische Collage, zu der ein rascher, mehrmals dazwischen geschnittener Fellatio-Akt gehörte, der Jane neben mir zu einem gehauchten «Uhh-ohh» veranlasste. Der Akt war simuliert, mit Photographien von einem Dildo und dem Gesicht einer jungen Frau, nicht wirklichkeitsgetreu für die Kamera inszeniert, wie man es wenige Jahre später gemacht hätte. Für die damalige Zeit war es kühn, und kühn war auch das, was Jane tat, als sie im Bett, nicht ohne Verlegenheit, jäh den Kopf niederduckte und mit ihren Lippen die Spitze meiner Erektion berührte, wie ein kleines Mädchen, das der plötzlichen Eingebung gehorchte, seiner Lieblingspuppe einen Kuss auf den kahlen Kopf zu geben. Der Kuss war flüchtig und leicht und schien sie ebenso zu erschrecken wie mich; in meiner Erinnerung bleibt ein einmaliger Augenblick, erleuchtet vom Schein eines Blumenladens – die feuchte verborgene Intimität, die erwartungsvollen sanften Blütenblätter. Ich drängte sie nicht, die Geste zu wiederholen; sie war einem überströmenden Gefühl entsprungen, das zu forcieren ich nicht in der Lage war. Ich konnte mich beschenken lassen, aber verlangen konnte ich nichts.

Was bekam sie von mir? Eine Unterweisung im Umgang mit Essstäbchen. Wir waren aufs Geratewohl in ein ziemlich überladen dekoriertes, funzlig beleuchtetes chinesisches Restaurant mit goldener Tapete und königsblau gepolsterten Sitzbänken an der Lexington Avenue gegangen. Essstäbchen lagen in kleinen Papierhüllen auf dem Tisch, aber Jane griff nach Messer und Gabel, denn auch die fanden sich neben den Tellern. Ich fragte sie: «Die anderen, mit denen du losziehst, lassen dir das durchgehn?»

Sie wurde rot und richtete defensiv alle Stacheln auf. «Die anderen, mit denen ich losziehe, wie du das nennst, gehn mit mir nur sehr selten zum Chinesen.»

Ich versuchte, nicht neugierig zu sein, wie ihr Leben während der langen Zeitspannen verlief, in denen ich nicht da war; es wäre schmerzlich für mich gewesen, zu viel zu wissen, und schmerzlich für sie, gestehen zu müssen, dass es nicht viel zu wissen gab. «Wohl nicht nobel genug», sagte ich schroff, nun meinerseits in der Defensive. Zu Hause in Buffalo war chinesisch essen zu gehen ein Fest für die Kinder, das keinen Aufwand erforderte, und es war eine bequeme Art, die langweiligen Paare zu treffen, die Carole so mochte. Ich erklärte Jane in sanfterem Ton: «Chinesisches Essen und Silber, das sollte man nicht machen. Pass auf, es ist wirklich keine große Kunst.» Ich wickelte ihre Stäbchen aus und nahm ihre lange sommersprossige Hand mit den lockeren Gelenken in meine. Jane schien ein wenig verängstigt. Einen kurzen Moment sah ich mich selbst im Spiegel ihres weiblichen Geistes: ich war ein Mann, zum Fürchten, mit großen Händen, die böse zuschlagen konnten. Mich den Stäbchen zuwendend, sagte ich: «Du lehnst das eine hier gegen diesen Finger und hältst es mit dem Daumen fest, und das andere nimmst du zwischen diese beiden Finger, wie einen Bleistift. Spürst du, wie beweglich sie sind? Mit diesem leichten Zangengriff kannst du alles aufnehmen, ein einzelnes Reiskorn genauso wie einen Brocken süßsaures Schweinefleisch.»

«Ich kann's!», verkündete sie nach einer Weile. «Es ist wunderbar! Huch. Mist.»

«Reis geht am schwersten. Schieb die Stäbchen zusammen. Chinesische Bauern benutzen sie wie eine Schaufel.»

«Über dreißig», sagte sie, «und ich dachte schon, ich krieg's *nie* hin mit diesen verdammten Dingern. Ich habe beobachtet, wie andere damit umgingen, und das sah immer so lässig aus. *Danke*, Stan!»

Ich nahm ihren Dank mit Stolz entgegen. Ich zweifle, ob Jeffrey das mit den gemeinsamen Nennern wirklich kapiert hat, aber ich möchte glauben, dass Jane bis ans Ende ihrer Tage mit Stäbchen essen kann, weil ich es sie gelehrt habe.

Sie entgleitet mir. Der Nebel, der aufstieg, als wir uns zum ersten Mal sahen, umgeben von grellem blauen Geschmier, droht, alle Einzelheiten zu verschlucken. Die Essstäbchen, die Taxis tief in der Nacht, meine aufgeregte Verkörperung eines Mannes, der Blumen für die Liebste kauft – was ist mir sonst noch in Erinnerung? Wir müssen miteinander geredet haben, Tausende von Worten, aber über was? Die Gebiete, auf denen wir uns auskannten, waren höchst verschieden voneinander, und wenn wir zu lange von unseren Ehen sprachen, stolperten wir unweigerlich über die Tatsache, dass ihre beendet war und meine nicht. Einmal, als ich nach einer längeren Abwesenheit als sonst zu ihr kam, hauchte sie mir ins Ohr: «Er ist zu Hause», ein Satz, der mich fast um meine Kraft brachte, so traurig falsch erschien er mir. Mein Zuhause war in Eggertsville, bei den drei Kindern, den Möbelgarnituren, den Dinnerpartys am Samstagabend und meiner Herrentennisgruppe, respektive Caroles Methodistenchor am Sonntagvormittag. Janes Reiz lag gerade darin, dass sie *kein* Zuhause war, sondern ein wunderbares Anderswo.

New York City vermisste mich nicht; mir kam nicht in den Sinn, dass sie es vielleicht tat. Um ihre tränentrübe Stimmung zu rechtfertigen – Jeffrey hatte eine fiebrige Erkältung, sie fand, sie dürfe nicht weggehen und ihn mit Brenda aus der Etage unter ihr allein lassen, deshalb saßen wir angezogen in dem Zimmer, von dem man auf die Platanenkronen sah –, ließ Jane die Bemerkung fallen:

«Der Unterschied ist, du bist nicht jeden Tag zum Briefkasten runtergerannt und hast auf einen Brief aus Buffalo gehofft.»

Ihre Briefe an mich, die sie in mein Büro im Betrieb schickte, brachten mich in Verlegenheit, und die Abteilungssekretärin machte jedes Mal ein komisches Gesicht, wenn sie ein Couvert, das mit dieser ausladenden runden Schrift an mich adressiert war, auf meinen Schreibtisch legte. Was die Galerie alles tat, um zu überleben, dass sie auf einer Vernissage von weitem Robert Motherwell oder irgendeinen anderen Großen gesehen hatte, wie Jeffrey in der Schule vorankam – die Details ihrer Welt, wenn ich nicht da war, erschienen mir mager und unwirklich. Umgekehrt könnten Details aus meiner Welt mich ihr vielleicht entfremden, weil sie ein Bild von einem Leben gäben, das weniger einsam war als ihres. Ich hatte in Buffalo alles, was ich zum Leben brauchte, nur eines nicht, mein New-York-Girl, das mir im Bewusstsein haftete und mich lockte, wie eine Nascherei nach dem Abendessen, ein Pfefferminzplätzchen auf dem Kopfkissen. «Ich habe nicht viel zu sagen», sagte ich. «Nur dass ich dich anbete.»

«‹Anbeten›, darin drückt sich Abstand aus, findest du nicht?» Jane hatte ein strenges Gesicht, das für Leute bestimmt war, die bei kaltem Wetter in die Galerie kamen, bloß um sich aufzuwärmen. Ungeschickt zerquetschte sie die bis zum scharlachroten Filter heruntergerauchte Zigarette in einem modisch groben Aschenbecher aus Ton, der auf dem Kunstbücherstapel stand. Sie hatte sich bei Jeffrey angesteckt und räusperte sich in einem fort.

«Du möchtest nicht hören», versicherte ich ihr, «welches meiner Kinder sich das Fahrrad hat stehlen lassen oder welcher Hund gestorben ist.»

«Möchte ich nicht?»

«Oder wie Caroles Kombi einen Platten bekam, als er für die Fahrgemeinschaft unterwegs war, oder wie Soundso sich auf der furchtbaren Dinnerparty bei Soundso betrunken hat.»

«Die Frau, derentwegen du Carole fast verlassen hättest – siehst du sie noch?»

«Althea Wadsworth. Manchmal, bei besonderen Anlässen. Wir lassen uns alle nichts anmerken. Das Leben muss weitergehen.»

«Das muss es wohl, ja.»

Mir war unbehaglich zumut bei dieser Unterhaltung; ich trat an eines der nach vorn hinausgehenden Fenster und fragte mich, ob es wohl das letzte Mal war, dass ich auf diese Baumwipfel niedersah. Nach Norden zu gab es kaum Wolkenkratzer, nur niedrig in der Ferne sich verlierende Straßen und Wohnungsfenster. Es hätte beinah Buffalo sein können, in der Gegend der Seneca Street.

«Für diese Althea hast du dir fast ein Bein ausgerissen. Ihretwegen hast du versucht, Carole zu verlassen.»

Es war mir unangenehm, dass Jane die Namen dieser Frauen kannte. Ich unterdrückte den Impuls, ihr zu erklären, dass ich gesehen hatte, wie Althea sich als vorstädtische Hausfrau und Mutter machte – dass ich mir vorstellen konnte, ihr Caroles Platz zu geben. Ich kannte das gesamte Mobiliar, das sie mitbringen würde. Janes Mobiliar war ungreifbar – es war die Stadt selbst, das Universum anonymer heller Fenster.

«Ja, und ich habe mir geschworen, es nicht noch einmal zu versuchen. Es war zu schmerzhaft, für alle.»

Jeffrey hustete nebenan – das trockene zarte Husten eines Einzelkindes –, und Jane ging zu ihm. Ich hörte sie murmeln, während sie ihm sacht auf den Rücken klopfte. Sie begann zu singen. Ich hatte sie noch nie singen hören. Sie hatte eine süße Stimme, dünn, aber rein, mit einem unvermuteten Hillbilly-Näseln. «You are my sunshine, my only sunshine», sang sie zärtlich für Jeffrey, «you make me happy when skies are gray …»

Nach einer Weile, als der Junge eingeschlafen war, kam sie zu mir zurück und legte ohne Hast, mit der hochschenkligen ungelenken Anmut eines Rehs sich bewegend, ihre Kleider ab. Wir liebten uns auf dem Schaumstoffsofa mit den wackligen Chrombeinen, und hinterher aßen wir sechs getoastete Bagels und ein Pfund Sahnefrischkäse. Möglicherweise war dies das letzte Mal, dass ich mit ihr geschlafen habe, aber ich bin mir nicht sicher. Unsere Beziehung ist nach und nach im Sand verlaufen. Das Geschäft mit stranggepresstem Aluminium sah sich einem Ansturm neuer ausländischer Konkurrenz gegenüber – aus Südkorea und Taiwan, nach allem, was wie für die getan hatten –, und Buffalo wurde komplizierter und beanspruchte mehr Zeit als früher, bei der Arbeit ebenso wie an der gesellschaftlichen Front, und so hörte ich auf, Gründe für Fahrten nach Manhattan zu erfinden.

Althea und ich waren fast fünfzehn Jahre verheiratet, als ich Jane wiedersah, in Rochester. Ausgerechnet in Rochester, mitten im Winter, in der Innenstadt, vor einem der Eingänge des Einkaufszentrums, wo es den Totempfahl gibt und die Uhr mit dem kleinen Marionettentheater. Weihnachten war vorüber, und der Schnee jenes Winters war zu fleckigem, geriffeltem, eisenhartem Eis komprimiert. Jane war in Begleitung eines blonden Kindes, das ich für Jeffrey hielt; aber Jeffrey war inzwischen natürlich über zwanzig, machte ich mir klar. Der Junge zerrte an ihr, sie lächelte ihr schiefes Lächeln, und ich konnte kaum sprechen, denn der alte Nebel war wieder zwischen uns aufgestiegen, so wenig attraktiv sie auch aussah. Sie hatte zugenommen. Ihr nicht mehr junges Gesicht war rund und rot unter der Strickmütze, und sie trug eine schwarze wattierte Jacke, eine von der Art, wie sie zur Dienstkleidung von Vorstadtmatronen gehörte. Hundehaare klebten am Stoff und irgendwelche Fussel, die wie Strohstückchen aussahen.

«Jane, mein Gott», sagte ich und taumelte rückwärts aus der resoluten, ja selbstgewissen Umarmung, die sie mir, durch unsere winterlichen Verpackungen hindurch, zuteil werden ließ. «Was machst du hier?»

«Ich lebe hier», sagte sie klingend. «In Irondequoit, um genau zu sein. Wir haben eine alte Farm gekauft.»

Wir? Das zu erkunden, verschob ich erst einmal. «Wie – wie lange denn schon?»

«Oh, seit zehn Jahren. Dies ist Tommy.»

«Wo ist Jeffrey?»

«In Taos, er möchte Maler werden, der arme Schatz. Gott, war das eine Wohltat, wegzukommen von *Künst*-lern! Egoistische kindische Kotzbrocken, alle wie sie da sind! Ken arbeitet bei Kodak, er ist Chemiker. Wir haben uns auf die gleiche Weise kennen gelernt wie du und ich damals – er wollte der Galerie irgendein photomechani-sches Verfahren verkaufen.»

«Ich habe mir bloß Profile ansehn wollen. Aber, Jane, hältst du's denn aus, von New York fort zu sein? Von der Stadt, meine ich.»

Sie legte eine große, in einem schwarzen Fäustling

steckende Hand auf meine, und selbst durch das Leder und das Wollfutter hindurch spürte ich die Richtigkeit ihrer Berührung, es war wieder da, dies Gefühl von samtener Richtigkeit, von Jugend, wenn die Welt noch überreich an Möglichkeiten ist. Ich empfand in ihrer Gegenwart Todesfurcht, wie ein Mann sie im Angesicht einer Frau empfindet, die sich ihm einst geöffnet hat und nun nie mehr zu haben ist.

«Ich habe New York gehasst, ich habe mich verzweifelt danach gesehnt, rauszukommen. Du wusstest das, Stan. Deshalb warst du so auf der Hut.»

«Ich –»

Aber das merkwürdige Kind zerrte an ihr, wollte zu irgendeiner glühend gedachten Herrlichkeit in der Mall, und ihre Hand wurde unbeholfen weggerissen. Dieselbe Hand kurz aufflattern lassend, sagte sie eilig: «Sag nichts, Liebchen. Freu dich für mich, mehr musst du nicht tun.»

# Mein Vater am Rand der Schande

Sie sickerte sogar in meine Kinderträume, die Angst. Die Angst, dass mein Vater herunterfallen könnte von dem prekären Grat, auf dem er als geachteter Mann stand, ein Grat, auf dem wir alle standen, mit ihm. «Wir alle», das waren die, die von ihm abhängig waren: meine Mutter, ihre Eltern, ich selbst. Das Haus, in dem wir lebten, war zu groß für uns: mein Großvater hatte es 1922 gekauft, als er meinte, er sei wohlhabend genug, um sich zur Ruhe zu setzen. Im selben Jahrzehnt noch verlor er bei dem großen Börsenkrach all seine Ersparnisse. Er saß in einem Winkel des weitläufigen Hauses, in dem kleinen «Sonnenzimmer», das auf den Vorgarten, die Hecke und die Straße mit dem leise rauschenden Verkehr hinausging. Meine Großmutter, verkrümmt und verkrüppelt von Arthritis, humpelte in der Küche umher und im Hintergarten, wo sie Erbsen zog und Hühner hielt. Meine Mutter hatte ihren Platz im oberen Stock, an einem kleinen Schreibtisch mit korbgeflochtenen Seiten, wo man sie nicht stören durfte, und mein Vater war meistens in der Stadt unterwegs. Er war ein hoch gewachsener, langbeiniger Mann, der fortwährend in Bewegung sein musste. In dem Jahr, in dem ich geboren wurde, hatte er seine Arbeit verloren; er war im mittelatlantischen Raum Handelsvertreter für eine hochwertige englische Porzellanmarke gewesen. Erst nach drei Jahren – bange Jahre für ihn, für mich aber bloß ein paar Gerüche und Bilder, die in meinem Kleinkindgedächtnis haften geblieben sind – gelang es ihm, eine neue Arbeit zu finden, als Highschool-Lehrer. Und so habe ich ihn immer gekannt, als Lehrer. Stets einen Anzug tragend, in der Hemdtasche ein Päckchen Zigaretten, einen Drehbleistift und einen Füllfederhalter, ragte er als eine in der Stadt hoch angesehene Persönlichkeit vor mir auf. Vielleicht war es seine Größe, die mir die Furcht eingab, er könne zu Fall kommen.

In einem meiner Träume, auf den vermutlich die Depressionsmetaphorik der Karikaturen in der Zeitung abgefärbt hatte, steckte er in einem Fass, grau im Gesicht, und wurde von den belfernden Gespenstern der örtlichen Bürokratie die Rathausstufen hinuntergejagt. Die Menge begann, mit Gegenständen nach ihm zu werfen, und mein Versuch, ihn zu verteidigen, blieb mir im Hals stecken. Heute, in einer Zeit lang sich hinziehender Einkaufspassagen und Städte, die bloße Grenzmarkierungen auf der Karte eines Bauunternehmers sind, fällt es schwer, sich den ehernen Kern an Autorität vorzustellen, den es damals in Kleinstädten gab, zumindest in den Augen eines Kindes – die Macht, im Recht zu sein und dem Gesetz Geltung zu verschaffen, die aus dem humorlosen Gebaren der Männer mit Einfluss sprach. Es mussten keine Amtspersonen sein; unsere Stadt war zu klein, als dass sie viele Amtspersonen gehabt hätte. Und der Chef der Polizei war ein munterer, komisch kleiner Mann, der niemandem Furcht einflößte, nicht einmal den Erstklässlern, wenn er den Verkehr anhielt, damit sie auf dem Weg zur Grundschule die Straße überqueren konnten. Aber gewisse Kaufleute, der eine oder andere Pfarrer, der Bestattungsunternehmer, dessen Villa mit den grünen Markisen, gegenüber von einem Wirtshaus und einem Drugstore, die Hauptkreuzung beherrschte, und ganz besonders der Apotheker und der Direktor der Schule, an der mein Vater unterrichtete, das waren die Männer, die über die Möglichkeit geboten, zu verdammen und zu verbannen.

Um diese Macht zu haben, musste man in der Stadt geboren sein oder wenigstens in der Nachbarschaft, und das traf auf meinen Vater nicht zu. Sein Akzent, seine Voraussetzungen waren ein wenig anders. Dies war Pennsylvania, und er war aus New Jersey. Meine Mutter stammte aus der Umgebung, und es kann sein, dass sie meinen Vater geheiratet hat in der Hoffnung, der Gegend hier zu entfliehen. Aber vor sechs Jahrzehnten hatte das Land mehr Schwerkraft als heute; es hielt einen fest. Schicksal oder Kapitulation, meine Eltern mussten in meines Großvaters großem Haus leben, einem Haus, in dem nur ich, der ich Tag um Tag darin heranwuchs, heimisch und zufrieden war.

Ich war stolz auf meinen Lehrervater. Wenn sein Anzug zerknautscht war und sein Schlipsknoten schief saß, so war ich zu neu auf der Welt, um das zu bemerken. Er kämmte sich das Haar glatt zurück und scheitelte es, wie man es bei Männern seiner Generation oft sah, fast in der Mitte. Morgens, in der Küche, kippte er den Orangensaft hinunter (ausgepresst auf einem dieser geriffelten Glassombreros und dann durch ein Sieb gegossen), griff sich eine Scheibe Toast (der Toaster ein simpler Blechkasten, wie eine kleine Hütte mit Schlitz und schrägen Wänden, die auf einem Gasbrenner stand und die Brotscheibe jeweils nur auf einer Seite in Streifen braun färbte) und stürzte dann hinaus, so eilig, dass die Schlipsenden ihm über die Schulter flatterten, rannte quer über unseren Hof, an den Weinstöcken mit den summenden Japankäfer-Fallen vorbei, hinüber zum gelben Backsteinbau mit dem hohen Schornstein und dem weitläufigen Sportplatz, wo er unterrichtete. Obschon es, eingeklemmt zwischen den Reihenhausblocks, einige Strumpfwirkereien und Hutfabriken in der Stadt gab, war die Highschool das imponierendste Gebäude an meinem Horizont. Sie war der Mittelpunkt des Universums für mich. Ich genoss die anerkennenden Blicke, die der hohe Bekanntheitsgrad meines Vaters mir eintrug. Seine Lehrerkollegen grüßten mich auf der Straße mit einem Lächeln; andere Erwachsene schienen zu wissen, wer ich war, und dehnten eine gewisse ironische Nachsicht auch auf mich aus. Er trank nicht – sein nervöser Magen vertrug keinen Alkohol –, aber er hatte die eigensinnig geselligen Gewohnheiten eines Mannes, der gern trank. Er brauchte Menschen, er glaubte an ihre Klugheit und Hochherzigkeit, wie keiner von uns anderen, die wir mit ihm im selben Haus lebten: vier Einsiedler und ein Extravertierter. Es meiner Mutter gleichtuend, entwickelte ich früh die Fähigkeit, mich allein zu beschäftigen, mit Papier und den Bildern, die man auf ihm entwerfen konnte. Als ich in die Schule kam – in die Grundschule, am anderen Ende der Stadt, an der Hauptstraße –, war ich, verglichen mit meinen Klassengefährten, scheu.

Er nannte mich «Jung Amerika», als sei ich geltungsbedürftiger gewesen, als ich wirklich war. Mit einem langen Stock, den er sich zurechtgeschnitzt hatte und der in einer Gabel auslief, schob er mich in der Stadt umher; er hakte die Gabel hinten an meinem roten Wagen fest, und ich musste nur noch lenken. Nach mir kamen keine Kinder mehr. Mein Zimmer war schmal und klein, ein Bücherbord stand darin, und an den Wänden hingen ein paar gerahmte, von Vernon Grant gezeichnete Illustrationen zu Kinderreimen. Es ging nach hinten hinaus und grenzte an das Schlafzimmer meiner Eltern. Nachts konnte ich hören, wie sie miteinander redeten; auch wenn ich die Worte nicht genau verstand, drang doch das heiße Flüstern von Unglück, von einer dunklen Not durch die Wand. «*Dieser Mistkerl*», sagte mein Vater, einen Mann meinend, dessen Namen ich nicht mitbekommen hatte. «*Will mich fertig machen*», hörte ich. Wer konnte dieser Feind sein, grübelte ich dann, während die höhere, melodischere Stimme meiner Mutter ein Pflaster auf die rätselhafte Wunde zu legen versuchte und ich in den Schlaf gelullt wurde, umgeben von meinen Spielsachen, meinen Big Little Books, meinen Buntstiftzeichnungen auf dem rauen graubraunen Papier, das es in der Schule gab, und den Vernon-Grant-Figuren, die sich über dem Bücherbord versammelt hatten – eine Schar fröhlicher, langnasiger Engel mit Riesenschuhen, die den Berg hinabpurzelte. Papier, fühlte ich, würde mich beschützen. Manchmal gab es Zank im Zimmer meiner Eltern, von meiner melodischen Mutter kam ersticktes Schluchzen und von meinem Vater ein Donnergrollen; diese Streitereien waren wie ein Unwetter, das eine halbe Stunde lang gegen die Wände im Haus peitschte und trommelte und dann am Himmel gen Osten weiterzog, Richtung Philadelphia.

Viel Kummer und Verzweiflung, das weiß ich noch, gab es wegen eines Mannes, der Otto Werner hieß und seinen Namen deutsch aussprach, als ob er sich mit «V» schriebe. Unter den Pennsylvaniadeutschen war er ganz besonders deutsch, mit einem Zahnbürstenbärtchen, einem hinterhältigen Augenzwinkern, einer steifen aufrechten Haltung und einem abgehackten Gang. Er war gleichfalls Lehrer, aber an keiner der staatlichen Schulen in unserer Stadt. Er und mein Vater fuhren an den Wochenenden und in den Sommerferien ins anderthalb Stunden entfernte Philadelphia und besuchten Kurse, um ihren Magister zu machen. Mit dem Magister in der Tasche wäre es meinem Vater möglich gewesen, sein Gehalt um ein paar bitterlich benötigte Dollars aufzustocken.

Den ersten Skandal verursachte Otto, als er sich auf die Treppe der Furness-Bibliothek in der Universität von Pennsylvania stellte und «Heil Hitler!» rief. Die Vereinigten Staaten waren noch nicht im Krieg, und in Alton, nicht weit von uns, traf sich ganz offen der Prodeutsche Bund, aber Ottos Benehmen fiel aus dem Rahmen und war gefährlich. Otto war, wie mein Vater zugab, ein «freier Geist». Allerdings hatte er ein Auto und wir nicht. Wir hatten einmal eines gehabt, ein grünes Model A, das in meinen frühesten Erinnerungen vorkommt, aber irgendwann in den Dreißigern war es plötzlich verschwunden. In einer so kompakten Stadt wie der unseren kam man in fünfzehn Minuten überall zu Fuß hin, und die Region war von einem dichten Schienennetz durchzogen – Straßenbahnen, Eisenbahnen –, da empfand man den Verlust nicht als einschneidend. Und als dann der Krieg kam, konnten die, die ein Auto hatten, ohnehin kein Benzin mehr kaufen.

Der zweite Skandal war schlimmer als der mit «Heil Hitler!», er hatte mit einem Mädchen von der Highschool zu tun. Mein Vater überbrachte dem Mädchen hin und wieder Briefe von Otto, und es stellte sich heraus, dass es Liebesbriefe waren: mein Vater leistete der Verführung einer Minderjährigen Vorschub. Die Eltern des Mädchens kamen ins Spiel, und die Schulaufsichtsbehörde wurde eingeschaltet. Nicht nur dass meinem Vater die Entlassung drohte: ich begriff, dass er ins Gefängnis kommen konnte für seine Rolle in diesem Skandal. Nachts, im Bett, konnte ich hören, wie meine Eltern miteinander redeten, ein knisterndes, knallendes Flüstern, das so klang, als brate etwas in einer Pfanne; ich konnte die Hitze spüren und wie mein Vater sich in seiner Qual krümmte und die anderen Erwachsenen im Haus den Atem anhielten. Hatte es Rendezvous gegeben, und hatte mein Vater die Briefe überbracht, in denen stand, wo und wann? Es sah ihm gleich, immerfort war er Leuten unnötig zu Gefallen. Einmal zog er in einem Schneesturm los, um einen seiner Schüler aufzusuchen und ihn um Entschuldigung zu bitten, weil er im Unterricht ungeduldig gewesen war oder eine sarkastische Bemerkung gemacht hatte. «Ich hasse sarkastische Bemerkungen», sagte er. «Jeder in diesem Teil der Welt feuert sie ab, aber sie tun höllisch weh, wenn man die Zielscheibe ist. Armer Junge, ich dachte, er hätte den Gestank verbreitet, um mich zu ärgern, aber bei nüchterner Betrachtung glaube ich, dass es nur wieder die reine Dummheit war.» Er unterrichtete Chemie, das Fach mit den vielen Gelegenheiten, etwas zu verschütten, zu Bruch gehen zu lassen, üble Gerüche und kleine Explosionen zu erzeugen.

Der Skandal mit dem Mädchen ging irgendwie vorüber. Vielleicht waren die Briefe, die mein Vater überbracht hatte, harmlos. Vielleicht hatte er den Direktor und die Schulaufsichtsbehörde davon überzeugt, dass

zumindest er harmlos war. Es hatte eine Romanze gegeben, denn ein oder zwei Jahre später war das Mädchen,
das inzwischen seinen Abschluss hatte, mit Otto verheiratet. Das Paar zog in den Südwesten, besuchte aber dann
und wann meine Eltern. Als meine Mutter zur Witwe
wurde und allein in einem Farmhaus zehn Meilen von der
Stadt entfernt wohnte, besuchte das Paar sie auch dort:
meine Mutter in ihrem Farmhaus war eine Station auf der
alljährlichen österlichen Pilgerfahrt der beiden. Mrs. Werner war fünfzehn Jahre jünger als ihr Mann, aber sie ging
früh in die Breite und bekam weiße Haare, und so verlor
sich nach und nach das Anstößige des Altersunterschieds.
Sie hatten sich einen Winnebago gekauft und parkten ihn
längsseits der Scheune, und Otto humpelte dann fidel
durch den Garten auf meine Mutter zu, in den Augen
immer noch dies verschmitzte Zwinkern. Auch meine
Mutter war fröhlich, so als habe sie all den Kummer vergessen, den er einst über uns gebracht hatte. Beim Versuch, mir die heiße Erregtheit in dem alten Haus zu vergegenwärtigen, die panische Angst, in die er uns gestürzt
hatte, habe ich ganz vergessen, was das Interessanteste an
ihm war: er hatte nur ein Bein. Das andere war eine
beigefarbene Prothese, die an seinem abgehackten Gang
schuld war, diesem scharfen Rucken, als schleudere er etwas mit der rechten Hüfte von sich. Die Erinnerung daran lässt ihn weniger gefährlich erscheinen: wie könnte die
Welt je einen einbeinigen Mann dafür bestrafen, dass er
«Heil Hitler!» rief oder sich in ein Mädchen aus einer anderen Schule verliebte?

Die gebräuchlichsten Münzen im Land waren Zehn-
und Fünfundzwanzig-Cent-Stücke. Ein Hamburger kos-

tete zehn Cent, und ich zahlte zehn Cent an der Kinokasse, bis der Eintritt sich wegen einer Kriegssteuer auf elf Cent erhöhte. Im letzten Kriegsjahr, einen Monat vor dem Sieg in Europa und vor Hitlers plötzlichem Verschwinden – pufff! – aus dem unterirdischen Bunker, wurde ich dreizehn, und die alte Mrs. Naftziger in dem gläsernen Kassenhäuschen wusste das. Erwachsene mussten siebenundzwanzig Cent zahlen, und das war zu viel für mich, ich konnte nicht mehr zweimal in der Woche ins Kino gehen.

Die Kasse im Haushalt meines Großvaters funktionierte ziemlich einfach: mein Vater bekam alle zwei Wochen einen braunen Umschlag mit seinem Gehalt, und das Geld wurde in eine kleine rotweiße Blechschachtel geschüttet, die auf dem Eisschrank stand. Wer etwas zu bezahlen hatte, fischte sich die Scheine und Münzen heraus, die er brauchte; ich durfte mir jeden Tag nach dem Mittagessen sechs Cent nehmen, ein Fünfcent- und ein Eincentstück, um mir auf dem Weg zurück zur Grundschule einen Tastycake zu kaufen. Mein Großvater besorgte verpackte Lebensmittel bei Tyse Segner, ein paar Häuser weiter. Tyse wohnte mit seiner Frau in den Räumen hinter dem Laden und in der Etage darüber und war ein Mann aus der Generation meines Großvaters – ein ziemlich schlecht gelaunter, fand ich, wenn man bedachte, wie viele Süßigkeiten er hinter seinem Ladentisch hatte und dass er für drei essen konnte, wann immer er wollte. Meine Mutter kaufte, meistens jedenfalls, frisches Fleisch und Gemüse in Bud Hofferts Acme, zwei Blocks entfernt, hinter der Eisfabrik, oben an der Second Street. Bud trug eine randlose Brille und eine blutverschmierte Schürze. Meine Großmutter kochte, kaufte aber niemals

ein; mein Vater auch nicht – er sorgte bloß für «die Bröt-
chen», wie er das nannte. Die kleine Blechschachtel war
nie so leer, dass ich ohne meinen mittäglichen Tastycake
auskommen musste. Ich rückte einen Küchenstuhl an den
Eisschrank heran und stellte mich darauf, um mir das
Fünfcent- und das Eincentstück aus dem Durcheinander
gefalteter Dollarscheine und verstreuter Vierteldollar-
münzen zu klauben. Wenn der Blechboden sichtbar wurde, waren bald darauf neue Münzen und Scheine da, um
uns über die Runden zu helfen, und nach und nach dämmerte es mir, dass dieses Geld von der Highschool geliehen war, von den Einnahmen der Sportveranstaltungen.

Mein Vater verwaltete diese Einnahmen, eine der
Pflichten außerhalb des Lehrplans, die er übernommen
hatte. Bei Footballspielen saß er in einem Durchlass zwischen den Absperrseilen und verkaufte Karten, das Wechselgeld hatte er neben sich in einer flachen grünen Kassette, deren Fächer leicht gehöhlt waren, damit die
Münzen sich bequemer herausnehmen ließen. Bei Bas-
ketballspielen saß er mit der Kassette an einem kleinen
Tisch gleich hinter dem Hauptportal, gegenüber der Vi-
trine mit den Silberpokalen und um die Ecke vom Büro
des Direktors. Oft nahm er die grüne Kassette abends mit
nach Hause, zur sicheren Aufbewahrung. Die Eintritts-
karten faszinierten mich – aufgerollt zu Rädern groß wie
Essteller, nur dicker. Es gab sie in zwei verschiedenen Farben, Blau für Erwachsene, Orange für Schüler, und jede
Karte trug eine Nummer. Es war Geld, in anderer Form.
Jeder rechteckige Abschnitt des fest aufgerollten Streifens
aus dünner Pappe besaß, zur richtigen Zeit, einen echten
Wert, der in Kraft trat durch ein Sportereignis. Geld und
Zeit und Pappe und der Wunsch der Leute *dabei zu sein*,

waren auf Wunderweise miteinander verflochten. Mein Vater wirkte Wunder, er wandelte die Zuschauermengen beim Basketball am Dienstag- und Freitagabend und die Menge, die samstagnachmittags aus den Straßen der Stadt zum Footballfeld schlenderte, in Dollars und Vierteldollars und Zehncentstücke um. (Es war einfach, unter den Absperrseilen durchzukriechen, aber vielen Erwachsenen war das zu dumm, und sie zahlten.) Die Karten, deren Nummern in die Hunderte gingen, waren nichts wert, solange mein Vater nicht an seinem kleinen Tisch saß. Wenn er den Umschlag mit seinem Gehalt bekam, sorgte er alsbald dafür, dass der Betrag in der Kassette wieder stimmte – jedenfalls versicherte er das meiner Mutter. Sie hatte es inzwischen mit der Angst bekommen, und ihre Angst griff auf mich über.

In meinen Erinnerungen an die Gespräche zwischen ihnen, an das verzweifelt Dringliche dieser Gespräche, lehne ich mein Gesicht gegen die Maserung des hölzernen Eisschranks, eines mit Zink ausgekleideten Kastens, der würdevoll unsere Küche dominierte und majestätisch, Tag für Tag, eine Folge schwerer Eisblöcke verdaute, die in einem mit Stroh gepolsterten Lastwagen angeliefert und von einem rotbackigen Mann, dessen Rücken mit einem Lederschurz bedeckt war zum Schutz gegen die Nässe und die Kälte, mittels einer großen Zange ins Haus gewuchtet wurden. Ich konnte die eisige Kühle an meiner Wange spüren, durch das Zink und das Eichenholz hindurch, während die Gesichter meiner Eltern über mir kreisten und ihre Stimmen sich mir ins Gehirn hakten.

«Unterschlagung», sagte meine Mutter, ein Wort, das ich nur aus dem Radio kannte. «Was haben wir von dir, wenn du im Gefängnis bist!»

«Ich bringe es jedes Mal in Ordnung, auf den Penny genau. Pünktlich alle zwei Wochen, sowie ich meinen Umschlag bekomme.»

«Und wenn Danny Haas die Einnahmen irgendwann mal an einem Freitag zur Bank bringen will und nicht erst am Montag? Er fragt dich nach dem Geld, und du sitzt dann da.»

Danny Haas unterrichtete Mathematik an der Oberstufe und leitete das Sportprogramm der Schule, das wusste ich. Ein klein gewachsener Mann, der Zigarren rauchte und Anzüge mit breiten Streifen trug, war er einer der Gerechten im Herzen der Stadt. Mein großer Vater und er machten manchmal Späße miteinander wegen ihrer unterschiedlichen Länge, aber wer den Einfluss, die Beziehungen, die Macht hatte, jemanden zu Fall zu bringen, darüber gab es für mich keinen Zweifel.

«Das tut er nicht, Lucy», sagte mein Vater. Immer wenn er meine Mutter bei ihrem Namen nannte, war das ein Zeichen, dass er die Unterhaltung zu beenden wünschte. «Danny ist ein Gewohnheitstier, wie alle diese Deutschen. Außerdem reden wir hier nicht von Carnegie-Mellon-Dollars, wir reden allenfalls von ein paar schäbigen Kröten.» Ein paar Kröten – wie viel genau war das? Ein Zehndollarschein erschien mir in jenen Tagen als Vermögen; einen Zwanziger bekam ich nie zu Gesicht, selbst dann nicht, wenn die Blechschachtel richtig voll war.

«Wenn Geld fehlt, denkt niemand, dass es bloß ein paar Kröten sind.»

Mein Vater wurde zornig, so zornig wie selten. «Was soll ich machen, Lucy? Wir leben doch sowieso schon so erbärmlich wie Müllkippenhunde.» «Müllkippenhunde», das musste ein Ausdruck aus seinem anderen Leben sein, als er in einem anderen Staat gewohnt hatte und ein Junge gewesen war wie ich. Er redete weiter, machte seinem Groll Luft, wie er es kaum je tat, wenn ich in Hörweite war. «Wir haben dies große Haus, das geheizt werden muss. Wir können nicht nackt herumlaufen. Der Junge wächst und wächst. Mein brauner Anzug macht es nicht mehr lange. Mom tut in ihrem Garten, so viel sie nur kann, aber ich habe nun mal fünf Mäuler zu stopfen.» Er nannte meine Großmutter «Mom», und ich spürte, dass er sie nicht zu denen zählte, die eine reine Last waren. Die Arbeit meiner Mutter an ihrem Korbschreibtisch brachte keinen Penny ein, mein Großvater hatte in seinem Dünkel ein zu großes Haus gekauft, und ich – ich ging nicht einmal hinaus und schippte bei den Nachbarn Schnee, wenn es stark schneite, weil ich so anfällig für Erkältungen war. Mein Vater steigerte sich in sein Thema hinein. «Zähl nach – fünf! *Nihil ex nihilo*, hat Dad immer gesagt.» «Dad» war sein Vater, tot, bevor ich geboren wurde. «Für nichts kriegst du nichts», übersetzte er. «Es gibt nichts umsonst in diesem Leben.»

Meine Mutter benutzte zaghaft das Wort «Sparmaßnahmen», auch so ein Radiowort, aber sogar ich konnte fühlen, dass es hoffnungslos war; wie sollte ich auf meinen Tastycake verzichten, wenn niemand sonst in der Klasse so arm war? Mein Vater musste weiter Geld von der Schule stehlen und würde eines Tages, im Fass steckend, die Rathausstufen hinuntergejagt werden.

Während des Krieges entspannte unsere Lage sich ein wenig. Männer waren rar, und im Sommer, in den Ferien, gab es Gelegenheitsarbeiten für ihn, die sein Bruchleiden nicht verschlimmerten. Er wurde einem Schienenbautrupp als Zeitkontrolleur zugeteilt. Die Schienen waren stark beansprucht und mussten in Schuss gehalten werden. In den Geschichtsbüchern nimmt die Zeitspanne, während deren wir in den Krieg verwickelt waren, sich kurz aus: keine vier Jahre von Pearl Harbor bis zum Sieg über die Japaner. Aber der Krieg schien ewig zu dauern, indes ich langsam eine Grundschulklasse nach der anderen hinter mich brachte. Es wurde unmöglich, sich eine Welt ohne Krieg vorzustellen, ohne die großen Schlagzeilen und die Lebensmittelmarken und die Blechbüchsen-Sammelaktionen und Bing Crosby und Dorothy Lamour, die auf Massenveranstaltungen Kriegsanleihen verkauften. Ich kam in die siebte Klasse, die erste Klasse der Unterstufe in dem großen gelben Backsteinbau, in dem mein Vater unterrichtete.

Für Chemie war ich noch zu jung, aber sein hoch erhobener Kopf, sein ausgreifender Gang in den Fluren waren nicht zu übersehen. Den ganzen Tag die gebohnerten, spindgesäumten Korridore mit ihm zu teilen, mich sozusagen an seinem Arbeitsplatz aufzuhalten, heilte mich nicht von meiner Angst, dass er erniedrigt werden würde. Die Gefahren, die ihn umgaben, wurden für mich nur noch deutlicher. Wir Schüler füllten die Flure mit rücksichtslosem trampelnden Lärm. Mein Vater konnte nicht für Disziplin sorgen; er war nicht pennsylvaniadeutsch genug und hatte zu wenig Gefallen an Ruhe und Ordnung. Aus den oberen Klassen drang das Gerücht zu mir, dass ganze Unterrichtsstunden für Monologe draufgingen, in denen er die Lektionen zu vermitteln suchte, die das Leben ihn gelehrt hatte – für nichts kriegst du nichts, es gibt nichts umsonst. Die Chemie lieferte gute Beispiele für diese Wahrheiten, und so war er vermutlich gar nicht so weit vom Thema entfernt, wie die Schüler meinten. Sie spielten ein Spiel: «ihn in Fahrt bringen», das ersparte ihnen die Mühe, im Unterricht mitarbeiten zu müssen. Es kam vor, dass er plötzlich einen Tafelschwamm zur Decke hochwarf, ihn jungenhaft flink und geschickt auffing und sagte: «Was hinaufgeht, muss wieder herunterkommen.» Er erklärte den vorübergehend zum Schweigen gebrachten Schülern: «Ihr seid jetzt oben auf dem Idiotenhügel, aber ihr kommt auf der andern Seite runter, das verspreche ich euch.» Er verhehlte ihnen nicht sein Interesse an den fruchtbaren Möglichkeiten der Unordnung; so viele große Entdeckungen auf dem Feld der Chemie waren schließlich reine Zufälle. Er liebte Chemie. «Wasser ist das universelle Lösungsmittel», hörte ich ihn oft mit Nachdruck sagen, als liege ein tiefer Trost in dieser Formel, ebenso wie in dem Satz: «Auch dies wird vorübergehen.» Wer weiß, vielleicht hat seine Botschaft doch diesen oder jenen im Durcheinander des Klassenzimmers erreicht – trotz der Briefchen, die weitergereicht wurden, trotz der beiseite gemurmelten Sottisen des Klassenclowns und der Rangeleien auf der Bank ganz hinten.

Er war der Clown im Lehrerkollegium, und ich genierte mich deswegen. Seine Bemerkungen bei der Morgenandacht brachten die Schüler jedes Mal zum Lachen, und im Frühling, bei der alljährlichen Theaterveranstaltung des Lehrkörpers, nahm er an einer für mich grauenhaften Vorführung der Pyramus-und-Thisbe-Episode aus dem *Sommernachtstraum* teil. Mit Dirndl und Lippenstift und rotblonder Zöpfchenperücke zu einer grotesk staksigen Thisbe hergerichtet, stieg mein Vater eine kleine Trittleiter hinauf, um an den Spalt in der Wand heranzukommen. Die Wand wurde von Tank Geiger gegeben, dem stämmigen Football-Coach, der einen Footballhelm trug und ein Laken, das bemalt war und ein Stück Mauerwerk darstellen sollte.

Zu Hause war mir aufgefallen, dass meines Vaters Beine, besonders da, wo die Strümpfe scheuerten, praktisch haarlos waren, verglichen mit den Beinen anderer Männer. Als er jetzt die Trittleiter hinaufstieg und seine haarlosen Beine nackt waren und alle sie sehen konnten und die Schüler rings um mich bei jedem seiner Stelzschritte johlten, glaubte ich, dass der Augenblick gekommen sei, da er stürzen würde.

Mr. Geiger streckte einen Arm hoch und bildete mit Daumen und Zeigefinger einen Kreis, der den Spalt in der Wand darstellte; auf der anderen Seite der Wand stieg der kleine Mr. Haas ebenfalls eine Trittleiter hinauf, aber er nahm eine Stufe mehr als mein Vater, um sein Gesicht auf die gleiche Höhe zu bringen. «O küss mich», deklamierte er, «durch das Loch von dieser garst'gen Wand!» Mr. Geiger zog eine beleidigte Grimasse, und das Publikum tobte. Mein Vater antwortete mit seiner hohen Thisbe-Stimme: «Mein Kuss trifft nur das Loch, nicht deiner Lippen Rand», und sein Gesicht und das von Mr. Haas näherten sich einander langsam und berührten sich zwischen Mr. Geigers Daumen und Zeigefinger. Das ungläubig kreischende Gelächter ringsum ließ meine Ohren glühen. Ich schloss die Augen. Dies konnte nur das Ende sein, dachte ich. Dies war schlimmer als der schlimmste Albtraum.

Aber am nächsten Tag eilte mein Vater in seinem üblichen blank gewetzten Anzug, den Kopf hoch erhoben, das Haar in der Mitte gescheitelt wie immer, mit großen leichten Schritten durch die Flure, und das Schulleben ging weiter. «Durch Verbrennen wird nichts vernichtet», lautete ein anderer seiner chemischen Wahlsprüche, «die Moleküle werden neu gemischt, das ist alles.»

Wenn er nicht in seinem Unterrichtszimmer war, hielt er sich im Kesselraum auf, hatte ich herausgefunden. Es gab ein Lehrerzimmer mit einem langen Tisch, dort konnten die Lehrer sich ausruhen, wenn sie eine Freistunde hatten; aber man durfte dort nicht rauchen, und deshalb verbrachten etliche der männlichen Lehrkräfte ihre Freizeit in dem großen zweistöckigen Kesselraum unterhalb des hohen Schornsteins. Vom Kellergeschoss der Schule führte ein unterirdischer Gang dorthin, am Werkunterrichtsraum vorbei, aber ich war bloß ein Schüler, ein Siebtklässler, und kam, auf der Suche nach meinem Vater, nur von außen herein. Man überquerte eine betonierte Fläche, wo es ein paar platt an der Backsteinmauer befestigte Basketball-Rückbretter gab, öffnete eine schwere Metalltür und trat, ein hohles Geräusch machend, auf den obersten Absatz einer Treppe aus gestanztem Stahlblech. Vor einem ging es schwindelerregend tief hinunter, und gegenüber, auf der anderen Seite des Abgrunds, waren die riesigen Kohleöfen, die die Schule heizten. Man konnte sehen, wie der Ofen, der einem am nächsten war, einen mächtigen rutschenden Schluck Perlkohle aus seinem Fülltrichter nahm und wie die Sichttüren aus Glimmer unter dem orangefarbenen Aufglühen erzitterten und asbestummantelte Dampfrohre sich in Bündeln unter der Decke hinschlängelten. Zwergenhaft klein, so von oben gesehen, saßen einige Lehrer, zusammen mit den Hausmeistern der Schule, an einem Kartentisch und rauchten.

In Hemdsärmeln, sein Scheitel in ganzer Länge sichtbar, wirkte mein Vater jugendlich glücklich, abgesunken auf den Betongrund dieser warmen Masse an Raum. Die nach oben steigende Hitze machte mein vor Verlegenheit gerötetes Gesicht noch röter, als ich hinunterstieg und mit meiner Nachricht in die heilige Freistatt der Männer einbrach. Warum ich störte, habe ich vergessen, aber ich weiß noch, dass ich freundlich willkommen geheißen wurde, als gehörte ich schon zu ihnen, zu diesen Männern, die die gläsernen Aschenbecher bis zum Rand gefüllt und mit ihren Kaffeetassen ein Muster aus braunen Kreisen auf dem Kartentisch hinterlassen hatten. Als Lehrerkind hatte ich das Privileg, einen Blick hinter die offiziellen Kulissen des täglichen Bildungstheaters zu tun. Es war ein gelinder Schock, auf dem fleckigen Tisch einen von einem Gummiband zusammengehaltenen Packen abgenutzter Pinokelkarten zu entdecken. Lehrer waren Menschen. Ich würde später auch Lehrer werden, das galt als ausgemacht.

Bei Kriegsende zogen wir aus dem zu großen Haus in ein zu kleines, ein Farmhaus, zehn Meilen entfernt. Es war die Idee meiner Mutter, sie hielt das für eine Sparmaßnahme. Die altmodischen Kleinstadtgewissheiten, mit denen ich aufgewachsen war, blieben abrupt zurück. Kein hölzerner Eisschrank und kein Blechtoaster mehr, keine Vernon-Grant-Illustrationen mehr über meinem Bücherbord, kein leichtfüßiges Quer-über-den-Hof-Laufen mehr zur Highschool hinüber. Mein Vater und ich fanden uns, jeden Tag von neuem, zu einem Exildasein verurteilt: in aller Frühe, wenn die Windschutzscheibe noch mit Reif bedeckt war, stiegen wir ins Auto – wir mussten uns ein Auto anschaffen – und kehrten so manchen Abend bei Dunkelheit zurück, unsere Scheinwerfer die einzigen auf der ungepflasterten, von Schlaglöchern zernarbten Straße. Er verkaufte immer noch die Karten für die Basketballspiele und trainierte – auch dies eine außerplanmäßige Aufgabe, die er übernommen hatte – das Schwimmteam, das, weil die Schule kein Schwimmbecken hatte, zum Training ins YMCA in der schmutzigen, bedrohlichen Innenstadt von Alton musste. Mit dem zehn Jahre alten Auto, das wir uns zulegten, erlebten wir ein Abenteuer nach dem andern: Reifenpannen, Achsbrüche, verzweifelte Schwierigkeiten beim Aufziehen von Schneeketten am Fuß einer Steigung, mitten in einem Blizzard. Manchmal schafften wir es nicht nach Hause und machten uns zu Fuß oder per Anhalter auf die Suche nach einem Unterschlupf – klopften bei anderen Lehrern an oder gingen in Hotels, die mein Vater vergnügt als Flohkisten bezeichnete. Während dieser Jahre, in denen wir Tag für Tag gemeinsam zur Schule fuhren und wieder zurück, wurden wir zu so etwas wie einem Gespann – Gefährten in der Not, Leidensgenossen am Rand der Katastrophe. Es war schrecklich, aber eine authentische Erfahrung, in der Zeit, bevor es Geldautomaten gab, mit nur vier Dollar in der Tasche in einem Auto festzusitzen, das sich nicht mehr von der Stelle rührte. Es war – zumindest hinterher, im Hotel, wenn mein Vater den Portier hatte überreden können, Danny Haas anzurufen, damit der sich für uns verbürge – ein seliges Gefühl, ein Rühren an elementare Wahrheiten, ein Augenblick des Überlebens.

Ich zog mich in höhnisches, erbittertes Schweigen zurück, während er seine Unterhaltungen mit Hotelportiers und Werkstattmechanikern führte, mit Kellnerinnen im

Lokal und mit Fremden auf der Straße, die es allesamt nicht gewohnt waren, einem so hohen Maß an Vertrauen zu begegnen. Es war kein Zufall, dass er bei der Pädagogik gelandet war; er glaubte, dass er von jedem etwas lernen könne. Seine inständige, flehentliche Art demütigte mich, aber ich war vierzehn, fünfzehn; ich war abhängig von ihm, und er war abhängig von der Welt. Ich musste mit ansehen, wie er auf Zurückweisung stieß, wie man ihn missverstand. Schaumige Speichelflöckchen erschienen in seinen Mundwinkeln, während er um Verständigung rang. Hilflos daneben stehend, war ich halb geblendet von Ungeduld und, wie mir jetzt scheint, von Liebe – einem Nebel von Liebe, einem Mitleid, das ihm entgegenschwoll wie eine peinliche Aufwölbung meines Gesichts.

Es dauerte eine Weile, bis ich begriff, dass er den Umgang mit Menschen selbst dann genoss, wenn er nichts als unerquicklich war. «Ich wollte nur mal sehn, was er sich so einfallen lässt», sagte er, zum Beispiel, nach einem fruchtlosen Wortwechsel mit dem Dienst habenden Polizisten in der städtischen Parkgarage, zu der unser nicht anspringendes Auto abgeschleppt worden war, weil es in der Ladezone am Güterbahnhof gestanden hatte; der Cop weigerte sich, den Unterschied zwischen den guten Absichten meines Vaters und dem technischen Fehlverhalten des Autos zu erfassen. «Ich bin in die fürchterlichsten Nester gekommen», sagte er, wenn er mir manchmal von der Zeit erzählte, als er Porzellan verkauft hatte. «Oben in New York, in West Virginia, wo auch immer, du bist mit deinem Musterkoffer aus dem Zug ausgestiegen und in jeden Laden gegangen, der Porzellan im Fenster hatte, und hast versucht, den Inhaber dazu herumzukriegen, dass er deine Marke führt, und für gewöhnlich war die etwas teurer als die Marken, die er bis dahin im Angebot hatte. Du wusstest nie, was passiert. Manche von den Läden in diesen Kaffs am hintersten Ende der Welt gaben die erstaunlichsten Bestellungen auf, große Bestellungen. Das war natürlich, bevor die Depression hereinkrachte. Sicher, die ist 1929 hereingekracht, aber es gab noch eine Gnadenfrist, bevor sie so richtig zum Zug kam. Und dann wurdest du geboren. Jung Amerika. Wir sind fast aus den Pantinen gekippt, deine Mutter und ich, wir hatten nie daran gedacht, dass wir mal Eltern werden könnten. Ich weiß nicht, wieso – es passiert doch andauernd. Kinder zu machen hat oberste Priorität für die menschliche Natur. Wenn ich da vorn an der Tafel stehe und versuche, den Zappelköpfen das Periodensystem einzubläuen, denke ich bei mir: ‹Die armen Teufel, die möchten doch bloß Kinder machen!›»

Mein eigener sich entwickelnder Drang zum Kindermachen äußerte sich zunächst in dem Bedürfnis, rauchen zu lernen. In der Highschool-Gesellschaft Ende der Vierziger konnte man ohne zu rauchen nichts werden. Ich hatte mir ein Päckchen – Old Golds, glaube ich, wegen der Dublonen – am Bahnhof in Alton gekauft, als mein Vater gerade das Schwimmteam trainierte. Obgleich ich nach den ersten Zügen, um es mit seinen Worten zu sagen, fast aus den Pantinen kippte, machte ich weiter; mein Vagabundenleben als sein Trabant bescherte mir viele müßige Stunden in Luncheonette-Nischen. Als ich fünfzehn war, fragte ich ihn eines Wintermorgens im Auto auf der Fahrt zur Schule, ob ich mir eine Zigarette anzünden dürfe. Er selber rauchte nicht mehr, sein Arzt hatte ihm davon abgeraten. Aber er gab mir kein Nein zur Antwort, und mehr als dreißig Jahre später, nachdem auch ich mit dem Rauchen aufgehört habe, erinnere ich mich immer noch an die beißenden, schwindlig machenden Züge, gemischt mit dem beginnenden wohltuend warmen Paffen der Autoheizung, während das kleine knisternde Radio sein Potpourri aus Landwirtschaftsmeldungen und Hitparadenmelodien spielte. Die stillschweigende Erlaubnis zum Rauchen, von einem Lehrer kommend, hätte allgemein, das wussten wir beide, als eine Schande gegolten. Aber es war meine Art, ein Mensch zu werden, und Mensch zu sein bedeutet immer auch, am Rand der Schande zu sein.

Der Umzug aufs Land hatte uns beide aus der Kleinstadtenge und von den Herren über Recht und Moral befreit, das weiß ich inzwischen. Das Einkaufen mussten nun wir besorgen, und mein Vater bevorzugte einen an der Landstraße gelegenen Lebensmittelladen, der, so munkelte man, einem ehemaligen Gangster aus Alton gehörte. Arty Callahan war, wie mein Vater, groß, melancholisch und ein wenig schwerhörig; seine Frau war eine korpulente, witzige Person, die angeblich auch keine besonders feine Vergangenheit hatte. Mein Vater liebte die beiden, und er liebte die kleine gestundete Zeit in ihrem Laden, bevor er ins abgeschiedene Farmhaus zurückmusste. Beide nahmen ihn auf die richtige Weise, so schien es mir, weder zu belustigt noch zu ernst. Alle drei waren sie freie Geister. Während er sich mit ihnen unterhielt und mit Gesten und Redewendungen, die mittlerweile ein bisschen stereotyp waren, seinem Gefühl täglichen Bedrohtseins Ausdruck gab, saß ich an einem kleinen Resopaltisch neben dem Gestell mit den Magazinen und blätterte im *Esquire*, auf der Suche nach Vargas-Girls. Hin und wieder linste ich verstohlen zu Arty Callahans Profil hin, das so gar nichts verratend über den grässlich falschen Zähnen zusammengezurrt war, und fragte mich, wie viele Leute er wohl umgebracht hatte. Das einzig Gangsterhafte an ihm war, mir ein Heidengeld dafür zu zahlen, dass ich seinem Sohn samstags Nachhilfeunterricht in Algebra gab, als ich alt genug war, selber mit dem Auto hinzufahren – zehn Dollar pro Stunde.

Wir hatten unser Auto in Zahlung gegeben für ein etwas jüngeres, zuverlässigeres, das freilich auch noch aus der Vorkriegszeit stammte. Als die Schule dann hinter mir lag und ich fortging, aufs College, fürchtete ich nicht mehr – träumte ich nicht mehr –, dass die Gesellschaft meinen Vater zur Strecke bringen würde. Er war inzwischen fünfzig, ein respektables Alter. Ich hatte fünf Jahre lang Seite an Seite mit ihm sein Leben gelebt und gesehen, dass sein Flirt mit der Schande nur das war, ein Flirt, keine ruinöse Leidenschaft. Nichts konnte ihn stürzen, nur der Tod, und selbst dann würde er nicht sehr tief fallen, da war ich mir ganz sicher.

## Die Katzen

Als meine Mutter starb, erbte ich zweiunddreißig Hektar pennsylvanischen Bodens und vierzig Katzen. Zweiunddreißigkommavier Hektar, um genau zu sein; die Anzahl der Katzen konnte man nur schätzen. Sie versammelten sich in miauendem Fellgewimmel gegen fünf Uhr in der Frühe vor der Hintertür, wenn sie hörten, dass meine Mutter in der Küche die krächzende Kurbel des hinfälligen Dosenöffners drehte, der am Türrahmen, neben dem schwitzenden Kühlschrank, festgeschraubt war. Ich hatte ihr einmal zu Weihnachten, als sie Mitte siebzig war, einen neuen Dosenöffner gekauft, aber nach einiger Zeit wurde auch der stumpf und wacklig vom übermäßigen Gebrauch; sparsam, wie ich war, fragte ich mich, ob er wohl bis zum Ende ihres Lebens durchhalten würde. Als sie die achtzig überschritten hatte, wurde auch sie immer hinfälliger, bei jedem meiner Besuche im Farmhaus sah ich das. Zum Briefkasten gehen und die Katzen füttern, zu mehr hatte sie keine Kraft mehr, sie, die zu so vielem Kraft gehabt hatte, die als Mädchen geritten war und auf dem College Hockey gespielt hatte und später dann, als sie mit ihrer Familie auf diese einsame Farm gezogen war, gearbeitet hatte wie ein Mann, mit der Kettensäge umgegangen war, die Ausziehleiter erklommen und sich triumphierend hinaufgeschwungen hatte auf den breiten Traktorsitz.

Sie war hier geboren worden, zu einer Zeit, da die Pflüge von Maultieren gezogen wurden. Weder mein Vater noch ich hatten verstanden, warum sie zurückwollte an diesen beschwerlichen Ort, wo es nur Arbeit gab, Unkraut, Ungeziefer, Hitze, Morast, wilde Natur. Sie hatte uns dazu ermutigt, eine gewisse Ordnung herzustellen – das alte steinerne Farmhaus zu renovieren, die Scheune instand zu setzen, Erdbeeren, Spargel und Erbsen anzupflanzen, den Rasen zu mähen bis in den Schatten des Gehölzes hinein. Aber als ich fortzog und mein Vater starb, drohte die fruchtbare Wildnis, sich alles zurückzuholen. Sogar die Fensterbänke waren, wie der nächste Besitzer des Hauses feststellte, morsch und von Termiten und Bohrasseln bewohnt. Wenn man auf dem Dachboden stand und nach oben schaute, sah das Schindeldach wie ein Sternenhimmel aus. Meine Mutter ließ nicht nur zu, dass Mäuse und Flughörnchen im Haus nisteten, sie fütterte sie obendrein mit Sonnenblumenkernen – die Schalen, entdeckte der neue Besitzer, quollen eimerweise aus den versteckten Vorratslagern im Gebälk. Das Haus roch in den letzten Lebensjahren meiner Mutter nach aufgestapelten alten Zeitungen, die sie nicht mehr in die Scheune brachte, nach leeren Katzenfutterdosen in Papiersäcken und nach feuchtem Hund. Josie, die überfütterte Hündin, wurde lahm, zusammen mit ihrer Herrin; sie bekam nie Auslauf. Es war rührend, wie glücklich die alte Josie war, dass sie mich begleiten konnte, als ich die Zeitungsstapel in die Scheune trug und die widerlichen Futterdosen auf den Blechbüchsenberg im Gehölz warf.

Was es Einbildung, oder summte meine Mutter wirklich, während sie die Kurbel des Dosenöffners drehte wie ein primitives, eintöniges Musikinstrument? Sie stürzte einen glibberigen Futterzylinder nach dem anderen in die alten Kuchenformen, die den Katzen als Essgeschirr auf dem Zementboden der hinteren Veranda dienten. Diese halbwilden Tiere zu füttern amüsierte sie, war ihr eine Freude – eine ziemlich unangebrachte, fand ich. Die Schar vergrößerte sich, eine Katastrophe in meinen Augen, die immer schlimmere Ausmaße annahm: jedes Mal, wenn ich, meiner Sohnespflicht gehorchend, zu Besuch kam, war die Zahl wieder gestiegen, trotz des gnädigen Eingreifens der einen oder anderen Katzenkrankheit und gelegentlicher interventionistischer Salven aus den Flinten betroffener Nachbarn. Manche Nachbarn drohten ihr mit einer Anzeige beim Tierschutzbund, und andere brachten heimlich, in der Nacht, unerwünschte Junge vorbei.

Als Sohn meiner Mutter konnte ich der Logik, die in diese Patsche geführt hatte, nur zu gut folgen. Wenn man die Katzen nicht fütterte, würden sie die Vögel fressen. Sie liebte Vögel, darum hatte sie irgendwann angefangen, die Katzen zu füttern. Sie konnte bei geschlossenen Fenstern im Zimmer auf dem Sofa sitzen, sich mit mir unterhalten und plötzlich, den Kopf schräg geneigt, sagen: «Der Erdfink regt sich über irgendetwas auf», oder: «Die Spottdrossel erzählt gerade einen Witz» oder, mitten in der Nacht zu mir ins Zimmer kommend in ihrem langen weißen Nachthemd, die Augen weit aufgerissen, wie um einem Kind Angst zu machen: «Hör, was der Ziegenmelker sagt.»

Mit Rücksicht auf meine Neigung zu Asthma hatte sie die Katzen nie ins Haus gelassen, aber am Tag nachdem sie gestorben war, konnten sie mich hinter der Schnakentür mit dem Dosenöffner hantieren hören. Ich redete laut zu ihnen, so wie sie es getan hatte. «Ich weiß, ich weiß», sagte ich. «Ihr seid ausgehungert. Die Dame, die euch gefüttert hat, ist tot. Ich bin bloß ihr Sohn, ihr einziges Kind. Ich wohne nicht hier, ich wohne in New Jersey, ich bin Dozent für europäische Literatur am Rutgers College, ich habe ein Haus mit vier Schlafzimmern, eine elegante Frau namens Evelyn und zwei erwachsene Kinder, eine Tochter und einen Sohn, meine Tochter hat selbst schon ein Kind. Ich mag hier nicht sein, ich habe hier nie sein mögen. Und wenn ihr für euch einen anderen Platz wisst, dann geht dorthin, denn, meine kleinen kätzischen Kameraden, mit den Almosen ist es vorbei. Das Futter geht zur Neige, der letzte Karton ist angebrochen, und ich bin nur noch zwei Tage hier. Was wird dann aus euch? Ich bin ratlos – es ist ein echtes Problem. Warum musstet ihr euch auch so ins System reinziehen lassen.»

Als ich die randvollen Kuchenformen, die unangenehm nach Pferdefleisch und Fischmehl rochen, auf den nackten Zement stellte, büschelten die Katzenkörper sich um sie wie die Blütenblätter einer Pelzblume. Die älteren Katzen sorgten trotz des Gedränges dafür, dass auch die Kleinen unter ihnen ans Futter kamen. Die braunscheckigen Kätzchen hatten gefleckte, breitstirnige Gesichter, wie Stiefmütterchen. Die schwarzweißen erinnerten an Rorschachtests oder an Landkarten von einem einfacheren Planeten als dem unseren. Meine Mutter hatte für die Katzen, die auf die Veranda kamen, Namen und sagte von der einen: «Isabel ist eine ziemlich nachlässige Mutter», oder von einem misstrauischen, verprügelten gestromten Kater: «Jeffrey humpelt heute. Wahrscheinlich drücken ihn seine Stiefel.»

Die Katzen, die in der Scheune blieben, hatten keinen Anspruch auf Namen. Wenn ich die obere Hälfte einer Stalltür öffnete, funkelten Augen im Stroh auf wie Scherben aus blassem Glas, und etliche Katzen stoben in wildem Ungestüm davon, unter der Trennwand hindurch. Der Napf, den ich auf den Boden stellte, war dennoch eine Stunde später leer. Die Scheunenkatzen bezahlten ihre Scheu mit einem vergleichsweise traurigen Dasein; sie waren anfällig für die Krankheiten, die die Inzucht bringt, und wenn man im Stroh nachsah, das noch aus der Zeit stammte, als hier Kühe eingestallt waren, fand man da und dort eine verdorrte Katzenleiche – ein verfilztes kleines Fell, hart wie ein Stück Leder, der Kopf des toten Tieres erstarrt in einer augenlosen Fauchgrimasse.

Gegen Ende war meine Mutter zu schwach gewesen, um den Scheunenkatzen Futter zu bringen, deshalb war mein Napf am ersten Abend halb voll geblieben. Die Scheunenkatzen, die nicht eingegangen waren oder sich nicht davongemacht hatten, waren zu Verandakatzen geworden. «Was soll denn bloß werden?», fragte ich die umherstreichenden Tiere, als ich im Septemberdämmer aus der Scheune zurückkehrte. «Ich kann doch nicht mein gesamtes zivilisiertes Leben aufgeben, nur um euch undankbare Wesen weiter zu füttern.»

Hierher zu ziehen war für mich damals, als ich ein Junge war, tatsächlich dem Verlust der Zivilisation gleichgekommen. Kein Telefon, kein Strom, kein Wasseranschluss: ein entsetzlicher Rückschritt. Amische Handwerker kamen und deckten das Dach mit schmucken hellen Schindeln aus Zedernholz und bauten im Wohnzimmer sehr hübsch etwas ein, das keiner der früheren Bewohner des Hauses gebraucht hatte – ein Bücherregal. Nach einiger Zeit rückten Klempner an und machten den Abtritt im Hof überflüssig, und die Elektrizitätsgesellschaft ließ ihre hohen, mit Kreosot imprägnierten Masten im alten Obstgarten aufmarschieren. Fernsehen hielt im Haus Einzug, und anstatt Wetterberichte, Getreidepreise und Countrymusic zu hören, wie der Radiosender in Alton sie brachte, sahen wir uns nun die Nachrichten aus Philadelphia an, erst in Schwarzweiß und dann in Farbe. Doch nie verließ mich das Gefühl, dass die Farm eine Falle war, aufgestellt, um mich in die Vergangenheit zu ziehen, und dass ich eindeutig die Pflicht hatte, ihr zu entkommen.

Ich fragte Dwight Potteiger, meinen Nachbarn im Süden: «Was soll ich mit all den Katzen machen?»

Er baut Zuckermais und grüne Bohnen für den Verkauf an und ist stellvertretender Chef des Schulbusparks im Township. Er teilte mir vertraulich mit: «Ich habe Irma so oft gefragt: ‹Was soll David bloß mit all den Katzen machen, wenn Sie mal nicht mehr da sind?› Sie hat dann immer ganz seelenruhig gesagt: ‹Ach, Davey findet schon einen Weg. Das hat er immer. Er hat mir hier seit zwanzig Jahren ein Leben auf großem Fuß ermöglicht.›»

Sie war in ihren Sechzigern zur Witwe geworden. Meine Beiträge zu ihrem Unterhalt, zusätzlich zu der Pension meines Vaters und ihrer beider Ersparnissen, hatten gerade eben ausgereicht und erschienen mir nun, da sie tot war, als ziemlich armselig. Das, was Dwight sagte, irritierte mich auch insofern, als ihr der Name Irma immer unangenehm gewesen war und sie es nicht gemocht hatte, wenn die Leute sie so nannten. Als ich sie einmal fragte, wie sie denn gern genannt werden wolle, nahm sie das übel. *«Du»*, sagte sie, «darfst mich ‹Mutter› nennen.»

«Sie hat manchmal ein bisschen übertrieben», sagte ich.

«Ja, also, mit diesem Katzenrudel, da hat sie ganz bestimmt übertrieben. Ich möchte nicht wissen, wie viel Geld sie in Futter gesteckt hat. Die letzten ein, zwei Jahre hat sie mich immer angerufen, wenn sie vom Einkaufen zurück war, ich bin dann rübergegangen und hab ihr die Kartons in die Küche getragen.»

«Danke», sagte ich. Dwight war der Sohn, der ich hätte sein sollen.

«Eine Woche oder so, und sie hatte im Kofferraum die nächste Ladung, die man ins Haus schleppen musste.» Machte er gerade einem aufgestauten Ärger Luft, oder wollte er, dass ich sie wieder lebendig vor mir sah?

So reumütig, wie ich nur konnte, sagte ich: «Sie haben ihr Gesellschaft geleistet, gewissermaßen.»

«Die sind total verwildert», sagte Dwight. «Wenn man abends mal vorbeikam, sind die von der Veranda runtergeschossen, als ob sie noch nie einen Mann mit Bart gesehen hätten.» Sein Bart hatte anfangs, als er ihn wachsen ließ, auch mich erschreckt – hierzulande kannte man Bärte nur bei Amischen und bei Vorfahren auf den dicken Seiten eines Fotoalbums. In das borstige Grau und Braun dieses Barts war verblüffend viel Rot gemischt; er verlieh seinem Träger eine grimmige Autorität und schien seine Stimme zu verstärken.

«Sie hat sie gefüttert, verstehst du», sagte ich lahm, «damit sie nicht die Vögel fressen.»

Er gnickerte. «Das hat sie sich so gedacht, ich hab's aus ihrem eigenen Mund gehört. Aber ich habe zu ihr gesagt: ‹Irma, ich würde trotzdem nicht behaupten, dass das hier bei Ihnen das reine Paradies für unsere kleinen gefiederten Freunde ist.› Sie mochte es nicht, wenn ich so was sagte. Sie hat mir dann ein Zeichen gemacht, dass ich still sein soll, und hat geflüstert: ‹Hörst du? Das ist die Spottdrossel, die sagt mir gerade danke.›» Er lachte, über meine Mutter oder über die Treffsicherheit, mit der er sie nachahmte.

«Aber –» Ich verlagerte mein Gewicht aufs andere Bein, meine Mutter war mir fürs Erste lebendig genug vor Augen gestellt worden.

Breit in seinem Bart grienend redete er weiter: «Ich weiß mit Sicherheit, dass sie ein paar Schwalbennester verloren hat, als die Katzen rauskriegten, wie sie an den alten Stalltüren hochklettern können. Rauchschwalben lassen sich nicht so leicht abschrecken, aber Irmas sind irgendwann nicht mehr wiedergekommen.»

Ich drängte weiter, fort von so viel Traurigkeit. «Meine Frage ist, Dwight, was mache ich mit ihnen? Mit den Katzen. Ich kann sie doch nicht einfach in der Landschaft verhungern lassen.»

Ich bettelte, das war ihm klar. Er fragte nicht: «Wieso denn nicht?», aber ich wusste, dass er's dachte. Er war nachsichtig gegen meine Schrullen, wie er es gegen die meiner Mutter gewesen war.

«Ich treffe mich nochmal mit dem Anwalt in der Stadt und mit dem Pastor in der Kirche und mit dem Bestattungsunternehmer, und dann muss ich nach New Jersey zurück», sagte ich.

Jetzt war er es, der sein Gewicht aufs andere Bein verlagerte. «Ja, also, ich könnte die Schrotflinte nehmen und zur Abendbrotszeit rübergehen, wenn sie sich auf der Veranda versammeln. Ein paar wären dann schon mal weg, und für die anderen ist es vielleicht ein Wink mit dem Zaunpfahl, und sie türmen. Wenn du willst, frage ich Adam, ob er mit seiner Murmeltierbüchse runterkommt, dann können wir in einer Zangenbewegung vorgehen. Der Besitzer muss dazu seine Einwilligung geben, aber die gibst du uns ja, oder?»

«Ja, natürlich. Irgendwas *muss* geschehen.» Adam Schwab war der nördliche Nachbar, ein rundlicher Obstgärtner mit vielen Kindern und Enkelkindern. Wir drei Grundbesitzer waren ungefähr im gleichen Alter, Ende fünfzig. Sie waren Jungen gewesen, als wir hierher zogen. Ich hatte versucht, mit ihnen zu spielen, aber ihre Ballkünste waren kümmerlich gewesen. Ihre dumpfe, schwere Erdhaftigkeit hatte mir Angst gemacht – hatte mich an den Tod erinnert.

«Ich wäre wirklich *sehr* dankbar», betonte ich und fand selber, dass meine Stimme verstädtert klang, weichlich, gönnerhaft.

Dwight sagte: «Wir wollen doch nicht, dass du dir Sorgen machst, wenn du wieder bei deinen feinen, gebildeten Leuten im College bist.» Ich konnte den Gefallen meines Nachbarn nicht annehmen, ohne seine Sticheleien über mich ergehen zu lassen. Als mein Vater nicht mehr da war und meine Mutter alles allein aushandeln musste, hatte sie eine gute Hand bei diesen ländlichen Transaktionen bewiesen: für jede Gefälligkeit gab's eine kleine «Pflaumerei». Sie verpachtete Ackerland an ihre Nachbarn, und die halfen ihr bei Schneestürmen und bei Krisen technischer Art. Wenn sie nicht auf der Farm bleiben konnte, würde ihr Grund und Boden aller Voraussicht nach einem Baulanderschließer zum Opfer fallen, und die Gegend wäre für immer eine andere: eine mit Faulkammern und Schnellverkehr, mit höheren Steuern und niedrigerem Grundwasserspiegel. Auch mir war daran gelegen gewesen, sie auf der Farm zu halten, fern von meinem Leben. Aber ich hatte angefangen, mir Sorgen zu machen: wie sollte sie den kommenden Winter überstehen? Sie enthob mich jeglicher Entscheidung, indem sie tot neben dem Ausguss in der Küche niederfiel, als sie sich gerade ein Schweinskotelett briet und das Abendnachrichten-Team von Channel 4 im Wohnzimmer schwätzte.

Am nächsten Morgen, als ich die Katzen fütterte, sagte ich zu ihnen: «Esst auf, ihr Süßen – eure Tage sind gezählt.» Ich hatte halb damit gerechnet, im Schlaf Gewehrschüsse knallen zu hören, doch der Tag brach still und taubenetzt an. Der Zementboden der Veranda war mit Spuren von nassen Pfoten gemustert. Ein Kontinent aus grauem Gewölk zog am Himmel über den Strommasten und den noch lebenden Obstbäumen auf. Als wir hierher zogen, hatte es eine Pumpe auf dieser Veranda gegeben, und alles Wasser, das wir brauchten, war von Hand hochgepumpt worden, in Töpfe und Eimer. Anfangs hatte es meine Kräfte fast überfordert, den eisernen Schwengel auf und nieder zu drücken, bis endlich das Wasser floss. Irgendwann bekamen wir dann Wasseranschluss im Haus und eine elektrische Pumpe, da war mir das Pumpen mit der Hand aber längst so selbstverständlich wie einen Hahn aufzudrehen. Ähnlich dem Hantieren mit dem Dosenöffner hatte das Pumpen seinen eigenen einschmeichelnden Rhythmus, sein mechanisches Lied.

Meine Mutter hatte in die Ecken der Veranda einige Topfgeranien gestellt und an einen in die Decke geschraubten Haken Windglocken gehängt. Sie hatte sie in einem der zahllosen Kataloge gesehen, die sie sich schicken ließ, und hatte sie bestellt; die Idee amüsierte sie. Es war eine glückliche Gabe, dachte ich, sich leicht über etwas amüsieren zu können. Diese Glocken und das forschende Scharren in den Wänden hatten mich nicht am Schlafen gehindert – ich hatte befürchtet, sie würden es tun. Die Termine des Tages verschafften mir Klarheit über die nähere Zukunft: ich würde spätabends nach Brunswick zurückfahren und in zwei Tagen mit meiner Familie wiederkommen, zur Beerdigung, und einen Kleintransporter mitbringen, um die Möbel meiner Mutter, die wir nicht dem Auktionator überlassen wollten, zu uns zu nehmen. Ich fuhr, mit Josie im Auto, die Straße hinauf, hielt bei den Schwabs und fragte Adam, ob er ein Auge aufs Haus haben könnte. Er und seine Frau wohnen in einem kleinen neuen Ranchhaus nah an der Straße; seine Eltern leben wie eh in dem Sandsteinhaus, das genauso aussieht wie das meiner Mutter – es steht weiter hinten neben der Scheune, die er zu einer einladenden Obstverkaufsstelle umgemodelt hat. Er sagte, er werde sich drum kümmern, und lächelte, womit er mir zu verstehen gab, dass es nicht nötig sei: mochte ja sein, dass sich in diesem Teil der Welt allerlei änderte, aber noch war's nicht so weit, dass die Leute herumzogen und die Häuser gerade eben Verstorbener ausraubten.

«Ich bin dir wirklich sehr dankbar dafür», sagte ich, «dass du Dwight helfen willst, die armen Katzen zu erschießen.»

Er schaute verdutzt. «Ich weiß nichts davon, aber ich denke, das sollte sich machen lassen», sagte er, als beruhige er meine Mutter, dass er ihren Traktor wieder in Gang bringen werde.

Als zwei Tage später, zur Abenddämmerung, meine Familie in einem Kombi eintraf und ich in einem rumpelnden, zur Hälfte orange lackierten Leihtransporter, kam mir die Zahl der Katzen auf der Hinterveranda nicht kleiner vor als bei meiner Abfahrt, aber die Tiere waren sichtlich wilder geworden. Sie jaulten zu mir herauf, ließen ihre gebogenen Eckzähne sehen, ihre gewölbten rauen Zungen, die rosigen Membranen ihrer Rachen. Einige Junge taumelten vor Schwäche, stimmten aber ein in das Protestgeheul, die Hungerklage. Ich bahnte mir mit Fußtritten einen Weg durchs Gewimmel, aber sobald ich sicher in der Küche war, gab ich meinem Sohn Max einen Zwanzigdollarschein und bat ihn, zum Lebensmittelladen in Fern Hollow zu fahren und so viel Katzenfutter zu kaufen, dass es für die Dauer unseres Aufenthalts reichte. Er sah mich erschrocken an und sagte, er habe sich in Fern Hollow immer verfahren. Meine Frau hörte, was wir redeten, und trat fürsorglich zu uns. «Max war höchstens dreimal in seinem Leben in diesem Laden», sagte Evelyn. «Wenn wir zu Besuch hier waren, haben wir immer im Supermarkt in Morgantown eingekauft. Warum kann er nicht dorthin fahren?»

«Das ist zwei Meilen weiter, und die machen um fünf Uhr dreißig zu. Außerdem war meine Mutter der Meinung, dass man in den kleinen Läden kaufen soll, damit sie nicht eingehen.»

Meine Frau seufzte und verdrehte die Augen nach oben. «Deine Mutter ist tot, Schatz. Wir können im großen Laden kaufen, wenn wir das möchten.»

«Der ist *zu*, habe ich doch eben gesagt. Wir halten es hier nicht aus, wenn die Katzen die ganze Nacht jaulen.»

«Vielleicht hören sie auf, sobald wir das Licht ausmachen», sagte sie. «Wär's nicht an der Zeit, dass sie der Realität ins Auge sehen?»

«*Ich* fahre, verdammt», sagte ich, in der Annahme, alle würden sie dagegen protestieren, dass ich, das Oberhaupt unserer Trauergesellschaft, sie allein lassen wollte in dem alten Steinhaus mit den raschelnden Nagetieren und den luftlosen, funzlig erhellten Zimmern. Wir waren alle noch in der Küche, wo die Stutzuhr meiner Mutter, die mit einem Schlüssel aufgezogen werden musste, nicht mehr tickte und nicht mehr die Stunde schlug. Ihr melancholischer, kehliger Gong hatte in manch einer Nacht, da ich ein Knabe war, über meine Schlaflosigkeit gewacht.

Hiram, der Mann meiner Tochter, sagte: «Ich erledige das für dich, Dave, du musst mir nur sagen, wie ich fahren soll.»

Es war nett gemeint, aber trotzdem: er fängt schon an, eine Glatze zu bekommen, und ist von einer Öligkeit und einer Princetonschen Selbstgefälligkeit, dass es mich ständig juckt, ihm einen Tritt zu verpassen. Der Ärger über die anderen floss in meine Antwort ein: «Dir das zu erklären würde zu lange dauern. Es gibt ungefähr sechs Abzweigungen, und keine ist beschildert.»

«*Er* ist der Junge vom Lande», sagte meine Frau und lächelte Hiram verschwörerisch zu, «soll er doch fahren.» Zu mir gewandt sagte sie: «Du liebst diese gewundenen alten Straßen. Du kannst unterwegs Zwiesprache mit deiner Mutter halten.» Meine Mutter war über meine frühe Eheschließung nicht erbaut gewesen, und ihre Missbilligung war nicht verborgen geblieben, wie es in Familien so geht. «Bring Milch und Orangensaft für morgen früh mit und vielleicht Brot oder so. Von den muffigen Frühstücksflocken deiner Mutter sind wahrscheinlich noch genug da.»

Nancy, meine Tochter, sagte: «Ich fahre mit, Dad.»

«Wird es nicht Zeit, dass Peter sein Abendbrot bekommt?», fragte Evelyn.

Peter war mein Enkelsohn, zwei Jahre alt.

Hiram sagte: «Ich stecke ihn schon mal in seinen Schlafanzug, Nance. Leiste du deinem Dad Gesellschaft.»

«Ich möchte, dass Peter mitkommt», sagte sie. «Ich möchte, dass er mal einen richtig altmodischen Dorfladen sieht.»

«So altmodisch ist er ja nun auch nicht», sagte ich defensiv. Sie taten gerade so, als ob diese ländliche Gegend, in der ganz normal gearbeitet wurde, ein Themenpark sei. Jetzt hatte ich also meine einzige Verbündete verprellt, meine Tochter. Das Schreien der Katzen zerrte an meinen Nerven. Sie scharrten und kratzten in ihrem Hunger an der Schnakentür.

«Auto fahren bääh», sagte Peter.

«Niemand kommt mit», bestimmte ich. «Katzenfutter, Orangensaft, Milch, Doughnuts.»

«Wir haben's nicht so mit Doughnuts», sagte Hiram rasch.

«Okay, keine Doughnuts», schnappte ich zurück.

«Bring aber für dich welche mit», empfahl Evelyn, als könnten sie mir zu verbotenem, aber köstlichem Muttertrost verhelfen.

«Brezeln», schlug ich stattdessen vor. «Irgendjemand hier, der's nicht so mit Brezeln hat?»

Es war, wie immer, eine Erleichterung, aus dem Haus zu kommen, ins Auto zu steigen und die schwingende

Freiheit der baumbestandenen Straßen zu erreichen. Neue Ranchhäuser, hässlich aus Holz und Sandstein gebaut und mit Seitenverkleidungen aus Vinyl, fügten ihre erleuchteten Fenster und gemähten Vorgärten zu den verstreuten Wohnstätten, an die ich mich von früher erinnerte. Meine Mutter hatte oft erzählt, wie ihr Vater sie im Gig mitnahm, wenn er an der Station in Fern Hollow den Zug nach Alton besteigen wollte, und wie sie dann, obwohl sie erst neun oder zehn war, mit dem Gig allein zur Farm zurückfahren durfte. Natürlich kannte das Pferd den Weg. Von Dunkelheit umgeben, in Gedanken bei einem kleinen Mädchen mit Schleifen im Haar, das Pferd und Wagen drei Meilen weit durch Wald und Tabakfelder heimwärts lenkt, übersah ich eine der Abzweigungen. Statt umzukehren, bog ich in einen Weg ein, den ich als Abkürzung in Erinnerung zu haben glaubte, aber er endete bei einer verlassenen Kiesgrube. Der Schweiß brach mir aus, die Klaustrophobie meiner Jugendjahre war wieder da. Es dauerte eine Ewigkeit, so kam es mir vor, bis ich zur Landstraße zurück und nach Fern Hollow fand. Stoudts Keystone war aber noch geöffnet, vor der Tür die beiden Benzinpumpen und auf der Seitenveranda stapelweise Pferdefutter und Säcke mit Düngemitteln. Roy Stoudt, hinterm Ladentisch, erkannte mich trotz meiner Verkleidung – Stadthemd und Blazer – und nickte mir zu. Als ich ihm erklärte, was ich wollte, sagte er: «Ich hab mir schon Gedanken gemacht, wie's den Katzen wohl geht.»

«Nicht so gut. Die Nachbarn haben versprochen, ein paar zu schießen, aber bis jetzt haben sie nichts getan. Ich brauche nur einen Karton, damit wir über die nächsten Tage kommen.» Ich dachte an die vor Hunger torkelnden Jungen und sagte: «Vielleicht zwei Kartons.»

«Deine Mutter hat am liebsten gemischtes Rind genommen und das Allerlei aus Meeresfrüchten.»

«Fein. Irgendwas.»

«Bei Schwein rümpfen sie die Nase, hat sie immer gesagt, sie wären eben alttestamentarische Katzen. Sie war eine Lustige. Man wusste nie, wann sie einen auf den Arm nahm.»

«Mhm, war ein Problem, für mich auch.» Am Rutgers hätte ich gesagt: «Das war auch für mich ein Problem.» Es war nicht schwer, in die hiesige Sprechweise zu fallen. Stoudts Keystone war ein lang gestreckter dunkler Laden mit abgenutzten, gemuldeten Dielenbrettern, in denen blank gewetzte Nagelköpfe blinkten, dort, wo Generation auf Generation an der Registrierkasse vorbeigeschlurft war. Man konnte immer noch zu Röhrchen aufgerolltes Fliegenpapier kaufen und Priemtabak. Ich hatte Mühe, mich angesichts der reichen Auswahl an abgepackten Kohlenhydraten für eine Brezelsorte zu entscheiden. Schließlich nahm ich einen Beutel, auf dem stand: *NEU! Fettarm, natriumarm.*

Während Roy meine Einkäufe in die Kasse eintippte, fuhr er fort: «Sie hat zu mir gesagt: ‹Mein Junge findet es verrückt von mir, all diese Katzen zu füttern, aber es ist mein einziger Luxus. Ich fahre keinen Mercedes, und ich trage keinen Nerz.›»

«Ich habe nie ‹verrückt› gesagt. Allenfalls ‹unsinnig›.»

«Sie *hat* ein paar Mal welche eingefangen und sie zum Tierheim gebracht», sagte er. «Aber viel genützt hat es nicht, die Natur war ihr einfach über.» In seiner Freundlichkeit schwang etwas Hinterhältiges; ich ahnte, was für ein Witz sie mit ihren Katzen in der Gegend hier gewesen war. «Da», sagte er. «Ich habe ihr immer

Mengenrabatt eingeräumt, dir berechne ich auch weniger.»

«Das musst du nicht.» Ich hätte mir auf die Zunge beißen mögen. Ich konnte seine Antwort schon hören – sie würde eine pedantische Unterscheidung machen, ähnlich der zwischen «können» und «dürfen», wie sie uns in der dritten Klasse eingebläut worden war.

«Ich weiß, dass ich nicht *muss*, David, ich *möchte*. Sie war eine gute Kundin», sagte er. «Deine Mutter wird uns hier fehlen. Sie war noch vom alten Schlag.»

In der Katzenfutterabteilung von Stoudts Keystone würde sie mit Sicherheit fehlen. Ich sagte, was ich gleich hätte sagen sollen: «Vielen Dank für den Rabatt, Roy.»

Draußen, unter den von Faltern umschwirrten Lampen, blinkten Reste von Bahngleisen in der Schwarzdecke des Parkplatzes; es hatte sich nicht gelohnt, die schweren Eisenstränge herauszureißen. Sie führten über die kleine Straße, die in beiden Richtungen auf Tunnel aus Dunkelheit zulief. Der Wald hatte sich das Bahngelände noch nicht vollständig zurückgeholt; die Schienen waren größtenteils fort, aber der Gleisschotter und die mit Kreosot behandelten Schwellen waren noch da und ließen nichts wachsen. Durch diese dunkle Schneise war mein Großvater einst nach Alton gefahren, über steinige Bäche und eiserne Brücken, und Funken hatten gesprüht.

Als ich zum Haus zurückkam, das ich geerbt hatte, sah ich, wie Katzenschatten sich in die Winkel der Veranda drückten und die Häupter meiner Lieben vor dem Fernseher versammelt waren. Ich drehte die Kurbel des Dosenöffners und versuchte, mich an das Lied zu erinnern, das meine Mutter immer gesummt hatte. Es hatte eine altmodische Melodie, wie «Let Me Call You Sweetheart», aber das war's nicht. Nancy, immer noch gekränkt, weil ich sie nicht gedrängt hatte, mich zu begleiten, rief aus dem Wohnzimmer, dass die Brezeln nach nichts schmeckten. «Sie sind ohne Fett und Salz», erklärte ich. «Zu deinem *Wohl*!» Als ich ein Junge war, brachte mein Vater manchmal, an Sommerabenden, nach der Arbeit, eine Tüte Brezeln mit nach Haus und dazu einen großen Becher Eiscreme in drei Farben. «Ich hätte Eis mitbringen sollen», sagte ich. Als Junge tunkte ich die Brezeln in die Eiscreme und schob mir beides zusammen in den Mund: die Kombination ließ beides noch besser schmecken, die Brezeln und das Eis.

«Großer Gott», sagte meine Frau aus dem zu dick gepolsterten Ohrensessel heraus, in dem meine Mutter immer gesessen und sich eine fade Sendung nach der anderen angeschaut hatte. «Du regredierst immer mehr.»

Am Morgen der Beerdigung machte ich mich daran, den vollgestopften Schreibtisch meiner Mutter zu entrümpeln, und fand eine Notiz auf mürbem blauen Briefpapier in einem Umschlag, auf dem DAVID stand, nichts sonst. In ihrer kleinen, nach hinten kippenden Schrift hatte sie festgehalten:

Wenn mein Tod kommt, möchte ich so schlicht wie möglich bestattet werden, in dem einfachsten und billigsten Sarg, der vorrätig ist. Anstelle mir zugedachter Blumen bitte ich um Spenden an das
    Tierheim von Boone Township
    R.F.D. 2, Postfach 88
    Emmetstown, Penna.

Ich hatte alles falsch gemacht. Gut bei Kasse durch meine Erbschaft, hatte ich im Souterrain des Beerdigungsinstituts den zweitteuersten Sarg gekauft, aus Kirschbaumholz, mit glänzenden Messingstangen, an denen man ihn tragen konnte, hatte mit dem lutherischen Pastor die übliche lutherische Trauerfeier vereinbart und ein kaltes Büfett bestellt, für hinterher. In der Todesanzeige in der Zeitung von Alton hatte nichts von erbetenen Geldspenden an das Tierheim gestanden. Und ihre an mich adressierten Zeilen gingen mit keinem Wort darauf ein, was ich mit den Katzen tun sollte.

Als die Begräbniszeremonie vorüber war, schlenderte Dwight über das Friedhofsgras auf mich zu und sagte: «Es war mir in den letzten Tagen nicht möglich, mit dem Gewehr vorbeizukommen – wir machen gerade die Busse fürs nächste Schuljahr fertig, die Wartungsarbeiten dauern immer ihre Zeit. Und Adam muss sehn, dass er die ersten Pfirsiche vom Baum kriegt. Aber wir kümmern uns, kannst dich drauf verlassen.»

Der Anblick, wie der Kirschbaumsarg mit den Messingbeschlägen in die sauber ausgestochene Grube sank, glomm mir noch im Gehirn. Ich sagte: «Dwight, es ist wahrscheinlich zu viel verlangt. Denkt einfach nicht mehr daran, du und Adam. Ich überlege mir eine andere Lösung. Es ist nicht euer Problem.»

«Nun, nun, das wollen wir aber doch nicht», sagte er tröstend. Er sah merkwürdig aus im marineblauen Kirchgangsanzug an einem Werktag im Mittagssonnenschein. Adam hatte seine ganze Familie mitgebracht, einschließlich dreier Enkel, die er aus der Obstplantage geholt und in ihre Sonntagssachen gesteckt hatte. Einige andere Nachbarn waren gekommen und Martha Stoudt aus

Fern Hollow – sie hatte das kalte Büfett geliefert. Roy war hinter seinem Ladentisch geblieben. Drei meiner Klassenkameradinnen aus der Highschool hatten sich eingefunden, was mich rührte, und ein Geschäftsfreund meines Vaters, ein Wirtschaftsprüferkollege, von dem ich glaubte, dass er vor langer Zeit gestorben sei. Aber im Gegenteil, obschon älter als meine Eltern, sah er drahtig und gebräunt aus. Er verbrachte die Hälfte des Jahres in Florida und hatte dort unten keinen Mangel an Tanz-partnerinnen; Letzteres vertraute er mir mit einem Augenzwinkern an. Dass er senil war, verriet sich nur in sei-nen Tränen, die einfach nicht trocknen wollten, obwohl die frühherbstliche Sonne brannte und auf dem Fried-hofshügel ein ausdörrender Wind wehte. Es war, als flie-ße in diesem unaufhörlichen Niederrinnen all die Trauer mit, die wir anderen in unserer Abgelenktheit nicht emp-fanden.

Martha Stoudt, die Frau des Pastors und ich waren hinsichtlich der Zahl derer, die zur Beerdigung kommen würden, zu optimistisch gewesen. Im Empfangsraum der Kirche warteten Berge von Kartoffel- und Krautsalat, Brot und Aufschnitt auf uns. Das Essen hielt uns fest wie Fliegen; wir unterhielten uns leise miteinander, obgleich es die Farmer zu ihren Farmen zurückzog und meine Highschool-Freundinnen zu ihren Arbeitsplätzen. Die Mädchen von einst waren alle drei in der Sozialfürsorge tätig, wie ich inzwischen wusste – von der Regierung fi-nanzierte Mütter für die vielen Waisenkinder der Nation. «Wir sind auf einem *gu*ten Weg», versicherte June Zim-merman mir. Sie war die Hübscheste von den dreien ge-wesen, vor vierzig Jahren, als sie halb so viel wog wie jetzt. «Sie *ler*nen jetzt Englisch», sagte sie fast singend.

«Sie *wis*sen, dass sie's müssen, wenn sie mehr wollen als einen Job im unteren Dienstleistungssektor. Es dauert einfach ein, zwei Generationen, mit unseren Leuten war es damals genauso.» Ungeheuer vollbusig, war sie den Söckchen und den kessen kurzen Cheerleader-Faltenröcken, in denen ich sie immer noch sah, seit langem entwachsen. Möglich, dass ich in ihren Augen ein neugeborenes Waisenkind war.

Was meine Mutter angeht: seltsam, wie wenig es über ein Leben zu sagen gibt, wenn es vorüber ist. Ich konnte sie spüren in dem Empfangsraum: sie war höflich, nahm aber, um später darauf zurückzukommen, sarkastisch Notiz von unserem kollektiven Unvermögen, der Situation auch nur halbwegs gerecht zu werden. Menschen waren ihr, verglichen mit Tieren, immer unbeholfen erschienen. Es ärgerte mich an ihrer Statt, dass der Geistliche im Eifer seiner oratorischen Bemühung, den Anwesenden vor Augen zu führen, was das Besondere an der lieben hingeschiedenen Irma gewesen war, vergessen hatte, der Organistin ein Zeichen zu geben, sie solle «Ein feste Burg» spielen. Wie viele Lutheraner werden zu Grabe getragen, ohne dass ihnen, ein letztes Mal, «Ein feste Burg» erklingt? Ich fand, es war ein Skandal, wenn auch kein ganz großer. Schmählich packte meine lebende Verwandtschaft das übriggebliebene Essen ein, und wir fuhren zurück zu dem einsamen Haus mit den faulenden Fensterbrettern und dem reichen Bestand an willkommen geheißenen Schädlingen. Es war noch nicht Fütterungszeit, aber die Katzen wuselten schon hoffnungsvoll auf der hinteren Veranda; ein paar Scheunenkatzen hatten sich zum Haus gewagt und schossen in grauen Blitzen über den Rasen zurück, als unser Auto in die Zufahrt einbog.

Es war stickig und still im Haus. Meine Frau ging in alle Zimmer und riss die klemmenden Fenster auf, entgegen der Theorie meiner Mutter, dass die Fenster geschlossen bleiben müssten, damit die Kühle nicht entweichen könne. Evelyn und Nancy und ihr Mann brannten darauf, wieder nach Hause zu kommen; wir hatten eine Nachbarin gebeten, die dicke alte Josie und unseren eigenen gepflegten Cockerspaniel zu füttern. Max und ich wollten noch ein, zwei Tage bleiben – wenn es sein musste, auch länger – und den Möbelwagen beladen und das Haus besenrein machen, bevor wir es dem Immobilienmakler zeigten. Wohin wir auch sahen, vom Kühlschrank, gefüllt mit Aufschnitt und Kartoffelsalat, bis zum Dachboden, wo wir die defekten Möbel eines halben Jahrhunderts vorfanden, in uraltes braunes Zeitungspapier gewickeltes Geschirr, Alben mit den Photographien von Vorfahren, deren Namen nun niemand mehr kannte, *Life*-Nummern von besonderem historischen Interesse: wir waren überwältigt. Nancy legte Peter oben ins Bett, zu seinem Nachmittagsschläfchen, Evelyn hatte Kopfweh, Max und Hiram machten den Fernseher an, und ich floh, ich setzte mich ins Auto und fuhr nach Emmetstown. Das kurze Schreiben meiner Mutter hatte einen Hinweis enthalten.

Ich fuhr vier Meilen auf Nebenstraßen und über ratternde Brücken, die bald auf die eine, bald auf die andere Seite eines Bachlaufs führten, und gelangte so an den Stadtrand von Emmetstown; ein einfaches, selbstgemachtes Schild wies den Weg zum Tierheim. Ich war einige Male mit meiner Mutter hier gewesen und hatte eingefangene Katzen abgeliefert. Das Tierheim hatte ihr vor zwölf Jahren zwei verzinkte Fallen geliehen. Sie hatte als Köder Leberpastete benutzt. Bei verschiedenen Wochenendbesuchen hatte ich ihr geholfen, ihre traurige Fracht zu transportieren. Kater und junge Mütter waren am schwersten zu tragen, sie ließen in ihrer Panik die langen Käfige vor und zurück kippen, warfen sich gegen die zugefallenen Türen und versuchten, sich mit Zähnen und Krallen durch den Maschendraht zu kämpfen. Wir stellten sie im Tierheim auf den Tresen, eine stämmige, blasse Sechzehnjährige brachte sie weg und gab uns zehn Minuten später, noch blasser aussehend als vorher, die leeren Fallen zurück.

In den Jahren, seit ich das letzte Mal hier gewesen war, hatte sich einiges verändert. Aus dem rückwärtigen Teil des Komplexes, wo die Fußböden aus Beton waren, drangen zwar immer noch die Gerüche und das Heulen von Tieren, aber der Eingangsraum sah jetzt eher wie ein Büro aus, an den Wänden hingen gerahmte Zertifikate und Drucke von Bildern, die Wildenten zeigten. Der hohe kahle Tresen war weg, und in der Mitte des mit einem grobnoppigen Teppichboden ausgelegten Raumes stand ein Schreibtisch aus Nussbaumholz.

Hinter ihm saß eine breitschultrige, farblose Frau; ihr gebleichtes Haar war penibel zu einer aus der Mode gekommenen hohen Bauschfrisur toupiert. Sie hob das blasse Gesicht, als ich eintrat. Bevor ich mich vorstellen konnte, sagte sie: «Es hat mir so Leid getan, als ich das mit Ihrer Mutter las, David. Sie war eine so nette Dame. So ein feines Benehmen, selbst wenn man deutlich sehen konnte, dass sie aus der Fassung war.»

In den vertraulichen Ton einstimmend, fragte ich: «Wieso aus der Fassung – wann haben Sie sie so gesehen?»

«Oh, mit den Katzen. Sie herbringen müssen, um sie, na ja, um sie beseitigen zu lassen, wo's doch ihre kleinen Lieblinge waren. Manche hat sie mit Namen angeredet, wenn sie sich von ihnen verabschiedet hat. Sie hat mal gesagt, es trifft immer die zahmsten, die vertrauen ihr und nehmen den Köder an – die richtig wilden lassen sich nie fangen.»

«Es war furchtbar, wie sie sich vermehrt haben.»

«Ja, so ist das, wenn man ihnen zu fressen gibt.» Während ich mich noch mit dieser malthusischen Wahrheit herumschlug, setzte sie hinzu: «Das liegt in der Natur des Tiers.» Sie sah, dass ich immer noch verdattert war, und sagte: «Es ist hart.»

«Ja», stimmte ich ihr zu. «Hart. Haben Sie eine Idee, was ich tun soll?»

«Mit den Katzen?»

«Absolut.» Mit was denn sonst? Meine anderen Probleme – mit Evelyn zurechtzukommen, den Kanon europäischer Literatur Studenten zu vermitteln, deren Aufmerksamkeitsspanne die Länge von TV-Commercials hatte – fielen nicht in den Zuständigkeitsbereich eines Tierheims.

Sie dachte nach und sagte: «Haben Sie noch die Fallen?»

«Ich habe nicht nachgesehen, aber ich nehme an, sie sind noch in der Scheune.»

«Ich frage, weil Ihre Mutter seit etlichen Jahren nicht mehr vorbeigekommen ist.»

«Sie war zu schwach dafür. Es ist nicht so leicht, mit einer Falle umzugehen, in der eine Katze gefangen ist und sich wehrt.»

«Ach, wem sagen Sie das!» Sie sprach mit zunehmender Milde, wie zu einem Behinderten. Ihre Fingernägel waren kurz und nicht lackiert, ihr Gesicht aber war mit der ein wenig übertriebenen Sorgfalt zurechtgemacht, wie man sie von mittleren Bürodamen kennt – von kleinstädtischen Posthalterinnen oder Anwaltssekretärinnen. Ich wusste auf einmal, dass diese gesetzte Angestellte in verantwortlicher Position das stämmige Mädchen, die jugendliche Exekutorin von damals war. Sie hatte angenommen, dass ich sie sofort wiedererkannte, so wie sie mich gleich wiedererkannt hatte. Ein junger Untergebener in Latzhose und mit Pferdeschwanz öffnete die Tür zum duftenden Dahinter, sagte einige unverständliche Worte, nahm ein bestätigendes Kopfnicken entgegen und schloss die Tür.

Lahm fuhr ich fort: «Ich glaube, das Ganze ist ihr irgendwann über den Kopf gewachsen. Jeden Tag das Futter hinstellen, das ging gerade noch, mehr war nicht mehr drin. Im Gehölz liegt ein regelrechter *Berg* aus Blechbüchsen!»

Sie kratzte sich bedächtig unterm hübschen kleinen Ohr, und ein Hauch ihres Parfums wehte mich an. «Wissen Sie, David», erklärte sie mir, «so eine Population hält sich ganz von selbst in Grenzen. Bei der Inzucht und bei der engen Nähe, in der sie miteinander leben, sind Katzen sehr krankheitsanfällig. Sie bekommen sogar eine Form von Aids, eine Seuche, die gerade grassiert.»

«Toll, aber viele sind noch ziemlich munter und jaulen an der Hintertür. Meine Familie ist zur Beerdigung mitgekommen und hat Angst, nach draußen zu gehn. Ich kann mich nicht einfach davonmachen, die Katzen wandern dann in die Nachbarschaft ab! Einer der Nachbarn hat versprochen, ein paar zu schießen, aber es ist ihm lästig, und ich bezweifle, dass er's noch tut.»

Sie änderte den Neigungswinkel ihres lauschenden Kopfes, und ihre professionelle Geduld schien momentan überstrapaziert. «Ich war gerade dabei, Ihnen einen Vorschlag zu machen. Wenn Sie die Fallen noch in der Scheune haben, könnten Sie sie aufstellen und jeden Tag ein, zwei Katzen vorbeibringen. Die, die Sie am Ende nicht erwischen, sind so wild, dass sie nicht mehr aus dem Wald rauskommen.»

«Aber ich kann nicht *bleiben*!»

Meine Heftigkeit ließ sie blinzeln. Sie schien in mir den Nachfolger meiner Mutter gesehen zu haben, den neuen Herrn über das Haus mitsamt seinen zweiunddreißig Hektar voller Wolfsmilch und Pferdebremsen und rotem Morast, als hätte ich bisher in meinem Leben nur die Zeit totgeschlagen und auf den Augenblick gewartet, da ich mein Erbe in Besitz nehmen konnte.

«Ich lebe in New Jersey!», sagte ich eindringlich. «Ich muss zu meinem Haus, zu meiner Arbeit zurück!»

«Sie wollen das Anwesen Ihrer Mutter verkaufen?»

«Ich muss! Ich kann mich nicht drum kümmern! Die Gebäude sind schon kurz vorm Einsturz!»

Sie kräuselte leicht die Lippen. «Bei uns hier in der Gegend gilt es als ein sehr hübsches Anwesen, aber wenn Sie nicht können, dann können Sie eben nicht. Ihre Mutter würde nicht erwarten, dass Sie das Unmögliche tun.» Doch aus Loyalität meiner Mutter gegenüber fühlte sie sich gedrängt, nach einer Pause hinzuzusetzen: «Obwohl sie von Ihnen immer so gesprochen hat, als ob Sie derjenige wären, der mal alles in die Hand nimmt. Sie hat zu mir gesagt: ‹Amy, ich weiß, die Nachbarn denken, ich bin verrückt, aber ich halte doch bloß die Stellung, für Davey.› Wie lange *können* Sie also bleiben?»

«Zwei Tage, höchstens. Diesmal.»

Als guter Profi verbarg sie ihren Abscheu vor meiner feigen Hast. «So, aha. Bringen Sie die geliehenen Fallen vorbei, wir streichen sie dann von der Karteikarte Ihrer Mutter. Andernfalls muss ich Ihnen etwas berechnen.»

«Fein. Super. Ich bringe sie gleich morgen.» Ich hoffte, sie erwartete nicht, dass ich sie mit Inhalt brächte. Ich hatte auch gar keine Leberpastete.

«Außerdem, David», sagte sie, «wir haben einen Mann, der sozusagen als Trapper für uns tätig ist. Er wohnt nicht weit von hier und arbeitet in Ihrer Gegend, in einem der neuen Discount-Outlets in Morgantown. Er kann auf dem Weg zur Arbeit die Fallen bei Ihnen aufstellen, und wenn er nach Hause fährt, nimmt er sie mit.»

«Das hört sich wunderbar an, einfach wunderbar. Wie viel verlangt er?» Wie ein Grenzlandsiedler, der nicht ohne Schusswaffe loszieht, hatte ich mein Scheckbuch dabei, für alle Fälle.

«Oh, von Ihnen gar nichts. Das ist Sache vom Township, fällt unter Umweltschutz. Für ihn ist es so was wie ein Hobby.»

«Wunderbar», wiederholte ich noch einmal. «Es klingt fast zu schön, um wahr zu sein. Ich möchte dem Tierheim gern einen Scheck ausstellen. Meine Mutter hätte das so gewollt.» Dass sie sich statt Blumen für ihr Grab lieber Geldspenden für das Tierheim gewünscht und ich diesen Wunsch nicht bekannt gemacht hatte, verschwieg ich. Ich grübelte über die angemessene Summe nach. Hundert Dollar schienen mir bei der Größe der Gefälligkeit nicht genug. Ich sah ein wogendes Feld von Katzen vor mir, auf dem Ernte gehalten wurde: graue Garben, in Käfigen, die man im Morgentau aufstellte und in der Abenddämmerung einsammelte. Selbst zweihundert waren noch zu wenig. Ich stellte einen Scheck über zweihundertfünfzig aus, das machte pro Katze etwa sechs Dollar. Sie war bestürzt über die Summe, ich sah das an den Bögen, zu denen ihre gezupften und mit dem Stift nachgezogenen Brauen sich hoben. «Und hier ist meine Nummer in New Jersey, für den Fall, dass Sie sie mal brauchen», sagte ich. «Könnten Sie mir wohl Ihre Karte geben, und ich darf bei Gelegenheit anrufen und mich erkundigen, wie alles läuft?» Ich wollte verhindern, dass sie und ihr Angebot mir durch die Lappen gingen.

«Selbstverständlich, David.» Sie war steif und förmlich geworden; sie hatte begriffen, dass sie für mich eine Fremde war – jemand, den man sich zunutze machte, mehr nicht. Auf der Karte stand: «Amy Stauffer, Leiterin, Tierheim Boone Township»; dann die Anschrift, die ich vom Schreiben meiner Mutter kannte und die für mich der Tipp gewesen war, wie ich diese Nuss knacken könnte. Ich fuhr fröhlich gestimmt zum Farmhaus zurück und ließ die Reifen auf der schlängeligen Emmetstown-Straße quietschen. Früher stachelten mich Gedanken an meine Highschool-Flammen zur Tollkühnheit hinterm Steuer an; jetzt war ich verliebt in Amy Stauffer.

Während der nächsten zwei Tage überraschte Max mich damit, dass er eine große Hilfe beim Zusammenpacken war. Ich stand inmitten meiner Erbschaft, paralysiert von der vermeintlichen Bedeutung jeden Dings, all dieser Gegenstände, die geschwängert waren vom Duft nach meiner Vergangenheit, meiner Herkunft, und er traf Entscheidungen. Dies bleibt hier, das kommt mit. Er hievte die schweren Teile in den Möbelwagen, und nichts ging kaputt; ich betrachtete ihn mit einem neu erwachten Respekt. Womöglich wurde ja doch noch was aus ihm. Er war einfach ein Kind seiner Zeit und hatte es nicht so eilig, von zu Hause fortzukommen, wie ich damals. Bevor wir im vollgepackten Umzugswagen davonfuhren, brachten wir, als letzten Festschmaus für die Katzen, den von der Begräbnisfeier übrig gebliebenen Aufschnitt ins Gehölz. «So, ihr Miezen», sagte ich, als sie miauend zu mir hinaufsahen. «Jetzt müsst ihr sehn, wie ihr zurechtkommt.»

In den folgenden Monaten, als am Rutgers der herbstliche Lehrbetrieb in Gang gekommen war, vermied ich es, zurückzufahren. Ich hatte Angst davor, von dem alten Sog erfasst zu werden. Alles wurde telefonisch geregelt. Es war fast unheimlich, zu sehen, mit welcher Leichtigkeit die Gesellschaft ihre perfektionierte Maschinerie zur Übertragung von Eigentumsrechten anspringen ließ. Mein Anwalt, auch er ein ehemaliger Klassengefährte aus der Highschool, ließ den Wert des Grundbesitzes schätzen und sandte mir Formulare zu, die ich unterschrieben zurückschickte. Der Immobilienmakler gab mir laufend Kenntnis von Interessenten und konkreten Angeboten. Als ich ihn fragte, ob er bei der letzten Begehung des Hauses auf der hinteren Veranda Katzen angetroffen habe, tat er so, als müsse er in seinem Gedächtnis kramen, bevor er sagte: «Nein, keine!» Ihre miauende, pelzige, hungrige Masse hatte sich verflüchtigt wie der Gegenstand eines Traums. Die kärglichen Schätze meiner Mutter – das Porzellanservice mit Rosenmuster, der Eckschrank aus gebeizter Kiefer, ein Nähtisch aus wellig gemasertem Ahorn, zwei Tischdecken aus Spitze, sechs Esszimmerstühle mit Sprossenlehnen, silberner, mit Türkisen besetzter Navajo-Schmuck, den meine Eltern von ihrer einzigen Reise in den Westen mitgebracht hatten – fanden ihren Platz in unserm Haus oder in dem unserer Tochter, und einige Stücke waren Max versprochen, für den Fall, dass er vielleicht doch einmal eine eigene Wohnung besaß. Der kleine Peter wollte die Windglocken haben. Josie erbte ihren alten Fressnapf aus gelbem Plastik. Ins Farmhaus in Pennsylvania fielen die Leute von der Auktionsfirma ein und nahmen alles mit, jedes zerschlissene Möbel, jedes Erinnerungsstück, einschließlich der *Life*-Ausgaben, die vom Sieg an der europäischen Front und von der Kapitulation der Japaner berichteten, und Ende Oktober erhielt ich einen ansehnlichen Scheck über den Erlös bei der Auktion. Anfang November hatte der Makler ein pensioniertes Ehepaar aus Philadelphia gefunden, dessen Gebot weit unter der Summe blieb, die mir vorschwebte, das aber versprach, die Äcker und Wiesen auch in Zukunft an Adam und Dwight zu verpachten. Das Ehepaar gelobte, es habe nicht die Absicht, das Land zur Bebauung zu erschließen, wollte eine entsprechende Klausel im Kaufvertrag aber nur bei einer drastischen Preisminderung dulden. Ich gab klein bei. Mochte die Farm es drauf ankommen lassen, wie wir alle. Wir setzten den Termin für die notarielle Beurkundung auf einen Tag in der Woche nach Thanksgiving fest.

Ich hatte ein schlechtes Gewissen wegen des Verkaufs. Für meine Mutter war die Farm ein Stück des verlorenen Gartens Eden gewesen, und sie hatte gewollt, dass ich, zu meinem eigenen Besten, dort lebte. Herzergreifend hatte sie mir immer wieder klarzumachen versucht, dass ich trotzdem am Rutgers lehren könne, ich müsse mir nur die Zeit anders einteilen, meine Unterrichtsstunden bündeln, sodass ich nicht mehr als drei Tage in der Wochenmitte dafür benötigte. «Und was ist mit meiner Frau?», fragte ich.

«Sag Evelyn», sagte sie, «dass ich mich, als Frau, nie richtig gesund gefühlt habe, wenn ich nicht hier sein konnte. Die Erde hat magische Kräfte, daran glaube ich fest. Zwei Tage fort von hier, und ich bekam die schlimmsten Krämpfe.»

«Meine Kinder, Mutter. Sie sind im Dunstkreis von New York aufgewachsen.»

Nancy war zu der Zeit noch nicht verheiratet, und Max hatte sein Studium in Dartmouth noch nicht hingeschmissen. «Das lässt sich reparieren, es ist noch nicht zu spät dafür», sagte meine Mutter. «Als sie kleiner waren, sind sie immer gern hier gewesen.»

Ich seufzte, und wir ließen das Thema fallen, wir wussten beide, dass ich das Problem war. Ich war der, für den die Farm Giftsumach und Fingergras bedeutete und Buschwerk zu roden, das bis zum nächsten Sommer wieder nachgewachsen war, und seit vierzig Jahren überalterte Wasserleitungen und ein Rudel Asthma auslösender Katzen an der Hintertür.

Ich rief Amy Stauffer wochenlang nicht an, und als ich es schließlich tat, klang sie vage. «Ich weiß, dass er hingefahren ist und sich einen Überblick über die Lage verschafft hat», sagte sie.

«Aber hat er welche gefangen?»

«Er hat die Fallen gerade in seinem anderen Truck, hat er, glaube ich, gesagt. Aber egal, er hat sowieso keine Katzen gesehen.»

«Keine? Zu welcher Tageszeit war er denn da?»

«Zur Fütterungszeit, nehme ich an», sagte sie mit einem hörbaren Lächeln in der Stimme. Ich sah deutlich vor mir, wie sie desinteressiert an ihrem aufgeräumten Schreibtisch in Emmetstown saß, mit den Wildenten an der Wand und der Tür, die nach hinten führte zu den Käfigen mit den Betonböden – ein dienstbarer Geist, den ich gerufen hatte, aber infolge einer kleinen Panne im zwischenstaatlichen Fernmeldewesen nicht so recht kontrollieren konnte.

«Ich würde gern vorbeikommen», sagte ich, «aber ich sehe nicht, was das nützen soll.»

«Nein, David», sagte sie traurig, wie zu einem ehemaligen Geliebten. «Das sehe ich auch nicht.»

Doch ich konnte den Gedanken an die Katzen nicht verdrängen; er ließ mir keine Ruhe, er quälte mich. Nachts wachte ich auf, und der Geist meiner Mutter flackerte im Zimmer, drüben, wo Evelyn ihren weißen Morgenmantel über die Lehne eines Stuhls gelegt hatte, und mir war, als müsste ich schreien, vor Scham und Hilflosigkeit. Die Babys mit den tränenden Augen, die sich vor Hunger kaum auf den Beinen halten konnten. Warum waren sie ins Leben gerufen worden? Meine Mutter, mutiger, als ich es je war, pflegte sie zu ertränken, sie drückte einen Eimer in einen anderen Eimer hinein, der halb mit Wasser gefüllt war und mit den leisen fiependen Schreien der Jungen. Ich hörte wieder das Summen meiner Mutter, eine Walzermelodie, im Takt mit dem rhythmischen dumpfen Krächzen der Kurbel des Dosenöffners, und zugleich mit dem Summen war das volle süßsaure Aroma der Küche wieder da, dieses Aroma, das sie mit ihrem Leben geschaffen hatte, all die Morgen, an denen sie allein aufgestanden war, Kaffee gekocht, Milch und Frühstücksflocken in ein Schüsselchen geschüttet und in feierlichem Ritual die Katzen gefüttert hatte, während die Stutzuhr ihren kehligen Gongschlag ertönen ließ. Aus Sparsamkeit hatte sie immer alle Seifenreste zusammengepresst, bis ein buntscheckiger Riegel entstand, der dann im Badezimmer in der Schale lag, wie ein Vorwurf gegen ihren einzigen, geizigen Sohn.

Eines Morgens, noch ehe ich ganz wach war, erbarmte Amy sich meiner und rief an. «Also, er hat gut zu tun», informierte sie mich. «Er bringt jeden Abend zwei oder drei zu uns, seit fast zwei Wochen nun schon. Aber sie werden immer misstrauischer, sagt er, man muss also damit rechnen, dass er nicht mehr so viele fängt.»

«Trotzdem, das ist doch ein phantastischer Fortschritt. Ich bin *sehr* dankbar. So zügig, wie er vorgegangen ist, können ja nicht mehr allzu viele übrig sein.»

«Das ist richtig», sagte sie, «und bei den Jungen braucht man sowieso nicht nachzuhelfen, die gehn ganz von selbst ein, besonders jetzt, wo wir die ersten Fröste haben.»

Dass ich auch dafür dankbar sei, wollte mir nicht so recht über die Lippen.

Zu Beginn der Jagdsaison rief Dwight an und sagte, er und Adam hätten JAGEN VERBOTEN-Schilder auf meinem Land aufgestellt. Ob mir das etwas ausmache. Er wusste natürlich, dass es eine der Grillen meiner Mutter gewesen war, keine Verbotsschilder auf ihrem Land zu dulden, sehr zum Ärger ihrer Nachbarn. «Die wollen das Revier für sich allein», hatte sie mir erklärt. «Vor allem wollen sie verhindern, dass Schwarze aus Philadelphia kommen und hier Land finden, auf dem sie jagen können. Als meine Beine mich noch getragen haben, bin ich einen Herbst losgezogen und habe Dwights Schilder persönlich heruntergerissen. ‹Jagen verboten›, außer für ihn – ich hab *rot* gesehn.»

«Nein», sagte ich. «Es macht mir nichts aus.»

«Es freut mich, das zu hören, Dave», sagte Dwights ferne Stimme. «Falls ich noch welche von euren Katzen sehe, dann hast du mein Wort, dass sie's todsicher nicht mehr weitererzählen. Wenn Jagdzeit ist, haben Katzen nichts zu lachen. Jäger sehn sie als Konkurrenz.»

Die letzten Tage, da ich eine Farm besaß, waren seltsam. Es war, als hätte ich ein Phantombein; ich konnte fühlen, wie es sich bewegte, aber ich konnte es nicht sehen. Die Papiere sollten am ersten Dezember unterzeichnet werden, und ich dachte, es könne nichts schaden, wenn ich einen Tag früher hinführe und noch einmal durch Haus und Scheune ginge und nachsähe, ob von unseren Jahren dort noch ein letzter Rest geblieben war, und übernachten wollte ich dann in einem Motel in Alton. Vielleicht gab es in letzter Minute noch einiges Strauchwerk auszulichten oder hässliches Gestrüpp zu beseitigen, deshalb hängte ich meinen Anzug im Auto an den Kleiderhaken und zog eine olivgraue Jacke mit Wollfutter an, die mein Vater aus einem Laden für Restbestände der Army hatte und immer an Wochenenden trug und die meine Mutter dann erbte und, weil sie ihr passte, im Winter überzog. Ich hatte es nicht übers Herz gebracht, sie der Auktionsfirma zu überlassen, zog sie nun also an und warf eine Astschere und Arbeitshandschuhe ins Auto.

Aber als ich mich schließlich von meiner Frau und meinen Studenten loseisen konnte und mich um die nördlichen Ausläufer von Philadelphia herum durch den Verkehr kämpfte, hatte ich nur noch wenige Stunden Tageslicht vor mir. Das Anwesen war still, als ich in die kleine Zufahrt einbog, still wie ein Bild. Nichts war mehr grün, nur die Kiefern und die beiden blankblättrigen Ilexe, der männliche und der weibliche. Der grasbewachsene Hang des Obstgartens neigte sich in ebenmäßigem Gelbbraun, gestreift mit Schatten. Das Gehölz dahinter stand hoch und silbrig, die Stängel aus Dunkelheit zwischen den Stämmen verdickten sich. Die Gegend heißt Firetown, und als Kind hatte ich geglaubt, sie heiße deshalb so, weil die untergehende Sonne jeden Abend die Wipfel der Bäume im Gehölz auflodern ließ.

Als ich die Autotür zuschlug, wurde der Knall von der Scheunenwand zurückgeworfen, ein Widerhall, den ich vergessen hatte. Ganz am Anfang, als wir gerade hierher gezogen waren und noch alles neu für mich war, hatte ich mich oft auf den Rasen gestellt und laut gerufen und über das Echo gestaunt, das wie die Stimme eines Bruders war, den ich nicht hatte.

Die Abwesenheit eines Besitzers zeigte sich in vielen Kleinigkeiten. Ich hatte einem Jungen Geld dafür gegeben, dass er regelmäßig den Rasen mähte, aber er war zu faul gewesen, die Kanten zu schneiden, sodass das Gras dort in zerzausten Fransen stand, und wo vom Schwarzen Walnussbaum die fleischigen Schalen herabgefallen waren, hatte der Junge überhaupt nicht gemäht. Ich hatte die Astschere bei mir, bezweifelte aber, dass ich viel ausrichten konnte – vielleicht nachsehen, ob von der empfindlichen Trauerkirsche Zweige abgebrochen waren, oder den einen oder anderen Himbeerschössling aus den Funkienrabatten schneiden, die meine Mutter angelegt hatte, als wir neu hier waren. Irgendetwas tun, um das Gewissen zu besänftigen und die Wunde zu lindern, die entsteht, wenn ein Stück deines Lebens weggenommen wird.

Als ich in meiner geerbten Jacke durch das hohe Gras strich, lösten sich aus dem Obstgarten ein paar Schatten und liefen in freudigen weichen Sprüngen zum Haus. Einige andere kamen vom Gehölz her angehuscht. Diese Katzen hatten überlebt. Sie hielten mich für meine Mutter und dachten, die guten Zeiten seien wieder da.

## Olivers Entwicklung

Seine Eltern hatten ihm nichts antun wollen; sie hatten ihn lieben wollen, und sie liebten ihn wirklich. Aber Oliver hatte sich spät zu ihrem Häuflein von Nachkömmlingen gesellt, zu einer Zeit, da der Mut, der Elan, Kinder großzuziehen, mählich erlahmte, und er erwies sich als anfällig für Missgeschicke aller Art. Ein großer Fötus, drangvoll beengt im Leib seiner Mutter, wurde er mit einwärts gekrümmten Füßen geboren, die bis zu den Knöcheln in Korrekturgips staken, als er krabbeln lernte. Irgendwann wurde der Gips entfernt, und das Kind schrie in panischer Angst, denn es hatte diese schweren Gipsstiefel, die über den Fußboden schrappten und polterten, für einen Teil seiner selbst gehalten.

Eines Tages – er war noch sehr klein – fanden sie ihn in ihrem Ankleidezimmer auf dem Boden sitzen, im Schoß eine Schachtel Mottenkugeln, einige nass von Speichel. Rückblickend fragten sie sich, ob es wirklich nötig gewesen war, ihn in rasender Fahrt ins Krankenhaus zu schaffen und seinen armen kleinen Magen auspumpen zu lassen. Sein Gesicht war hinterher graugrün. Im darauffolgenden Sommer, als er schon laufen konnte, hatten sie ihn, ohne sich etwas dabei zu denken, am Strand allein gelassen und waren weit hinausgeschwommen, weil sie sich an jenem Morgen – nach einer nächtlichen Party und einem alkoholisierten Streit – nach romantischer Harmonie sehnten, und bis sie den Rettungsschwimmer den Strand entlangrennen sahen, hatten sie nicht die leiseste Ahnung, dass das Kind ihnen nachgeputtelt war und auf dem Wasser getrieben hatte, und wäre der Rettungsschwimmer nicht so wachsam gewesen, hätte Oliver womöglich verhängnisvolle Minuten lang so getrieben, mit dem Gesicht nach unten. Diesmal war sein Gesicht blau, und er hustete mehrere Stunden.

Er war das klagloseste ihrer Kinder. Er machte es seinen Eltern nicht zum Vorwurf, dass weder sie noch die Lehrer in der Schule sein «schläfriges» rechtes Auge zeitig genug bemerkten, dass es hätte behandelt werden können; die Folge war, dass alles heillos verschwommen aussah, wenn er das andere Auge schloss. Allein beim Anblick des Jungen, wie der ein Schulbuch in eigenartigem Winkel zum Licht hielt, hätte sein Vater hilflos weinen mögen.

Und es traf sich, dass Oliver gerade im falschen, verletzlichen Alter war, als seine Eltern sich trennten und sich dann scheiden ließen. Seine älteren Brüder waren fort, im Internat und auf dem College, unterwegs zum Mannsein, befreit von der Familie. Seine jüngere Schwester war klein genug, um die neuen Umstände aufregend zu finden: die Restaurantbesuche mit dem Vater, die freundlichen Männer, die an der Tür erschienen, um mit der Mutter auszugehen. Oliver aber bekam mit seinen dreizehn Jahren die Schwere der Verantwortung für den Haushalt zu spüren. Er machte das Verlassenheitsgefühl der Mutter zu seinem eigenen. Und wieder litt sein Vater hilflos. Seine Schuld war es, nicht die seines Sohnes, dass der Junge mit schlechten Noten nach Hause kam, erst von der Schule, dann vom College, und dass er sich den Arm brach, als er im Studentenheim die Treppe hinunterfiel oder, nach einer anderen Darstellung der verworrenen Geschichte, aus dem Fenster des Schlafraums eines Mädchens sprang. Nicht bloß *ein* Auto der Familie, nein, gleich mehrere erlitten Totalschaden mit ihm am Steuer, er selbst freilich kam mit Prellungen an den Knien und mit gelockerten Schneidezähnen davon. Die Zähne wuchsen wieder fest, Gott sei Dank, denn sein unschuldiges Lächeln, das sich langsam über sein Gesicht ausbreitete, wenn ihm die ganze Komik seines neuesten Missgeschicks dämmerte, war eines seiner liebenswürdigsten Merkmale. Seine Zähne waren klein und rund und standen weit auseinander – Babyzähne.

Dann heiratete er – ein Unglück mehr, so schien es, passend zu den durchgefeierten Nächten, den hingeworfenen Jobs, den verpatzten Gelegenheiten seines Lebens als junger Erwachsener. Das Mädchen, Alicia, war ebenso vom Pech verfolgt wie er und neigte zu Drogenmissbrauch und ungewollten Schwangerschaften. Ihre Gemütserschütterungen waren für sie selbst und für andere zermürbend. Verglichen mit ihr stand Oliver stabil und sicher auf den Beinen, und sie sah zu ihm auf. Das war der Schlüssel zum Geheimnis. Erwarte etwas vom anderen, und er wird bestrebt sein, es dir zu geben. Er suchte sich eine Arbeit und hielt an ihr fest, und Alicia stand ihre Schwangerschaften durch. Ihr solltet ihn jetzt mal sehen, mit der kleinen blonden Tochter und dem dunkelhaarigen Sohn. Er ist kräftig geworden und hält beide Kinder gleichzeitig auf dem Arm. Sie sind Vögel in einem Nest. Er ist ein Baum, ein starker Fels. Er ist ein Beschützer der Schwachen.

## Naturfarbe

Frank sah sie schon von weitem, fast zwei Straßenecken entfernt, in der Stadt, in der er jetzt lebte und in der Maggie eigentlich nichts zu suchen hatte und er nicht damit rechnen konnte, ihr zu begegnen. Die Art, wie sie den Kopf hielt, als staune sie über die mit Eiszapfen behängten Dachtraufen der Geschäfte im Stadtinnern, löste den Wiedererkennensfunken aus. Oder vielleicht war es die Art, wie die tief stehende Wintersonne das Rot ihres Haars einfing und es aufblinken ließ wie ein Signal. Seine Frau hatte damals immer laut die Echtheit dieses Rots bezweifelt, und er hatte dann das Argument unterdrücken müssen, dass, wenn Maggies Haare gefärbt seien, dies auch auf ihr Schamhaar zutreffe. Aber schon wahr, Maggie hielt ihr Haar für eine glorreiche Zierde. Wenn sie es herabließ, wurde die Mähne zu einer umhüllenden, umgarnenden dritten Gegenwart im Bett, und wenn es hochgesteckt war, wie heute, wirkten ihr Kopf groß und ihr Hals rührend dünn in seiner kecken Schräghaltung.

Sie war mit einem Mann zusammen – einem Mann, der größer war als sie, dabei war sie selbst sehr groß. Er schlurfte bärenhaft, beschützerisch neben ihr, halb zur Seite geneigt, damit ihm keines der Worte entgehe, die sie hinwarf, indes ihre nackten Hände in der Februarsonne gestikulierten. Frank erinnerte sich an ihr schockbleiches, tränennasses Gesicht. Jedes Wort, das er sich widerstrebend abrang, war ein Schlag gewesen, der ihre Blässe vertiefte und sie grausamer in die Niederlage trieb. «Ich krieg's nicht auf die Reihe», hatte er gesagt; in seiner Familie ebenso wie in ihrer herrschte wildes Durcheinander, und die Stadt rings um sie war entrüstet.

«Du meinst», sagte sie, und ihr Gesicht war zerfurcht, und ihre Oberlippe verkrampfte sich, so groß war die Anstrengung, in diesem Augenblick äußerste Klarheit zu haben, «du möchtest wieder zurück?»

«Ich möchte nicht, das ist nicht das richtige Wort, aber ich glaube, ich muss.»

«Dann geh, Frank. Geh, Liebster. In gewisser Weise wird es dadurch einfacher für mich.»

Ihm war das als rührende gespielte Tapferkeit erschienen, als liebenswerte weibliche Prahlerei, ein Versuch, Zurückweisung mit Zurückweisung zu vergelten, tatsächlich aber hatte sie ihre Scheidung durchgefochten, wohingegen er seine Familie zusammengehalten hatte und in eine andere Stadt gezogen war. Das lag mehr als zwanzig Jahre zurück. Die Kinder, die er nicht hatte verlassen wollen, waren längst erwachsen und aus dem Haus. Die Ehefrau, an der er festgehalten, hatte immer schon eine dem Selbstschutz dienende Detachiertheit an den Tag gelegt, aus der im Lauf der Zeit, während sie gemeinsam alterten, ein entschlossener, mit trockenem Humor und undurchdringlicher Würde gewahrter Abstand wurde. Er hatte die Wahl gehabt und sich für eine Ehefrau entschieden, und eine Ehefrau war sie, nicht weniger, nicht mehr.

Maggie, ihrerseits, hatte sich erholt; sie hatte einen Gefährten und sah von weitem schick aus: bauschiger erbsengrüner Parka und schwarze Hosen, ein Aufzug, der ihre Beine dramatisch lang erscheinen ließ. Geschockt von dem Funken, der von ihrem Haar aufsprang, drückte Frank sich in den nächstbesten Eingang – es war der eines Drugstores –, um sich der Wucht einer Konfrontation zu entziehen, dem Vorgestelltwerden, dem Geplauder. Es hatte etwas von einem Angriff auf ihn, dass sie sich so ungeniert in seiner Stadt bewegte.

Während er an den Drugstore-Regalen entlangging, als sei er auf der Suche nach einem magischen Medikament oder nach der perfekten Geburtstagskarte, stieg Zorn in ihm hoch, dass sie weitergemacht hatte, ein Leben gelebt hatte, nach ihm. Sexuelle Eifersucht der unvernünftigsten Art wütete in ihm, als er blind zwischen den Erkältungstabletten und Hautlotionen, den Schlafpillen und Magensäurehemmern hinstelzte. Er streifte mit einem Blick die in Reihen angeordneten Kondomsorten, die in dieser progressiven Aids-bewussten Zeit offen dargeboten wurden wie bunte Leckereien, auf jeder Schachtel schattenhaft ein Mann und eine Frau, die verschwörerisch die Köpfe zusammensteckten. Sein Blut hämmerte, und ihm kam in den Sinn, dass Sex sehr wenig mit Zärtlichkeit zu tun hat. Er war grob mit Maggie gewesen, rücksichtslos und roh in der Hitze ihrer Affäre. Für ihn war es die erste gewesen, für Maggie nicht. Sie hatte vorn neben ihm im Auto gesessen und mit diesem ernsten, konzentriert starrenden Blick, den sie manchmal hatte, gesagt: «Damals, als Sam und ich getrennt lebten, war ich eine richtige Hure. Ich habe mit *jedem* geschlafen.»

Er hätte über die schwungvolle Feierlichkeit des Geständnisses gelächelt, wäre er von der Erhabenheit ihrer Promiskuität, so wie er sie sich auszumalen versuchte, nicht eingeschüchtert gewesen. Ihm war, als nehme sie an Umfang und Größe zu, wie sie da neben ihm in seinem Ford-Kombi saß, der irgendwo im freien Gelände auf einem gesperrten Feldweg geparkt war. Diese Zusammenkunft im frühen Frühling, hastig am Telefon vereinbart, war wie ein Treffen zu einer Besprechung, sie in winterlichem Tweed vom Einkaufen in Boston kommend, er im Geschäftsanzug. Er erkundigte sich nicht genauer. Sie erwähnte von sich aus einen Skilehrer in Vermont, einen Tauchlehrer in der Karibik – hübsche, sorglose junge Männer, die sich Frauen angelten. Sie sagte nicht, ob sie mit irgendeinem ihrer gemeinsamen Bekannten geschlafen habe, aber er konnte es sich bei dem einen oder andern vorstellen, und so war sein Herz abgehärtet, bevor ihrer beider Affäre überhaupt begonnen hatte. Er musste jetzt mit ihr schlafen. Es war eine Art Rennen, bei dem er gefährlich ins Hintertreffen geraten war. Die Männer, mit denen sie geschlafen hatte, waren jeder noch in ihr, gewissermaßen eine Investition, die Zinsen brachte, während er sie keusch aus der Ferne angebetet hatte. Teil seines Geschenks an sie war der erhöhte Wert, den seine Unschuld ihr beigemessen hatte. Weil sie so erfahren war, waren sie nie ganz gleich. Sie nahm Risiken auf sich, wenn sie sich mit ihm traf, dieselben Risiken, die auch er auf sich nahm – entdeckt zu werden, schuld zu sein an einer zerrütteten Familie –, aber er hielt ihre Ehe schon für zu beschädigt, als dass man ihr hätte nachtrauern müssen, wohingegen seine eigene durch seinen Treubruch eine Steigerung erfuhr: seine Frau und seine Kinder wurden kostbar in ihrer Verletzlichkeit. Wenn er, verschwitzt und keuchend von seinen Sünden, zu ihnen zurückkehrte, weinte er fast über ihre süße Ahnungslosigkeit. Aber er konnte nicht aufhören. Er verstrickte Maggie tiefer, er war süchtig nach ihr, und es scherte ihn nicht, was aus ihnen werden sollte, bis es Zeit war, sein Schicksal von ihrem zu lösen. Sie selbst hatte es gesagt: «Du setzt mir *hart* zu, Frank.»

Er dachte, sie meine vielleicht nur seine Kraft und Intensität beim Lieben. Sie waren beide schweißgebadet, in ihrem sonnenbeschienenen Bett, von dem man auf den Reitplatz eines Gestüts sah, und sie, die unter ihm lag, war noch nasser als er. Sie hatten im April angefangen, einander zu treffen; sie wurden entdeckt und machten Schluss, noch ehe das Herbstwetter einsetzte. Er hatte sie in leuchtenden Baumwollkleidern in Erinnerung, voll heiterer Lebendigkeit auf Partys, die in Sommerhelle getränkt waren, und all ihre Lebendigkeit galt insgeheim ihm. Sie war herzlich mit Ann, seiner Frau, und er ging freundschaftlich mit Sam um, ihrem Mann, doch auch hier bestand Ungleichheit. Sie schien Ann wirklich zu mögen, und es kam vor, dass sie, allein mit Frank, sich laut darüber verwunderte, wie er nur daran denken könne, eine so nette Frau zu verlassen. Frank hingegen gewann mit jedem Zusammensein stärker den Eindruck, dass Sam – massig, rotbackig, den großen Kopf kurzsichtig, schwerfällig drohend vorgereckt – ihrer unwürdig war und dass ihr Festhalten an dieser Ehe von Schwäche zeugte, von einem widerstandslosen Hinnehmen täglicher Befleckung.

«Hast du was Besseres zu bieten?», hatte Maggie ihn einmal herausfordernd gefragt; die Lippen fest zusammengepresst, hatte sie beschlossen, den Sprung zu wagen. Ihre Augen waren in diesem kühnen Moment rund wie die eines Kindes gewesen.

Er fühlte sich entkräftet, ausgelaugt, als er mit matter

Stimme sagte: «Du weißt, wie gern ich dich heiraten würde. Aber ich bin schon der Mann einer anderen.»

«Der schöne Gefangene», sagte sie und blickte woandershin, als langweile sie sich plötzlich. «Ich glaube, wir sollten uns nicht mehr treffen.»

«O mein Gott, nein. Dann sterbe ich.»

«Ja nun, mich bringt es jetzt schon um. Du bist noch ein wenig unreif. Wenn ein Gentleman mit einer Dame sein Vergnügen gehabt hat, zieht er sich diskret zurück.»

Er hasste es, wenn sie die sexuell Überlegene herauskehrte. Er wollte lernen, aber nicht belehrt werden. «Würde Sam das so machen?»

«Sam ist nicht so übel, wie du denkst», sagte sie und wischte sich hastig, ungeschickt, mit einer Bewegung, die er nicht sehen sollte, Tränen fort, die ihr in die Augen gestiegen waren, ausgelöst vielleicht durch ein in der Spannungsgeladenheit dieser ungewissen Situation angetipptes Bild.

«Gut im Bett», sagte Frank und hasste alle beide. Im Bett: in ebendiesem Bett mit dem Blick auf gepflegte Stallungen und eingezäunte Koppeln.

Sie ignorierte die eifersüchtig sondierende Bemerkung und sagte nachdenklich: «Er hat ein Gespür für mich, mit dem er nicht ganz danebenliegt. Auf seine krude Art hat er Manieren.»

«Und ich nicht?»

«Frank!», rief sie aus, und ihre Erbitterung war so groß, dass ihr wieder Tränen in den Augen standen. «Warum muss es immer wieder um *dich* gehen!»

«Weil», hätte er antworten können, «du dafür gesorgt hast, dass ich mich selbst liebe.» Aber es gab vieles, das er

Maggie hätte sagen können, bevor die Verbindung zwischen ihnen ein abruptes Ende nahm, weil Sam in stiernackiger Wut und unter Androhung juristischer Schritte dazwischenging und Ann sich in schönem verletzten Stolz abwandte. Frank fand sich als Maggies Feind wieder, weil er nicht ihr Mann geworden war.

In dem frostigen Winter und dem rauen Frühling, bevor er und seine Familie von jener Stadt fortgezogen waren in diese, die sechs Meilen entfernt lag, gab es eine lange gesellschaftliche Saison, während deren sie sich alle in nächster Nachbarschaft zueinander bewegten. Sam nahm sich eine Junggesellenwohnung in einem kleinen Ort drei Meilen weit weg – nah genug, um erreichbar zu sein für mitfühlende Bekundungen aus ihrem großen gemeinsamen Bekanntenkreis. Frank und Ann kauerten sich nieder zu streitbarer, anklägerischer und gegenanklägerischer Erneuerung ihrer Gelübde, unterbrochen von Pausen humorvoller Kampfmüdigkeit. Und Maggie saß mit Tochter und Sohn, acht und sechs Jahre alt, allein gelassen in ihrem großen Haus. Die einstmals gemeinsamen Freunde, gezwungen, zwischen diesen explosiven Elementen eine Wahl zu treffen, entschieden sich für das intakte Paar und gegen das auseinandergebrochene. Sam, dessen Backen röter wirkten denn je und dessen Augen so klein geworden waren, als ob sein Gesicht von Schlägen aufgequollen sei, rang sich dazu durch, es mit Frank in einem Raum auszuhalten und sogar ein paar gequälte Höflichkeiten mit ihm zu wechseln. Ann dagegen floh das eine Mal, da Maggie gewagt hatte, sich blicken zu lassen: beim alljährlichen Weihnachtssingen im Haus der Historischen Gesellschaft. Maggie kam spät, sie trug ein überwältigendes paillettenbesetztes langärmeliges grünes

Oberteil und einen bodenlangen scharlachroten Samt-rock. Frank lächelte über die verwegene Aufmachung; Ann stieß ein Wimmern aus und stürzte aus dem Raum, hinunter in die Halle mit den alten Daguerreotypien an den Wänden, zur Eingangstür, die gepriesen wurde wegen ihrer für die Nachrevolutionszeit typischen Zier-leisten und wegen des eleganten bleigefassten Fächerfens-ters. Die Mäntel überm Arm, drängte Frank sie in die Kälte hinaus und sagte: «Das war unbarmherzig von dir.»

«Nicht so unbarmherzig, wie mir meinen Mann weg-nehmen zu wollen.»

«Das wollte sie doch gar nicht.»

«Nein? Was dann? Vögeln als Andachtsübung?»

«Bitte, Ann. Die Leute sehen schon aus dem Fenster.» Aber niemand beachtete sie, aus den hohen Fenstern brausten die Chorrefrains vom «Guten König Wenzel» auf den verschneiten Gehweg nieder. Die Stadt hatte schlimmere Kräche erlebt, inklusive eines unitarisch-kon-gregationalistischen Schismas in den zwanziger Jahren des neunzehnten Jahrhunderts. «Zieh deinen Mantel an», sagte er barsch und steuerte sie am Arm zum gepark-ten Auto hin, dem Kombi, in dem Maggie ihm feierlich eröffnet hatte, dass sie eine richtige Hure gewesen sei, in dem es jetzt aber nur noch nach Kindern roch, nach Knusperriegelkrümeln und verschütteten Milchshakes. In Wahrheit hatte die Ehe kurzfristig von der Affäre profi-tiert: Ann war beeindruckt, dass er die spektakuläre Mag-gie erobert hatte, und Frank war gerührt von diesem Auf-flammen eifersüchtiger Leidenschaft bei seiner kühlen Gattin. Es war, als sei die verlassene, geächtete Maggie eine Beute, die sie mit vereinten Kräften nach Hause ge-schleift hatten. «Wenn du dich in der Öffentlichkeit nicht zusammennehmen kannst», hielt er ihr vor, «bedeutet das für sie, dass sie nirgendwohin kann, wo sie damit rechnen muss, dir zu begegnen.»

«Wir *tun* ja schon alles, um aus der Stadt wegzukommen, die Maklerangebote stauben uns nur so aus den *Oh*ren raus», sagte Ann mit komischem Ungestüm. «Ich werd den *Teu*fel tun und die Kinder vor Mai, vor der Versetzung, aus der Schule nehmen. Sie sind schon unglücklich genug, dass wir überhaupt wegziehn.» Während die Autoheizung warm wurde und mit ihren Ausdünstungen den Geruch nach saurem Milchshake zudeckte und draußen die zerzausten Häusergevierte der alten Stadt vorüberzogen, sagte Ann einlenkend: «Es tut mir Leid. Ich habe mich unfair benommen. Aber wir haben wochen- und wochenlang über sie gesprochen, und dann seh ich sie plötzlich in Person vor mir, da konnte ich nicht anders, ich musste dran denken, dass du sie gesehn hast ohne ... dass du weißt, wie sie ... und sie sah so phantastisch aus in diesem grotesken Aufzug.» Ann fuhr fort: «Blass und angespannt, aber immerhin hat sie ein paar Pfund bei der Geschichte verloren. Ich wünschte, ich könnte das auch von mir sagen.»

Er langte hinüber und drückte ihren molligen Schenkel durch den dicken Mantelstoff hindurch. «Verschiedene Bauarten», sagte er in verblümter Prahlerei. Sie waren vereint, so schien es ihm, in der Bewunderung für Maggie – zwei, die sich demütig einer Naturgewalt beugten. Auch wenn einer Versöhnung auf einer solchen Grundlage keine Dauer beschieden war, schuf sie doch für einige Zeit eine verschwörerische Nähe.

Maggie war mittlerweile von den Einladungslisten gestrichen. Sie ging ihren täglichen Pflichten in majestätischer Isolation nach, wurde nur von ein paar klatschsüchtigen Frauen besucht und von nie zum Zug kommenden Männern, die eine Gelegenheit witterten. Frank war hin und her gerissen: einerseits war es ihm recht, dass sie nicht mehr dazugehörte – ihre Macht über ihn, die Herrlichkeit, die sie für ihn hatte, ließen keinen Raum für Mitleid –, andererseits hatte er den unmöglichen Wunsch, wieder mit ihr zusammenzukommen, die Worte zu ihr zu sagen, die sie beide über alles hinweghoben und sie wieder ins Bett befördern würden. Erfahrener als er, wusste sie, dass es solche Worte nicht gab. Einige Monate nach dem Weihnachtssingen veranstalteten die Stadtväter ein Ostereiersuchen auf dem abfallenden Anger diesseits des Friedhofs. Im allgemeinen Gewühl – Kinder, die hektisch umherflitzten, Eltern, die ihnen über das matschige braune Gras nachjagten – sah er Maggie in ihrem vertrauten Frühlingstweedkostüm, und es gelang ihm, sich an ihre Seite zu mogeln. Sie bedachte ihn mit einem alles andere als erfreuten Blick und sagte, als habe sie die Worte in sich gespeichert: «Deine Frau hat mein gesellschaftliches Leben zerstört. Und das meiner Kinder. Sam ist wütend.»

Eine so kleinliche, detaillierte Beschwerde schien ihrer beider und ihrer Liebe verblüffend unwürdig. Unangenehm überrascht sagte er: «Ann plant nicht, nie. Sie lässt den Dingen ihren Lauf.» Als ob sie sich, nach all dem Schweigen, das zwischen ihnen gewesen war, getroffen hätten, um den Charakter seiner Frau zu erörtern. Maggie wandte ihm den Rücken. Krank von der Abfuhr, bewunderte er die Breite ihrer Schultern und die Üppigkeit ihres Haars, das zu einem schimmernden, weich geschlungenen Knoten aufgesteckt war.

Für einen durchreisenden Touristen sehen in New England die Städte alle gleich aus – weißer Kirchturm, grüner Anger, ums Überleben kämpfendes kleines Geschäftszentrum –, doch es gibt beträchtliche ökonomische und spirituelle Unterschiede, und ihre Einwohner sind sich dessen bewusst. Frank und Ann waren nach sechsmonatigem Hickhack mit Immobilienmaklern in eine Stadt gezogen, in der die Grundstücke durch Mauern und Hecken und BETRETEN VERBOTEN-Schilder voneinander abgegrenzt waren. Die Leute, mit denen sie sich nach und nach anfreundeten, waren fast alle älter als sie, etliche waren verwitwet oder im Ruhestand. Das Leben dieser Leute, die winterfest gemachten Sommerhäuser, die Gärten, die von Gartenpflegefirmen in Schuss gehalten wurden, alles war in einem Zustand der Vollendung. Die Stadt, in der sie vorher gewohnt hatten, war noch immer im Werden begriffen mit ihren krummen, von Puritanerstiefeln ausgetretenen Pfaden, die dann zu Straßen wurden, und mit den Grenzmarkierungen, die aus Findlingen bestanden und aus sagenhaften Bäumen, deren Stümpfe zu Staub zerfallen waren. Die jungen Hausinhaber waren bemüht, ihre Anwesen selbst instand zu halten, Leitern blieben den Winter über gegen Verandadächer gelehnt, und zwei Seiten eines Hauses mussten bis zum nächsten Sommer auf den Anstrich warten. In den kleinen Gärten tobten Rudel von Kindern; es herrschte ein ständiges Kommen und Gehen, samstagnachmittags wurde Tennis oder Touch Football gespielt, anschließend gab es Drinks, und dann eilte jeder zu sich nach Hause, um vor der Dinnerparty noch schnell zu duschen und sich zu rasieren. Man hielt sich, so viel man nur konnte, in anderer Leute Häusern auf; im eigenen empfand man ein ziehendes Sehnen, einen quälenden, ununterdrückbaren Verdacht, dass das Glück anderswo sei. Wenn Frank die Babysitterin nach Hause gebracht hatte, fuhr er auf dem Rückweg an verdunkelten Häusern vorbei, in denen Ehemänner, die er kannte, im Bett lagen, flüsternd, Kopf an Kopf, mit Ehefrauen, die er begehrte.

In diesem Geflecht bunt gewürfelter Freundschaft, diesem verworren familiären Getümmel, war Maggie auf einmal da: berührte seine Hüfte mit der ihren, als sie auf einer Gartenparty Seite an Seite an der stark frequentierten weiß gedeckten Bar standen, oder rief unwillkürlich, mit gehauchter Kleinmädchenstimme aus: «O nein, noch nicht!», als er und Ann sich zu vorgerückter Stunde, nach einem Abendessen, zu dem sie und Sam geladen hatten, verabschieden wollten. Und als auf einem der vielen Wohltätigkeitsbälle die Reihe an ihm war, mit Maggie zu tanzen, schmiegten sie sich so eng aneinander, wie die Anstandsregeln bei Alkoholgenuss es gerade noch erlaubten, und zum Schluss nahm sie seine Hand und drückte sie ernst, energisch und durchaus nüchtern. Es bedurfte sehr deutlicher Signale, wenn sie durch seinen Nebel aus Schüchternheit und ehelicher Trägheit zu ihm durchdringen sollten, aber sie war Expertin genug, um zu wissen, dass er, einmal entzündet, in Flammen stehen würde.

Wie sanft und geduldig sie, im Nachhinein gesehen, seine Initiation ins Werk gesetzt hatte. Ihre Treffen fanden meist in ihrem Haus statt, weil Sam in Boston arbeitete und Ann nicht. Frank ging um das Regal mit den Kondomen herum in ein Reich abgepackter Antihistaminkapseln und erinnerte sich, dass die Zufahrt zu ihrem Haus am Rand der Stadt, neben einem Gestüt und einem Reitstall, versteckt war hinter einem schräg gekippten hohen Palisadenzaun und vielen zu stark gewachsenen Fliedersträuchern. Sam hatte des Öfteren davon geredet, dass er den Zaun wieder aufrichten und die Fliedersträucher beschneiden wolle, aber in jenem Sommer war alles noch beim Alten geblieben. Kurz bevor Frank das Haus erreichte, musste er wegen der Haarnadelkurve, die in die Zufahrt mündete, die Geschwindigkeit drosseln; es war ein gefährlicher Augenblick, denn sein Auto hätte auf der Straße erkannt werden können – viele der Kinder ihrer gemeinsamen Freunde nahmen Reitstunden –, und er hielt jedes Mal den Atem an, wenn er, halb versteckt hinter dem hohen struppigen Fliedergesträuch, über den knirschenden Kies in die Garage rollte. Maggie hatte das Tor schon im Voraus für ihn geöffnet, was in jener Ära, bevor es elektronische Bedienvorrichtungen gab, einige Anstrengung kostete. Sie erwartete ihn hinter der Verbindungstür zur Küche, stand da im Badeanzug oder hatte noch weniger an. Seine Augen waren noch auf Sonnenhelle eingestellt und mussten sich erst an das gedämpfte Licht gewöhnen. Sie stürzte sich ihm in die Arme wie ein langgliedriger, geschmeidiger, zitternder junger Hund. Er starrte auf das Sudafed und das Contac, am ganzen Körper geschwollen vor idiotischem Ärger, dass er all das verloren hatte.

Schließlich kaufte er zerstreut irgendetwas, gewissermaßen als Entgelt für das gewährte Obdach, und traute sich, den Drugstore zu verlassen. Er spähte die Straße entlang und fand zu seiner Erleichterung in der mit Eiszapfen geschmückten Ladenflucht nirgendwo einen Rotschimmer. Mit hämmerndem Herzen, als sei ein Feind ihm auf den Fersen, ging er zum Auto und kehrte zu seinem Haus zurück. Es war ein wetterfester Kasten, ein solide gebautes geradliniges Haus auf einem etwa achttausend Quadratmeter großen Grundstück. Die Büsche, die ringsum das Fundament kaschieren sollten und neu gepflanzt worden waren, als sie einzogen, waren inzwischen zu hoch geworden und bedrängten die Backsteinstufen und die vorderen Fenster. Ann stand in ihrem hellbraunen Lodenmantel in der Küche, packte Einkaufstüten aus und verstaute die Sachen im Kühlschrank; sie wandte sich ihm zu, mit einem Gesicht, das nur so sprühte vor Argwohn und Übermut. «Ich habe eine alte Freundin von dir getroffen, im Stop & Shop.» Der riesige grelle Supermarkt gehörte zu einer Mall, die zwischen der Stadt, die sie verlassen hatten, und der Stadt, in der sie jetzt lebten, hochgezogen worden war; das Farmland fiel nach und nach Bebauungsplänen zum Opfer.

«Wen denn?», fragte er, aber die eigentümliche Lebhaftigkeit ihres Ausdrucks sagte schon genug.

«Maggie Linsford. Oder wie immer sie jetzt heißt.» Maggie hatte nach der Scheidung von Sam wieder ihren Mädchennamen angenommen, und es war Ann immer zu lästig gewesen, sich den zu merken.

«Chase», sagte Frank. «Es sei denn, sie hat wieder geheiratet.»

«Das würde sie dir nicht antun. Was hast du da in deiner Tüte?»

«Rasierklingen. Sudafed. Und ich hab dir das parfümierte französische Duschgel mitgebracht, das du so magst. ‹Dorlotez-vous› steht auf dem Etikett.»

«Du bist süß. Und ein bisschen dumm. Ich habe Unmengen davon im Haus. Willst du denn gar nichts über Maggie hören?»

«Doch.»

«Sie war mit einem Mann zusammen, sie hat ihn mit dieser Grandezza, die sie hat, als ‹mein Freund› vorgestellt. Er hat mich an Sam erinnert – bullig, rotbackig, ich-mach-das-schon.»

«Gut.»

«Frank, kuck nicht so leidend. Du denkst an etwas, das vor fünfundzwanzig Jahren war.»

«Nein, ich habe über ‹ich-mach-das-schon› nachgedacht. Ich glaube, das stimmt. War sie nett?»

«Oh, überschwänglich. Ich habe sie immer gemocht. Bis du dazwischengefunkt hast. Und sie mochte mich, oder?»

Er überlegte. Auf dem Gipfel ihrer Affäre waren ihre Ehepartner ihnen klein und armselig erschienen, tief unter ihnen, wie Feldmäuse unter einem Habicht, viel zu unwichtig, um je Gesprächsthema zu sein. «Doch», sagte er. «Sie hat dich sehr bewundert. Sie konnte nicht verstehen, was ich an ihr fand.»

«Sei nicht sarkastisch. Es ist nicht lustig mit dir, Frank. Ich habe dir diesen Bonbon mitgebracht, und du machst ein Gesicht, als littest du an Verstopfung.»

«Worüber habt ihr beiden euch denn so überschwänglich unterhalten?»

«Ach, über den Winter. Übers Essen. Über die Scheußlichkeit von Malls. Anscheinend kommt eine neue auf das Gelände des alten Gestüts gleich neben dem Haus, in dem sie mit Sam gelebt hat. Sie hat sich beschwert, dass es im ganzen Supermarkt kein glutenfreies Mehl und keine fettarmen Kekse gibt – vielleicht will sie ihren fleischigen Freund einer Schlankheitskur unterziehen –, und ich sagte ihr, dass bei uns im Ort gerade ein

Reformhaus aufgemacht hat, ein reizendes idealistisches Mädchen, dem wir alle gern helfen möchten, ins Geschäft zu kommen. Sie sagte, sie würde sofort hinfahren. Wenn du dich im Drugstore herumgedrückt hast, hättest du sie eigentlich sehen müssen, merkwürdig.»

Er sah ein, dass eine Beichte unumgänglich war; weiblicher Intuition entkam man nicht. «Ich *habe* sie gesehen. Ich habe unten beim Postamt diese auffällig roten Haare gesehn und bin schnell in den Drugstore gegangen, um nicht mit ihr reden zu müssen.»

«Frank, Lieber, das war doch auch wieder ganz dumm. Sie wäre nichts als nett gewesen, da bin ich sicher.»

«Mir gefiel das Aussehen von diesem Schlägertypen nicht, mit dem sie zusammen war.»

«Wenn sie allein gewesen wäre, wärst du dann auf sie zugegangen?»

«Ich glaube nicht.»

Ann legte die letzte Packung in den Kühlschrank und knallte die Tür so heftig zu, dass ein ananasförmiger Magnet auf den Boden fiel. Sie hob ihn nicht auf. «Dass du dich so wenig souverän zeigst, spricht nicht gerade für *uns*.»

Untreue, dachte er, macht anfangs das erotische Feld eines Paares weiter, fruchtbarer, lässt es am Ende aber müde und ausgelaugt zurück. Wie eine bewusstseinserweiternde Droge zerstört sie Zellen. Er sagte: «Ich empfand nichts. Ich war abgestoßen.»

«‹Auffällig rote Haare› – das kann man wohl sagen. Sie färbt sie jetzt in einem ganz unmöglichen Ton.»

«Du hast immer gesagt, sie färbt sich die Haare.»

«Und sie hat's immer getan. Und jetzt erst recht.»

«Ich glaube das nicht. Nicht Maggie.»

«Ach, du Armer, ihre Haare wären so grau wie deine und meine, wenn sie nicht Farbe drauf täte. Sie sah billig aus, billig und hurenhaft, etwas, das ich früher mit gutem Gewissen nicht hätte sagen können. Es war klug von dir, dass du es dir erspart hast, sie von nahem zu sehen.»

«Du gemeines Stück. Ich kenne Maggies Haare besser als du.» Ann erstarrte, der Ausdruck in seinem Gesicht ließ die Möglichkeit zu, dass er auf sie zukommen und sie schlagen würde; aber sie war in Sicherheit, er sah sie nicht einmal. Die Frau, die er sah, die ihm nackt auf sonnengestreiftem Teppich entgegentrat, war die, die er hassen musste, solange er sie liebte.

## Banjo spielen im Kalten Krieg

Chruschtschow war an der Macht – zumindest glaubten wir, dass er's sei – in dem Monat, da ich als Kulturbotschafter und Banjo spielender Vermittler zwischen den Supermächten fungierte und half, den nuklearen Holocaust zu verhindern. Es war in den Wochen von Mitte September bis etwa Mitte Oktober 1964. Wir hatten zu der Zeit ein Kulturaustauschabkommen mit den Sowjets. Nahezu jeder Amerikaner, den man den unterdrückten Sowjetmassen vorführte, so die Theorie unseres State Department, würde allein schon durch seine zwanglose Art, zu reden und sich zu bewegen, eine so mächtige Werbung für die freie Lebensweise sein, dass, wo er ging und stand, subversive Zellen aufsprössen, wie Löwenzahn auf einem Aprilrasen. Meine Mission war also nicht so unschuldig, wie sie schien. Trotzdem, ich war bereit, sie zu übernehmen.

Mein glückliches Zuhause liegt jenseits des Blue-Ridge-Massivs im westlichen Virginia, was nicht dasselbe ist wie West Virginia, obschon eines ins andere übergeht. Washington, D. C., bedeutet für mich Big City, und als mich die im Ministerium freigestempelten Briefe erreichten, lag mir nichts ferner, als etwas so Großem und Schönem wie der U.S.-Regierung der Prä-Vietnam-Ära eine Absage zu erteilen. Russland ist heutzutage nichts Besonderes: ein Land, in dem es drunter und drüber geht, wie überall, wo freie Marktwirtschaft herrscht, damals aber war es die dunkle Seite des Mondes. In der Aeroflot-Maschine, die in Paris startete, roch es nach gekochten Kartoffeln, weiß ich noch, und die Stewardessen waren so wuchtig wie prall gepackte Koffer. Als wir um Mitternacht landeten, hätte es der Ozean sein können, über dem wir niedergingen, so spärlich waren die Lichter unter uns.

Die Beleuchtung im Flughafen war so, als stamme sie von den trüben Nachttischlampen, die es in Hotelzimmern gibt und bei denen man nicht lesen kann. Einer der jungen Soldaten blätterte mit großen Pranken einen abgegriffenen *Playboy* durch, den ein schamrot angelaufener Pelzhändler wenige Schritte vor mir hatte einschmuggeln wollen, und mein erster Eindruck davon, wie das Leben unterm Kommunismus funktionierte, war die allen Blicken ausgesetzte süße nackte Haut des armen Centerfold-Mädchens unter dem bräunlichen Schein der Flughafenlampen. Das Magazin wurde konfisziert, aber ich sträube mich dagegen, zu glauben, dass man den Handelsreisenden in den Gulag geschickt hat. Seine Wangenknochen hatten etwas Asiatisches – es war also nicht so, dass wir einen reinblütigen Russen korrumpiert hätten. Die Jungs vom State Department packten mich, rissen mich am Zoll vorbei und stießen mich in eine Limousine mit Chauffeur, in der es zwar nicht nach gekochten Kartoffeln roch, dafür aber durchdringend nach Tabak, einem anderen Naturprodukt. In der Scheune meines Großvaters roch es früher so, auch dann noch, wenn die getrockneten Blätter schon zu Ballen gepresst und verkauft waren. Ich – Eddie Chester, international bewunderter Banjospieler – wusste, dass es mir hier gefallen würde.

An der Straße vom Flughafen nach Moskau hinein stand in jenen Tagen diese riesige Plakattafel mit dem Bild von Lenin, wie er sich mit boshaftem ziegenbärtigen Grinsen vorbeugt, einen Finger hochreckt und auf etwas weiter oben, jenseits der Tafel zeigt, wie Johannes der Täufer, der auf einen Jesus hindeutet, den wir noch nicht sehen können. «Ich liebe das», sagte mein Begleiter vom State Department, der auf dem Klappsitz saß. «Ein an dreihundert Millionen Menschen adressiertes ‹Steckt euch euern Mist sonst wohin›.» Er hieß Bud Nevins und war Kulturattaché. Ich sah Bud in den folgenden Wochen noch oft, Bud und seine liebreizende Frau Libby.

Schon Washington war ein Abenteuer gewesen. Einige unserer Experten hatten mich im Verein mit Flüchtlingen aus der Sowjetunion mehrere Nachmittage lang gebrieft. Ein beleibter alter Charmeur, der beim KGB eine höhere Charge auf der mittleren Ebene gewesen war, verbrachte einen ganzen Nachmittag am langen lederbezogenen Tisch damit, mir zu erklären, in welche Lokale ich gehen und welche Gerichte ich bestellen müsse. Geräucherten Stör, Piroggen, Pilzpastete. Das Wasser lief ihm im Mund zusammen, obschon er nicht gerade so aussah, als habe der Kapitalismus ihn darben lassen. Aber schon richtig, nirgendwo schmeckt es so gut wie zu Hause; ich konnte ihm das nachfühlen. Ich muss sagen, diese Washington-Leute waren ganz versessen auf Geselligkeit. Nach jedem Briefing gab es einen Empfang, und auf einem dieser Empfänge trat eine kleine Schwarzhaarige, die uns bei der nachmittäglichen Einsatzbesprechung mit Kaffee versorgt hatte, so nah an mich heran, als ob sie mir ihre Brüste auf einem Tablett offeriere. Es waren beachtliche, kesse Brüste, unter einem pfirsichfarbenen Kleidchen, das aus wenig mehr Stoff bestand als ein T-Shirt.

«Sir, Sie sind mein Gott», sagte sie. So etwas hört man immer gern, nur leider ließ sie es nicht dabei, sondern setzte hinzu: «Abgesehen natürlich von Earl Scruggs. Und diesem hübschen großen Allen Shelton, der früher bei den Virginia Boys immer mal wieder den Banjo-Part übernommen hat – der *war* vielleicht süß! Kennen Sie übrigens schon die neue Scheibe, die die McReynolds in Jacksonville aufgenommen haben, mit diesem Jungen, der Bobby Thompson heißt? *Der* ist die Zukunft! Der hat einen völlig neuen Stil, bei dem kann man die Melodie hören! ‹Hard Hearted›. ‹Dixie Hoedown›. Gott, ist das schön!»

«Junge Dame, Sie wissen, dass Bluegrass nicht unbedingt meine Domäne ist», sagte ich höflich. «Earl, nun ja, langsam fängt er an, die eine oder andere Note nicht zu treffen, aber man kommt nicht an ihm vorbei, er ist ein Gigant, keine Frage, und Don Reno genauso. Trotzdem, für mich gibt es nur einen, und das ist Pete Seeger, falls es Sie interessiert. Pete Seeger hat uns nach dem Krieg das Instrument mit fünf Saiten zurückgebracht, er und die Weavers: die Tanzkapellen hatten das Banjo ja fast zur Ukulele degradiert.»

«Er ist volkstümelnd und kleinkariert und unecht, wenn Sie mich fragen», sagte sie mit der hastigen, übermäßigen Emphase, an die ich mich schon zu gewöhnen begann, und ihre hitzigen schwarzen Augen flitzten im Zickzack über mein Gesicht wie aufgescheuchte Pferdebremsen. «Und außerdem ein Verräter an seinem Land.»

«Nun ja», räumte ich ein, «Sie werden ihn nicht so

bald auf *Grand Ole Opry* hören, aber die College-Kids sind verrückt nach ihm, und er spielt klar und schnörkellos, bei ihm gibt es nicht diese Showbiz-Mätzchen, die mich manchmal beim alten Earl so stören. Junge Dame, ich würde sagen, Sie beruhigen sich und hören sich bei Gelegenheit mal die Alben an, die Pete mit Woody Guthrie und den Almanacs vor dem Krieg aufgenommen hat.»

«Kenn ich», sagte sie eifrig, «kenn ich, kenn ich. *Talking Union. Sod Buster Ballads.* Wundervolles waschechtes linksgestricktes Zeug. Die Westküstenkommies hatten sicher ihre Freude dran. Mr. Chester, haben Sie je in Ihrem Leben eine Radiosendung mit Namen *Jamboree* aus Wheeling gehört?»

«Was für eine Frage! Ich habe dort meinen ersten Auftritt gehabt, beim guten alten WWVA. Ich und Jim Buchanan an der Geige, bevor er ganz groß wurde. ‹Are You Lost in Sin?›, ‹Don't Say Good-bye If You Love Me› und zum Abschluss ein bisschen ‹Somebody Loves You, Darlin'›. Ich glaube, ich habe Ihren Namen nicht ganz verstanden –»

«Sie lachen bestimmt. Der Name ist so blöd.»

«Aber nein, das ist er ganz sicher nicht. Man muss den Namen lieben, den der liebe Gott einem gegeben hat.»

«Es war nicht der liebe Gott, es war meine scheußliche Mutter», sagte sie, holte so tief Luft, dass ihre Wangen sich blähten wie die eines Trompeters, und stieß «Imogene» hervor. Dann atmete sie blubbernd aus und fragte mich: «Imogene Frye – ist das etwa nicht blöd?»

«Nein», sagte ich. Es war meine erste Lüge ihr gegenüber. Imogene schien ein bisschen aus dem Lot, von Anfang an, aber sie verstand etwas vom Banjo, und das war mir hier in dieser Stadt voller blocklanger Gebäude und anthrazitgrauer Anzüge so willkommen, wie es Borschtsch und Salzgurken für den heimatlosen KGB-Obersten gewesen wären, der als Verräter für immer ausgesperrt war aus dem Land, das er liebte.

«Ich fand die Licks so toll», sagte Imogene in diesem Augenblick, «die Sie bei ‹Heavy Traffic Ahead› eingeschoben haben. Und die Wiederholung eine Oktave höher bei ‹Walking in Jerusalem Just Like John›.»

«Das war keine Oktave, das war eine Quinte», sagte ich, es mir bequem machend und zwei Gläser Bourbon von dem Silbertablett nehmend, das ein freundlicher Neger herumtrug. Es lief auf eine Konversation hinaus, sah ich. Banjos waren zu der Zeit gerade en vogue, wegen dieser *Beverly Hillbillies*-Melodie, und eigentlich stand mir nicht der Sinn danach, mich auf ein seichtes Groupy einzulassen. «Schalten Sie manchmal WDBJ aus Roanoke ein?», fragte ich sie. «Und erklären Sie mir genau, warum Sie glauben, dass dieser Bobby Thompson die Zukunft ist.»

Sie sah, dass ich verletzt war, sah es mit diesen heißen glänzenden Augen, die nur aus Pupillen zu bestehen schienen, und beeilte sich, mir in ihrer hastigen, atemlosen Sprechweise zu versichern, dass ich, soweit es nach ihr gehe, die Vergangenheit, die Gegenwart und die Zukunft sei. Ich trank normalerweise nicht viel, und sie auch nicht, glaube ich, aber Schwarze mit weißen Handschuhen kamen immer wieder mit den Tabletts vorbei, und als der Empfang zu Ende ging, hätte die ganze Szene ein auf Seide gedrucktes Bild sein können, das sacht hin und her waberte. Die Experten für die andere Seite des Eisernen Vorhangs waren heimwärts gedriftet, nach Bethesda und Silver Spring, und es schien das Natürlichste von der freien Welt zu sein, dass die kleine Imogene, der ich selbst leicht waberig vorgekommen sein muss, mich einlud, sie zu ihrem Apartment zu begleiten, irgendwo abseits in einer der Gegenden, in denen ein Weißer, so heißt es, sich spätabends besser nicht auf der Straße blicken lässt.

Schwarz/weiß, an sehr viel mehr erinnere ich mich nicht. Ihr Haar war schwarz und weich, und ihre Haut war weiß und weich, und ihre Stimme war unterm Einfluss des Alkohols und des Umschmustwerdens langsamer und mädchenhaft geworden. Ich kniete auf dem Boden und pellte ihr die Strumpfhose herunter, und sie stützte sich, um nicht die Balance zu verlieren, mit einer Hand auf meinem Kopf ab. Dann saßen wir auf dem Bett, sie umfasste von unten ihre beachtlichen Brüste und richtete sie auf mich wie Geschütze. «Ich will, dass sie *noch* größer sind», hauchte sie so leise, dass ich sie mit knapper Not verstehen konnte, «für *dich*.» Ich knutschte diese Brüste, und sie lächelte darüber im schräg einfallenden Straßenlampenlicht wie eine rundgesichtige Cartoonfigur, eine Katze, die sich auf den Kanarienvogel freut. Als ich ihr weiter unten meine Aufwartung machen wollte, schien sie das zu erschrecken: sie verkrampfte sich ein wenig, bevor sie ihre Beine entspannte und zuließ, dass ich sie auseinanderspreizte. Die Männer, die sie sonst noch kannte, taten so etwas nicht, damals, bevor Vietnam uns unsere Unschuld nahm, aber immer schon, seit meinen Tagen junger Liebe auf Autorücksitzen, habe ich mein Gesicht gern in die untere Seele eines Mädchens geschmiegt, um die Wasser zu schmecken, in denen wir alle ans Licht schwimmen müssen. Ich gab mir größte Mühe, meinen männlichen Fokus zu wahren inmitten des Geschwankes, bedingt durch regierungshalber eingenommenen Alkohol, und trotz meiner Überlegungen, wie spät es wohl sei, und der Püffe, die mein Gewissen mir versetzte, und der Ablenkungen durch die Umgebung und die Traurigkeit, die um dieses einsame Mädchen war. Schwarz/weiß – aus ihrem kleinen Zimmer war alle Farbe gesogen, es sah aus wie ein Interieur aus der Anfangszeit des Fernsehens: die Kommode mit den silbergerahmten Photographien der Familie, aus der sie hervorgegangen war; ein Sessel mit einem in Cellophan eingeschlagenen, aus der Leihbücherecke eines Drugstores stammenden Buch auf der Armlehne, wo sie es an diesem Morgen in aller Eile abgelegt hatte, weil sie zur Arbeit musste; das tragbare FM/AM/Kurzwellenradio, groß genug, um Sender aus der Antarktis zu empfangen; das schmale Bett mit dem Kopfende aus Messing, das zum Anlehnen nicht recht taugte, als wir unser Bestes getan hatten und der Augenblick gekommen war, in Erinnerungen zu schwelgen und Grenzen zu setzen.

«Wahnsinn», sagte ich. Das war dicht dran an einer Lüge, denn als das Hauptgeschehen näher rückte, hatte mir ein gewisses Maß an Energie gefehlt; die schönen Stunden, die hinter uns lagen und die am frühen Abend auf der Party begonnen hatten, waren kräftezehrend gewesen. Ich hatte mich in ihr verloren gefühlt.

Sie berührte mich an der Schulter und sprach zaghaft, als sei es mir vielleicht nicht angenehm, meinen vollen Namen aus: «Eddie Chester.» Sie hatte Recht; es klang besitzerisch, und meine inneren Stacheln stellten sich auf. «Du bist wirklich ein Gott.»

«Du solltest mich mal nüchtern erleben.»

«Wann?» Ihre Stimme stieß zu, schnell und eifrig wie am Anfang. Die Dreiecke aus Weiß neben den riesigen Pupillen glitzerten wie Blitzpünktchen auf dem Bildschirm. Das dicke, ans Kopfende gelehnte Kissen verdeckte zur Hälfte ihr Gesicht und die zu einem wilden Wust zerzausten Haare.

Ich hatte es bloß so dahingesagt. «Wahrscheinlich nie, Imogene», erklärte ich ihr. «Ich muss jetzt für eine Woche in den Westen, zu ein paar Gigs, und dann mache ich diese Reise und tue, was ich kann, um den Planeten für die Demokratie zu sichern.»

«Aber ich seh dich, wenn du zurückkommst», beharrte sie. «Du musst dann sowieso nach Washington, zur Berichterstattung. Eddie, Eddie, Eddie», sagte sie, als sei Wiederholung etwas, womit man mich kriegen könnte. «Ich lass dich nie mehr los.»

Imogenes Zaubersäfte waren auf meinem Gesicht getrocknet, und ich sehnte mich nach einem Waschlappen und nach einem Taxi, das mich von hier fortbrachte. «Ich habe eine Frau, das weißt du. Und vier kleine Kinder.»

«Liebst du deine Frau?»

«Na ja, wie soll ich sagen, Mäuschen, es ist nicht so, dass ich sie nicht liebe, obwohl, nach fünfzehn Jahren ist der Lack ein bisschen ab.»

«Küsst du sie auch zwischen den Beinen?»

Das ging nun wirklich zu weit. «Hab vergessen», sagte ich, sprang aus dem Bett und ging ins Badezimmer, wo der Lichtschalter alle Farben zurückholte, all die Rosa- und Blau- und Gelbschattierungen auf den Borden der kleinen Hausapotheke; es sah aus, als benötige Imogene eine Menge Pillen, um sich funktionstüchtig zu halten.

«Eddie, geh nicht», bettelte sie. «Bleib über Nacht.

Du bist da draußen nicht sicher. Die Gegend ist so schlimm, dass sich kein Taxi hertraut, auch nicht, wenn man bei der Zentrale anruft.»

«Junge Dame, ich habe für morgen früh sieben Uhr dreißig einen Mietwagen zum Willard Hotel bestellt, der mich ins westliche Virginia bringen soll, und ich werde da sein. Möglich, dass ich nicht die Zukunft des Banjo-spiels verkörpere, aber ich bin ein Profi und halte mir als solcher einiges darauf zugute, noch nie einen Termin versäumt zu haben.» Ich zog mein Unterzeug an und vergegenwärtigte mir währenddessen, wie das Taxi am Bahnhof vorbeigefahren war und dann am hell erleuchteten Capitol, und meinte mich zu erinnern, dass die Fahrt nicht allzu lange gedauert hatte: die Spitze des Capitols oder die Scheinwerfer, die das Washington Monument anstrahlten, würden meine Wegweiser sein.

«Eddie, du *kannst* nicht gehn, ich lass dich nicht», beteuerte Imogene; sie hatte sich aus dem Bett herausgewühlt, hing nur mit einem süßen drallen weißen Bein noch in den Laken fest. Ihre Brüste sahen nicht ganz so kess aus, wenn sie sie nicht für mich anhob. Das ist die Crux, wenn man eine üppige Figur hat – ohne BH geht es nicht.

Ich schnulzte ein paar Zeilen von «Don't Say Good-bye If You Love Me», bis mein Gedächtnis mich im Stich ließ, obgleich ich deutlich Jim Buchanans Gesicht sehen konnte, wie es sich dicht neben mir, vor dem WWVA-Mikrophon, in die Geige knautschte. Und dann sagte ich zu Imogene, als säuselte ich immer noch einen Songtext: «Baby, gib's auf, du hältst mich nicht, so traumhaft es auch war.» Das war meine dritte Lüge, aber es war eine Notlüge, und sie enthielt immerhin ein Körnchen Wahrheit. «Sei brav und heb deine ewige Liebe hübsch für einen Mann auf, der nicht gebunden ist.»

«Die bringen dich um!», kreischte sie und krallte sich noch eine Weile an mich, doch ich redete ihr gut zu und beschwatzte sie, wieder ins Bett zu gehen, derweil ich gegen mein beginnendes Kopfweh ankämpfte, und schließlich stahl ich mich zur Tür hinaus ins Treppenhaus. Die Straße, eine von den nummerierten, war so leblos wie eine Bühnendekoration, aber ich schritt in meinen Cowboystiefeln entschlossen aus, im sicheren Gefühl, dass mein Weg mich nach Westen führte – im Morgenschatten des Blue Ridge aufzuwachsen verhilft zu einem guten Orientierungssinn –, und tatsächlich, bald erspähte ich in der Ferne die Kuppel des Capitols, weiß wie ein Ei in einem Eierbecher. Zwei abgerissene farbige Gentlemen stolperten, von einem mit Brettern vernagelten Eingang sich lösend, auf mich zu, aber ich gab ihnen je einen Dollar, sagte ihnen ein herzhaftes Grüß Gott und setzte meinen Weg fort. Wenn ein Mann sich nicht ohne Furcht in seinem eigenen Land bewegen kann, mit welchem Recht will er dann den Russen die Freiheit schmackhaft machen?

Bud Nevins geleitete mich und meine Banjos – ein feines altes, mit Perlmutt besetztes Gibson Mastertone und ein S. S. Stewart, als Reserve, bei dem die Daumensaite immer ein bisschen flach und trocken klang – ins Zentrum von Moskau und brachte uns alle drei in einem Gästezimmer der großen Wohnung unter, die er mit Libby und den drei Kindern in dem Lagerhaus aus Zement bewohnte, in dem die Russen das diplomatische Personal der freien Welt verstauten. Mrs. Nevins hatte lange rotblonde Haare, und ihr Gesicht zeigte die ersten Spuren des verkniffenen, sorgenvollen Ausdrucks, den die Frauen von Professoren und Regierungsbeamten haben, weil sie in das Karrierejoch ihrer Gatten gespannt sind. Man kriegt diesen Hackordnungs-Blues. Der vergangene Sowjetsommer hatte nicht viel dazu getan, Libbys Sommersprossen aufzufrischen, und ein bitterkalter weißer Winter stand bevor. Es war Ende September, zu Hause die Zeit der Apfelernte mit nacktem Oberkörper. Die Steppdecke in dem Bett, das sie für mich hergerichtet hatten, roch altmodisch nach Flockenseife, ähnlich, wie es bei uns früher roch, wenn meine Mutter Waschtag hatte und ich ihr half, den schweren, mit nassem Zeug gefüllten Weidenkorb zur Wäscheleine hinauszutragen. Ma und ich waren einander nie so nah wie an Waschtagen.

Als er mich zu Bett brachte, sagte Nevins, in der Kuriertasche sei schon etwas für mich dabei gewesen. Auf dem Kopfkissen lag ein Umschlag, er war mit schwarzem Kugelschreiber, in enger Krakelschrift, adressiert an mich, c/o Feldpostnummer Botschaft, und enthielt einen langen Brief von Imogene, der von ihrer Betrübnis seit meinem Weggang handelte und in dem sie die Vermutung äußerte, dass ich noch am Leben sei, weil in den Zeitungen nichts von meinem Tod gestanden habe und im Radio immer mal wieder eingestreut werde, dass ich demnächst einen Auftritt in St. Louis hätte. Sie rief mir einige sexuelle Details in Erinnerung, die meiner Ansicht nach nicht unbedingt hätten zu Papier gebracht werden müssen, und gelobte mir immer während Liebe. Die zweite Seite überflog ich nur. Es kostete Mühe, die Worte zu entziffern, die einzelnen Buchstaben krümmten sich so heftig nach hinten, als wollten sie sich am liebsten in sich selbst verkriechen, und ich war hundemüde von den Tausenden von Meilen, die ich zurückgelegt hatte, um auf die dunkle Seite des Mondes zu gelangen.

Also, ich habe es im Lauf meines Berufslebens ja mit so mancher freundlich gesinnten Menschenmenge zu tun gehabt, aber ich muss gestehen, nie habe ich so viele liebenswürdige, gut gelaunte Leute erlebt wie in dem einen Monat in Russland. Alle, ich rede natürlich nur von denen, die nicht irgendwo in einem Gulag saßen, waren quicklebendig – die ganze Nacht auf und am andern Morgen putzmunter. Die Jugendlichen hatten nicht den verschwommenen Gesichtsausdruck, der sich bei amerikanischen Kids in jenen Jahren herausbildete: als seien sie vom Fernseher weg ins Freie gezerrt worden. Diese jungen Russen, dachte ich, sahen dem Leben mit seinem Sonnenschein und seinem Risiko furchtlos ins Auge. Tut mir Leid, aber so empfand ich es nun einmal: sie waren unverdorben. Breites Lächeln strahlte mir von den Schülern entgegen, für die ich spielte, in ich weiß nicht wie vielen zugigen alten Unterrichtsräumen. Ehemalige Ballsäle, die man umgewandelt hatte, und oft nicht einmal das – man hatte die zaristischen Tänzer und Musiker kurzerhand an die Luft gesetzt und die kommunistischen Pulte hineingestellt. Staubige Zierleisten und Stuckgirlanden zogen sich oben an den abblätternden Wänden hin, die immer noch in pastellzarten Ballsaalfarben bemalt waren, und moderne Plüschdraperien rahmten den Ausblick auf einen kleinen feuchten Park, in dem Kopftücher tragende betagte Frauen, so bucklig und verkrümmt, dass unsere Gesellschaft zu Hause sie längst zum alten Eisen geworfen hätte, die ungepflasterten Wege fegten, mit Besen, die nur aus einem Stock bestanden, an den unten ein bisschen Reisig gebunden war. Man nahm das, was es hier gab. Die Leute besaßen so wenig materielle Güter, dass sie ihr Vergnügen schlicht darin finden mussten, am Leben zu sein.

Ich hatte mir einen kleinen beiläufigen Vortrag zurechtgelegt und die Zeit für die Übersetzung mit eingeplant. Zu Beginn erklärte ich, dass das Banjo ein afrikanisches Instrument sei, in den französischen Kolonien in Westafrika «Banza» genannt und «Banjer» im amerikanischen Süden, wo man in manchen abgelegenen Gegenden diese Bezeichnung noch heute hören könne. Sklaven hätten es gespielt, und später habe es die Minstrel-Shows gegeben, Wandertruppen mit weißen Musikern wie Dan Emmett und Joel Walker Sweeney, die den traditionellen schwarzen «Stroke»- oder «Frailing»- oder «Claw-Hammer»-Stil fortsetzten, bei dem man mit Daumen und Zeigefingernagel nach unten über die Saiten schlage (ich machte es vor). Dann erzählte ich vom Aufkommen des «Finger-picking»- oder «Gitarren»-Stils (ich führte vor, wie der ging): zu Daumen und Zeigefinger gesellte sich der Mittelfinger, und die Saiten wurden nach *oben* angerissen, mit einem Metallplektron zusätzlich zu den drei Fingernägeln, und zum Schluss brachte ich ein bisschen Bluegrass und traditionellen Folk, wie mein Idol Pete Seeger ihn wieder hatte aufleben lassen. Wenn ich nach etwa einer halben Stunde fertig war mit meinen Erläuterungen, samt eingestreuten Kostproben von Minstrel-Banjomusik, wie sie möglicherweise geklungen hat, genau wissen wir es ja nicht, und ein paar Rags aus der Zeit kurz vor 1900 gespielt hatte, in der Art, wie Vess L. Ossman und Fred Van Eps sie uns auf Edison-Zylindern hinterlassen haben, und das Ganze mit einem kleinen

Leadbelly abrundete, kam regelmäßig die Frage, warum Amerikaner die Schwarzen unterdrückten.

Ich lernte darauf zu antworten in diesen Unterrichtsräumen, in denen mein Klimpern und Zupfen und meine wirbelnden Rhythmen widerhallten. Ich sagte nicht mehr, wie ich es anfangs getan hatte, dass die Sklaverei vor nicht allzu langer Zeit allgemein verbreitet gewesen sei und die Russen ihre Leibeigenen gehabt hätten, dass mehrere hunderttausend Weiße aus dem Norden gestorben seien, damit die Sklaven befreit würden, und dass hundert Jahre später Bürgerrechtsgesetze verabschiedet worden seien und Lynchmorde nur noch in den seltensten Fällen vorkämen. Während ich dastand und der Übersetzung zuhörte, konnte ich deutlich merken, wie mein Publikum das Interesse verlor; was ich sagte, ähnelte zu sehr dem, was die eigenen Lehrer sagten, zu viele schöne leere Worte. Ich ging dazu über, mit einem schlichten Ja zu antworten, ja, es sei ein Problem, ein schändliches Problem, aber ich sei ehrlich überzeugt, dass Amerika sich bemühe, es zu lösen, und dass Musik eines der vornehmsten Mittel zur Lösung des Problems sei. Manchmal, wenn ich mir so zuhörte, dachte ich, dass das State Department genau wusste, was es tat, wenn es einen geborenen patriotischen Optimisten wie mich hierher schickte. Seit JFKs Ermordung waren Leute meines Schlages nicht mehr so ohne weiteres zu finden. Sie müssen irgendwo eine ziemlich dicke Akte über mich gehabt haben: der Gedanke bereitete mir Unbehagen.

Am besten ging es mir, wenn ich spielte, spielte wie für eine ländliche Jahrmarktsmenge bei uns zu Hause, und die jungen russischen Gesichter vor mir aufleuchteten, als ob ich Witze erzählte. Sie hatten alle Jazz gehört

und sogar etwas Twist und frühen Rock auf einge-
schmuggelten Tonbändern, aber kaum je etwas so Flot-
tes, Flitteriges, Fröhliches, etwas so Unbändiges wie Ban-
jomusik, die mit Volldampf läuft, wenn deine Finger das
Denken besorgen und du staunend dir selber zuhörst.
Manchmal wurde ich mit einem Balalaikaspieler zusam-
mengespannt, und einer, ein kleiner Aserbaidschaner, ich
glaube, er hatte ein bisschen Zigeunerblut, versuchte sich
auf meinem Instrument und ich mich auf seinem. Wir
machten für ein paar Tage eine Nummer daraus und gaben Gastspiele im Kaukasus, in kleinen Bergstädten, wo
alte Männer mit Bärten sich draußen vor den Saalfenstern
versammelten, als nippten sie an Schwarzgebranntem.
Wenn es Voranzeigen für ein offizielles Konzert gegeben
hatte, kam das Publikum in solchen Scharen, dass die
sowjetischen Kontrolleure Kürzungen am Programm
vornahmen.

Die Übersetzerin, die mit mir reiste, wechselte, aber
meistens war es Nadia, eine hagere schmallippige Frau
von über vierzig, die ihr Englisch während des Kriegs gelernt hatte, beim Militär. Sie hatte zwei Brüder und einen
Verlobten an Adolf Hitler verloren und war mit Banden
aus Eisen und Leid dem kommunistischen System ver-
haftet. Sie sah aus wie ein großer knochiger Soldaten-
jüngling, der gerade die Uniform ausgezogen hat – kein
Lippenstift, lange weiße wächserne Nase und kurze
Kraushaarfrisur, durchmischt mit Grau, das sich aber
nicht in Strähnen zeigte, sondern in unregelmäßigen
Flecken. Mit ausdruckslosem Gesicht saß sie während
meines werbenden Geplappers da, und wenn sie so viel
gehört hatte, wie sie behalten konnte, nickte sie, und ihrem Mund entströmte dann ein Schwall dieser Sprache,

die mit ihren weichen, dunklen Lauten reine Musik für mich war. Je länger wir miteinander durchs Land reisten, desto besser wusste sie, was ich als Nächstes sagen würde, und so konnte sie mich immer länger reden lassen, bevor sie übersetzte, und ich erkannte immer häufiger einzelne Worte wieder, die vorüberflogen, kleine transparente Wendungen, durch die ich, so schien es mir, in sie hinein-sah wie in die Fenster einer Stadt, an der man, im Zug sitzend, vorbeibraust. Wir schliefen, auf nächtlichen Bahnfahrten, im selben Abteil, und ich konnte vom obe-ren Bett aus sehen, wie ihre Hände die Schuhe und die senffarbenen Strümpfe von den Füßen streiften. Dann flickerten ihre nackten Füße und ihre Hände außer Sicht. Ich lauschte auf ihren Atem, hörte aber nie, dass er gleichmäßig und entspannt klang. Gegen Ende meines Aufenthalts vertraute sie mir an, dass sie in der Eisenbahn nie schlafen könne. Das Schaukeln und Klappern halte sie wach.

Ein hinderlicher Umstand war, dass Bud Nevins bei uns im Abteil schlief – es gab auf jeder Seite zwei Etagen-betten –, und wenn nicht Bud, dann ein anderer Ange-höriger unserer Botschaft, und oft war noch ein Vierter dabei, einer von Buds Untergebenen oder ein zusätzli-cher Begleiter von der sowjetischen Seite, der Armenisch oder Kasachisch sprach oder welche Sprache auch immer gesprochen wurde, dort, wo wir ausstiegen. Manchmal hatte ich mehr Begleiter, als in ein Abteil hineinpassten, und ich nehme an, dass ich oft genug besser schlief als alle andern, weil von denen jeder auf jeden aufpasste. Na-dia war eine so zuverlässige Genossin, wie die Partei sie sich nur wünschen konnte, musste aber offenbar trotz-dem ständig überwacht werden. Als ich ihre Körpersprache zu verstehen lernte, konnte ich an ihr ablesen, wann wir, politisch gesprochen, in Bedrängnis kamen.

Nach einer Weile entwickelte ich die Neigung, mich mit den Kommunisten zu verbünden. Wenn wir eines unserer abgelegenen Reiseziele erreichten, verfrachteten Nadia und ihre Komplizen mich in einen Sil, und dann amüsierten und ärgerten wir uns gemeinsam über einen Wachhund von der Botschaft, der uns in seinem importierten Chevrolet auf den Fersen blieb. Als wir alle nach Süden gingen, nahm Bud seine ranke Rotblonde mit. Libby hatte, ungeachtet ihrer sorgenvollen Miene, einen hübsch gewulsteten Mund, der reichlich viele Zähne enthielt. Trotz dreier Kinder waren sie noch keine zehn Jahre verheiratet. Aus ehefraulicher Liebe und Loyalität wollte sie teilhaben an dem, was die Sowjetunion in ihrer unheimlichen riesigen Weite an Kurzweil zu bieten hatte.

Irgendwo im tiefsten Georgien – das noch bergiger ist als unser Georgia – besuchten wir ein Kloster, ein Paradestück religiöser Toleranz. Das mönchische Stammpersonal schlurfte mit uns durch die düsteren steinernen Räume. Überall dieser deprimierende muffige heilige Geruch nach altem Kerzenwachs und Chrisam und Möbelpolitur, der mir das letzte Mal vor dreißig Jahren in die Nase gestiegen war, in der Aufbewahrungskammer einer im Souterrain untergebrachten baptistischen Sonntagsschule. Unter den Mönchen mit Bärten bis zum Bauch entdeckte ich einen jungen Mann, und ich fragte mich, warum er wohl in diese gespenstische Bruderschaft eingetreten war. Dement oder bei der Regierung angestellt, entschied ich. Er hatte seidiges langes Haar, wie eine Prinzessin, die in einem Turm gefangen gehalten wird, und die hin und her gleitenden blutunterlaufenen Augäpfel eines Spitzels. Er war eine Abart des Tieres Mensch, und ich war eine andere, und als wir einander ansahen, unterdrückten wir beide einen Schauder.

Draußen hatte sich eine kleine Schar von Hirten und Schafen – weder die einen noch die andern sahen besonders sauber aus – um die Automobile versammelt, und als Nadia ihnen klar machte, wer wir seien und dass wir in freundlicher Mission reisten, luden die Hirten uns ein, ein Schaf mit ihnen zu verspeisen. Ich hätte mich gern mit einem Teller Kohlsuppe und ein paar Blini in unserm Hotel in Tbilisi begnügt, aber die Nevins sahen ergriffen aus, als ob diese Chance, mit Angehörigen einer authentischen ethnischen Gruppe zusammenzukommen und eine Brücke zu ihnen zu bauen, nie wiederkäme, und vermutlich hatten sie damit Recht. Ihre Pflicht war es, darauf zu achten, dass ich meine Pflicht tat, und meine Pflicht war klar: mit den Hirten paktieren, Punkte für die freie Welt machen. Ich sah zu Nadia hinüber, und ernst mit dem Kopf nickend, wie ich es von ihr schon kannte, gab sie ihre Zustimmung, obwohl dieser Abstecher nicht auf ihrem Terminplan stand. Oder, wer weiß, vielleicht doch. Mittlerweile betrachtete ich sie als Verbündete bei meiner Mission, die Herrschaft des Proletariats zu untergraben, und ohne Zweifel gab ich mich da einer Selbsttäuschung hin.

Wir stiegen mindestens eine Meile, so kam es mir vor, bergauf und ließen uns um eine Art Lagerfeuer nieder, über dem in einem ominösen großen Kessel knochige Brocken einer Kreatur köchelten, die vor kurzem noch so lebendig gewesen war wie wir. Die Hirten waren höchst angetan von Libbys lose fallendem Haar und von ihren runden sommersprossigen Knien, die unter dem gemäßigten Minirock hervorschauten, indes wir da im Kreis auf unseren Steinsitzen hockten. Eine Ziegenlederflasche mit rotem Wein wurde gebracht. Wie ich an anderer Stelle schon sagte, bin ich nicht sehr vertraut mit alkoholischen Getränken, aber dieses Zeug war so ruppig, dass immerfort Fliegen in unseren Bechern verendeten und ein kräftiger Schluck einem den Gaumen wund scheuerte. Als die Ziegenlederflasche ein paar Mal herumgereicht worden war, bekam Libby Geschmack an den interessierten Blicken der Hirten: sie glühte und kicherte, drapierte ihre langen Beine bald so und bald so und gab ihr bisschen Sprachkurs-Russisch zum Besten. Diese Hirten – Landarbeiter und Viehbestandsaufseher, als die sie sich wahrscheinlich selbst einstuften – hatten etliche ungelöste Zahnprobleme, wie wir sahen, wenn ein Lachen ihre Bärte aufriss, aber es herrschte eine große Herzlichkeit rund um den dampfenden Kessel, eine tiefe Sehnsucht nach internationalem Frieden. Selbst Bud legte sein Jackett ab und öffnete den obersten Hemdknopf, und Nadia lehnte sich lässig auf dem Geröll zurück und gab, was ich sagte, in sehr freier Übersetzung wieder, in ihrem eigenen Originalton, wie mir schien. Das Lamm, das ruhig etwas länger hätte garen können, wurde in Blechnäpfen serviert und war mit einem Grünzeug vermischt, das wie Fingergras aussah, inklusive Wurzeln und Stängeln, und mit kleinen grünen Kapern, die jede einen Knallfrosch in sich hatten, aber wie sich herausstellte, wurde nur den Nevins schlecht. Sie mussten den nächsten Tag im abgedunkelten Hotelzimmer verbringen, während die Kommunisten und ich ein Heim besuchten, das Veteranen des Großen Vaterländischen Kriegs beherbergte und einen phantastischen Blick auf den Elbrus bot. Die Art und

Weise, wie wir im Auto alle zusammen über die Nevins herzogen und uns gackernd über ihre empfindlichen kapitalistischen Mägen lustig machten, war das Grausamste, das ich in meinem Monat in der Sowjetunion erlebt habe.

Usbekistan, Tadschikistan, Kasachstan: man fragte sich, warum Gott so viel Ödland auf der Erde geschaffen hat; dann und wann gab es eine goldene Kuppel oder einen blauen See, als Beschwichtigung für die dürstende Seele. Doch eben von hier sollte die nächste Revolution kommen, wie sich dann zeigte – unter diesen islamischen Turbanen wurde sie geboren. Sobald den Leuten mein perlmuttern schimmerndes Banjo vor Augen kam, hoben sie die Hand und machten das Zeichen zum Schutz gegen den bösen Blick. Sie wussten, wenn etwas des Teufels war, kaum dass sie's sahen.

Wann immer ich mich zwischendurch in Moskau blicken ließ, bekam ich feierlich ganze Packen von Briefen in Imogenes verkrampfter schwarzer Schrift überreicht, Seiten über Seiten. Ich konnte nicht fassen, wie viel Papier sie verschwendete und wie viel Steuerzahlergeld, denn sie bediente sich regelmäßig des diplomatischen Kurierdienstes. Sie hatte auf dem Sender aus Charlottesville meine Decca-Einspielung von «Somebody Loves You, Darling» gehört, wo ich einen über acht Takte gehenden Vocal-Break eingeschoben habe, und glaubte, dass das ein Code sei, mit dem ich ihr zu verstehen geben wolle, dass ich meine Frau für sie verlassen werde. «Ich bin ganz und gar offen und DEIN, mein liebster LIEBSTER Eddie», schrieb sie – soweit mir von all dem Kitsch überhaupt etwas in Erinnerung geblieben ist. «Ich werde auf dich warten, so lange du willst, bis in ALLE EWIGKEIT, wenn es sein muss», lautete, glaube ich, ein anderer Satz. Und immer so weiter. Bis ins Detail schilderte sie mir ihren Tagesablauf und vergaß auch nicht, mich über gewisse innere Vorgänge zu informieren, von denen ich lieber nichts gewusst hätte, obwohl ich natürlich froh war, dass sie ihre Regel hatte, und erzählte mir alles über ihr Unglück (dass ich nicht bei ihr war) und ihre Zuversicht (dass ich bald bei ihr sein würde) und ihre Theorie, dass der Äther von mir erfüllt sei und ich die ganze Zeit zu ihr spräche, dass ich auf jeder Frequenz sendete, egal, welche sie auf der Skala einstelle, auch auf der Kurzwelle, mit der man Radiostationen in der Karibik und auf den Azoren hereinbekomme. Wenn sie die Osborne Brothers mit «My Lonely Heart» und «You'll Never Be the Same» hörte, wusste sie, dass ich mit denen persönlich befreundet war und sie gebeten hatte, ihr diese private Botschaft zu überbringen – dass die Aufnahmen aus den frühen Fünfzigern stammten, konnte sie nicht beirren. Ich schaffte es höchstens, hier und da ein paar Zeilen zu überfliegen, die Schrift wurde immer kleiner und krakeliger und schlug dann auf einmal zu einer in großen Druckbuchstaben gemalten, dreifach unterstrichenen Liebeserklärung aus. Allein die Umschläge, dieser sperrige weiße Papierwust, waren mir peinlich, nicht nur vor Bud Nevins, sondern vorm gesamten Botschaftspersonal, das hier im Herzland des gottlosen Kommunismus verschanzt saß. Wie konnte ich ein Kulturbotschafter sein und zulassen, dass man mich auf diese lächerliche verblendete Weise anschmachtete?

Imogene machte Pläne, wo wir leben würden, wie sie bei meinen Konzerten auf ihrem Ehrenplatz angezogen sein wollte, was sie im Schlafzimmer und in der Küche alles für mich zu tun gedenke, damit meine Liebe auf ihrem gegenwärtigen himmelhohen Gipfelpunkt bleibe. In der Annahme, dass wir binnen kurzem unser gemeinsames Lebenslänglich anträten, setzte sie mich über ihre Familie ins Bild, über ihre Mutter, die sie schlecht gemacht habe, die aber gar nicht so übel sei, über ihren Vater, den sie zu wenig zu sehen bekomme, um ihn erwähnenswert zu finden, über ihre Brüder und Schwestern, die so, wie sie sie schilderte, das schlimmste Verlierer- und Nassauerpack auf der ganzen DelMarVa-Halbinsel zu sein schienen. Meine Angst war, dass ihre Ergüsse die Aufmerksamkeit des KGB erregen könnten, so gründlich, wie der die Diplomatenpost durchleuchten ließ. Ich würde das Gesicht vor Nadia verlieren, diesem Goldstück, diesem Musterexemplar an Entsagung. Die Gymnasiasten mit den unschuldigen Augen würden spüren, wie moralisch verderbt ich war. Das karge, entbehrungsreiche Sowjetleben, das unterschwellige Summen der Furcht, das noch von der Stalinzeit herrührte, weckten in mir einen Widerwillen gegen die verliebten Wahnvorstellungen dieser kindlichen Amerikanerin. Als mein Monat sich dem Ende zuneigte und die kapitalistische Welt Fühler ausstreckte, um mich für sich zu reklamieren, mischten sich unter Imogenes Faseleien geschäftliche Telegramme von meiner Agentur und farblose, aber liebevolle Briefe von meiner Frau mit beigefügten Grüßen und pflichtschuldigen Zeichnungen von meinen Kindern: das verstärkte meinen Abscheu. Ich hätte gern telegraphiert – LASS ES SEIN oder MEIN LIEB MIT DEN BLAUAUGEN, DAS BIST DU NICHT –, aber bei aller Verdrehtheit ließ Imogene doch eine gewisse Umsicht walten und gab nie ihre Adresse an, und als ich versuchte, mir ihr Apartment zu vergegenwärtigen, konnte ich mich an kaum etwas erinnern, nur an dies Schwarz-Weiß-Gefühl, an die Art, wie sie mir ihre Brüste zu kosten gab, erst die eine, dann die andere, an das sehr große Radio und die leere Straße mit dem Capitol am Ende, wie ein Praliné aus weißer Schokolade. Ich konnte nichts tun, ich musste sie erdulden, diese peinvolle Demütigung.

Sie wollten, dass ich erst ganz zum Schluss nach Leningrad gehe: die Blockade war dort noch in aller Gedächtnis, nirgendwo waren die Kommunisten so unzugänglich, und man musste mit einem äußerst feindseligen Publikum rechnen. Aber sobald mein Gibson seine Stimme erhob und der Zusammenklang der angerissenen Saiten dahinrollte wie die synchronisierten großen und kleinen Räder des Wabash-Express, leuchtete das Lächeln gegenseitigen Verstehens auf. Ich bin kein tapferer Mann, aber ich glaube an mein Instrument und an die elementaren positiven Instinkte der Menschen. Sankt Petersburg, wie wir jetzt wieder sagen, ist ein Juwel von einer Stadt, ein Venedig, wo wir es am wenigsten erwarten, mit all diesen großen geschwungenen Bauten in italienischen Farben. Die Schüler in ihren düsteren alten Ballsälen waren besorgt, dass Goldwater gewählt werden könnte, und ich erklärte ihnen, dass das amerikanische Volk niemals einen Kriegstreiber wählen würde. Ich wurde immer als «progressiver» amerikanischer Folk-Musiker präsentiert und musste dann klarstellen, dass nicht viel Progressives an mir war: meine Leute waren lebenslang Demokraten gewesen wegen eines Krieges, der sich vor hundert Jahren zugetragen hatte, und ich würde bestimmt nicht der sein, der als Erster in der Familie die Partei wechselte.

Kurz bevor ich dann mit Aeroflot zurückfliegen wollte, wurde Chruschtschow gestürzt, und die Sowjetmenschen um mich herum waren auf einen Schlag einsilbig und auf der Hut, niemand wusste, wie es weitergehen würde. Man muss sich das vorstellen, dieses riesige Reich, zur Gänze in der Hand von einigen wenigen unter buschigen Brauen hervorstierenden Männern, die in irgendwelchen wodkagetränkten Hinterzimmern saßen. Nadia – meine Stimme, meine Führerin, meine Beschützerin, in diesem Monat mir näher als eine Ehefrau, weil ich ohne sie nicht ausgekommen wäre – erwies mir die Ehre, mir irgendwo auf dem Newskij-Prospekt oder in einem Hausflur, wo man einigermaßen sicher vor Wanzen war, anzuvertrauen: «Eddie, das war nicht zivilisiert. Es gehört sich nicht für ein zivilisiertes Land, so vorzugehen. Wir hätten ihm sagen sollen: ‹Vielen Dank, dass Sie Schluss gemacht haben mit dem Terror.› Und dann: ‹Sie können sich jetzt zurückziehen – zu viel Abenteuerpolitik, zu viele Misserfolge bei der landwirtschaftlichen Produktion und et cetera. Okay, das war's dann, aber *bolschoi* Dank.›»

Gegen Ende eines langen, öffentlich verbrachten Tages, sagen wir, in Taschkent, gab es manchmal einen Augenblick, da ihr Englisch nachließ – reine Erschöpftheit, weil sie sich dauernd einer zweifachen Menge Gehirnzellen bedienen musste –, und ihre Lider und die Spitze ihrer langen weißen Nase verfärbten sich dann rosa. Wir sagten einander gute Nacht in der Hotelhalle, in der es muffig nach Dachboden roch und wo Lampen herumstanden, deren Füße Messingbären waren, und wenn sie mir die Hand gab, dann nie die ganze Innenfläche bis zum Daumenballen, sondern immer nur vier kühle Finger, ganz gerade nebeneinander wie Sergeantenstreifen.

Und so begannen wir uns auch im Flughafen voneinander zu verabschieden, bis wir die Kluft zwischen unser beider großen Ländern übersprangen und ich sie umarmte und sie auf die eine Wange küsste und dann auf die andere, so wie es slawische Art ist. Ihre Augen füllten sich mit Tränen, aber möglich, dass es nur der Beginn einer Erkältung war.

Bud sagte mir im Flughafen, so beiläufig, dass ich Unrat hätte wittern müssen: «Wir haben vor zwei Tagen veranlasst, dass deine Post zu dir nach Hause umgeleitet wird. Damit nach deiner Abreise keine Briefe mehr hier eintrudeln.»

«Klingt vernünftig», sagte ich, ohne nachzudenken. Ich halte für möglich, dass Bud die Verwicklungen voraussah, aber er war Diplomat, geübt darin, nicht mehr zu sagen als nötig.

Auf dem Rückflug, der letzten Teilstrecke von Paris aus, hatte ich ein Erlebnis, wie ich es noch auf keinem meiner vielen Flüge gehabt habe. Wir beschrieben den großen Bogen über Gander und Nova Scotia und waren fünf Meilen über der Erde, da konnte ich auf einmal, viele hundert Meilen entfernt, New York sehen, ein kleiner Lichtklecks im kalten Kunststoffoval des Flugzeugfensters. Der Klecks wurde größer, wie ein Fisch, den ich an der Angelleine zu mir heranzog. Meine Wange war kalt, weil ich sie so fest gegen die Kunststoffscheibe presste im Bemühen, den Lichtklecks nicht aus dem Blick zu verlieren, ein Fleckchen auf der unsichtbaren Erdoberfläche, wie ein Sternnebel, wie eine Staubflocke, bloß leuchtend, das verschwommene Zentrum unseres amerikanischen Traums. Nur das und ich am Nachthimmel, Zwiesprache haltend. Es war eine Vision.

Als ich im Flughafen, der bis vor kurzem noch Idle-wild hieß, durch den Zoll war, rief ich zu Hause an. Es war nach zehn, aber ich war so über die Maßen froh, wieder im Land der Freien zu sein. Meine Frau nahm ab, sie hieß mich willkommen, doch in ihrer Stimme war noch etwas anderes, etwas, bei dem ich an einen ängstlichen Salamander unter einem flachen Stein denken musste. «Gestern und heute sind mehrere Briefe für dich gekommen», sagte sie. «Alle von derselben Person, wie's scheint.»

Wie strahlend hell es hier war, verglichen mit dem Flughafen von Moskau, dachte ich. Jede Ecke, jede Schrägung der Lauffläche grell ausgeleuchtet, wie Fotos in einer Verbrecherkartei, und allenthalben Reklame und Snackbars: der ganze Airport summte nur so von Elektrizität. «Hast du sie aufgemacht?», fragte ich; mein Herz vibrierte jäh unter einer schweren Hand.

«Nur einen», sagte sie. «Das hat mir gereicht, Eddie. Du meine Güte.»

«Es war nichts», begann ich, aber das entsprach nicht der vollen Wahrheit. Denn obschon ich, einerseits, nicht glücklich darüber war, dass Imogene, so wie es aussah, für dauerhaften Gesprächsstoff in meiner kleinen Familie sorgen würde, ist es, andererseits, einer Person nicht allzu sehr zu verargen, wenn sie dich für einen Gott hält. Du kannst gar nicht anders, du musst einen Funken Zärtlichkeit empfinden, wenn du daran denkst, wie sie dir erst die eine und dann die andere Brust entgegengehalten hat und die Nippel in dem schwarz-weißen Zimmer aussahen wie die Mündungen von Geschützrohren, die direkt auf deinen Mund zielten. Du kannst auf die dunkle Seite des Mondes reisen und wieder zurück und erlebst doch nichts, das wunderbarer und staunenswerter wäre als die Art, in der es Männern und Frauen gelingt, zueinander zu kommen.

## Sein Œuvre

Henry Bech, der alternde amerikanische Autor, machte die Entdeckung, dass Frauen, mit denen er vor Jahrzehnten geschlafen hatte, sich auf einmal bei seinen öffentlichen Lesungen blicken ließen. Clarissa Tompkins, zum Beispiel, huschte bei einer Lesung in New Jersey, die in einem alten vorstädtischen, für Kulturveranstaltungen umgemodelten Kino stattfand, verspätet herein, die Saallichter waren schon abgeblendet, und er hatte bereits eines der Prosagedichte aus dem Sammelband *When the Saints* (1958) angestimmt, welches einen Trödelladen in East Village erstehen lässt. Als er den Kopf hob, um den Satz «Eine Patina dunklen einstigen Gebrauchs härtet den jungen Firnis höchst gegenwärtigen Staubs» zu klingendem Vortrag zu bringen und die Sibilanten in diesem verklammerten Wörterduett auszukosten, sah er ihre Silhouette vor dem matten Schein, den das altmodisch verschnörkelte Schild neben der Tür zur Damentoilette des ehemaligen Kinos warf. Clarissa verließ die Insel bernsteinbräunlichen Lichts und verschwand irgendwo im Dunkel der hintersten Reihe, aber das hochgekämmte Haar war unverkennbar gewesen: karamellbonbonfarben in Bechs Erinnerungen, hatte diese Frisur ihren ohnehin schon großen Kopf noch größer gemacht, ein Kopf, der herzzerreißend auf ihrem grazilen, busenlosen Körper balancierte. Nach dem Liebemachen im splendiden

Apartment der Tompkins an der Fifth Avenue mit Blick aufs Reservoir ließen sie sich meist nackt zu einem Picknick auf dem samtigen Orientteppich in der Mitte des Wohnzimmers nieder, und ein bisschen zusätzliche Karamellbonbonfarbe blitzte arglos auf, wenn sie, es sich im Schneidersitz bequem machend, ihre Hälfte des Truthahnsandwiches verschlang, das die Köchin zubereitet hatte, bevor sie sich für den Nachmittag freinahm. Bei aller Opulenz ihrer Wohnung war Clarissa sparsam. Es gab nur ein Sandwich, und das wurde in der Mitte durchgeschnitten, und ein Teebeutel musste für zwei Tassen reichen. Ihr Gesicht unter all dem gebauschten Haar sah winzig aus, und wenn sie sich gierig kauend über die Sandwichhälfte hermachte, verschwand es fast – die kleine gerade Nase, die kurzsichtigen grünen Augen, die sich für gewöhnlich anstrengten, etwas zu sehen, nun aber weich im Nachwirken des Orgasmus schwammen. Jedes Mal, wenn sie einen Happen abbiss, hinterließ ihre aufgeworfene Oberlippe ein kleines kirschrotes Geschmier am weißen Brotrand. Ihr Lippenstift färbte schrecklich ab, und die Flecken waren schwer zu entfernen; Bech musste sich fast immer einer gründlichen Reinigung unterziehen, nicht bloß mit dem Waschlappen, sondern mit in Wodka getunkten Papiertüchern, bis er es wagte, sich im Lift, vor dem Doorman und auf der Avenue zu zeigen.

Was hatte sie dazu bewogen, nach New Jersey zu kommen, in dieses Community-College in den suburbanen Niederungen nördlich von Newark? Wie hatte sie von seiner Lesung erfahren? Er war so überrascht, dass er nicht mehr wusste, bei welcher Zeile er war, und Stille dehnte sich über den im Dunkel lauschenden Gesichtern aus, bis er die Stelle auf der Seite wiederfand und fortfuhr: «Sich vorbeugend betrachtet man prüfend und voller Argwohn einen größtenteils aus Holz gefertigten Apfelentkerner, ein intrikat geschnitztes Gerät, erinnernd an ein von Borges oder Kafka ersonnenes Folterinstrument, das klug und einträglich, so hofft man, verkauft und abermals verkauft wurde und so aus einer schlecht geheizten Dachstube in Vermont hierher gefunden hat in diesen stickigen, mit Plunder überfüllten Handelsposten im unteren Gotham.» Der Satz gefiel ihm nicht, zu langatmig, das war ihm bisher nie aufgefallen.

Mr. Tompkins war ein Förderer – der Hauptförderer, genau genommen – einer avantgardistischen Publikation mit dem herben Namen *Missvergnügen* gewesen, für die Bech regelmäßig geschrieben hatte. Clarissa hatte in ihm, vielleicht, einen edlen Wilden gesehen – einen kraushaarigen, kräftig gebauten Bohemien, der über bourgeoise Skrupel aller Art hinaus war. Die Fünfziger waren eine Blütezeit gewesen für edle Wilde nach dem Muster Henry Millers, mehr oder minder jedenfalls, bis die Sechziger sie dann in solchen Scharen hervorbrachten, dass sie zu einer politisch relevanten breiten Masse wurden. Bech indes empfand eine zarte Wertschätzung – vielleicht nicht gerade für Reichtum als eine jeden marxistischen Widerstand niederwalzende Macht, eine seelenlose Menge von Zahlen auf der Habenseite, aber doch für die erlesenen Gegenstände, die sich mit Reichtum erwerben ließen: für Tompkins' üppige Teppiche, für die goldbetupften orientalischen Drucke, für die Küche mit den blitzenden Messingarmaturen aus der Schweiz und mit den grünmarmornen Arbeitsflächen, für das Kingsize-Bett und die Laken aus Sea-Island-Baumwolle. Das Paar war kinderlos; diese Besitztümer waren seine wehrlosen Kinder.

Jedes Rendezvous in der luxuriösen zweigeschossigen Wohnung – Mädchen und Köchin waren von der Hausherrin zwar taktvoll weggeschickt worden, machten sich aber wer weiß was für schmutzige Gedanken – hatte Bech moralisches Unwohlsein bereitet. Tompkins fördert die Kunst; der literarische Künstler dankt es ihm, indem er seine Frau vögelt. Nennt man das Gerechtigkeit?

Clarissa, das musste man ihr lassen, spürte, dass ihr Geliebter in einer heiklen Lage war. Sie setzte ihre physischen Forderungen auf eine Weise durch, als habe sie es mit einem Leidenden zu tun: im sanften, aber unnachgiebigen Ton einer Besucherin am Spitalbett schmeichelte sie ihm Vitalität ab; und sie führte ihn, als sei er noch ein Teenager, auf gewisse Nebenwege der Befriedigung, auf denen die Lippenstiftspuren zwischen ihrer beider Körpern hin und her wechselten wie die Abprallmarkierungen in einem Squash-Court. Der Weg zu ihren Orgasmen war bisweilen reich an Windungen. Eine Meisterin in Yoga, liebte sie es, auf einem mit Seide bezogenen weichen Schemel sitzend, sich so weit hintüberzubiegen, dass ihr Kopf auf dem Boden ruhte, etwa dreißig Zentimeter unterhalb ihrer Hüften, und ihre grünen Augen sein Gesicht suchten und durch ihr toupiertes, ausgebreitetes Haar das strudelnde Teppichmuster zu sehen war. Nach und nach gab sie ihm zu verstehen, dass sie gewissen Hindu-Varianten der Standardstellungen nicht abgeneigt sei, und mit wortlosen Andeutungen lockte sie seine maskuline Kraft aus dem Schneckenhaus von Scheu und Misstrauen heraus. Seine Zurückhaltung, sein Zögern, gerade das, so schien es, machte es ihr möglich, gewisse Hemmungen zu überwinden, in denen sie selbst gefangen war.

Dennoch, sie konnte ihn nicht halten. Das Gefühl, sich an Arnold Tompkins' nobler Wohnung, an den zarten Seiden und exquisiten Satinpolstern zu vergehen, wurde so stark, dass er Clarissa einen Brief schrieb, in dem er sich ehrlich zu dem Wunsch bekannte, sich zurückziehen zu wollen von ihr und den sie umgebenden Schätzen, deren Schönheit und Wert sie nicht zu würdigen wisse, er hingegen umso mehr. Kurz, er wollte einen Skandal vermeiden, in dessen Folge er womöglich für den Unterhalt einer an Reichtum gewöhnten Frau aufkommen musste, auch wenn die sich verhalten hatte, als sei sie glühend erpicht darauf, sich zu verschlechtern.

Er stand an dem wackligen, matt beleuchteten Lesepult und tat sich schwer mit dieser vierzig Jahre alten Prosalyrik, die ihm auf einmal fatal maniert und grässlich überholt vorkam, und begann dann mit dem abgedroschenen Anthologiestück, der Truckstop-Schlägerei aus seinem Road-Novel *Unterwegs mit leichtem Gepäck* von 1955, und zwischen den Sätzen ließ er seinen Blick immer wieder über das Publikum gleiten, auf der Suche nach einem Schimmer ihrer hohen luftigen Haarkrone. Sie hatte sich in der Dunkelheit fortbewegt von ihrem ursprünglichen Platz in der hinteren Reihe nahe dem trüb leuchtenden Bernsteinschild, das, blinzelnd erkannte er's, eine Art Laterna magica war, ein elegant verspieltes Schmuckelement, wie es sie oft in den alten Kinopalästen gab: eine kastenförmige Metallabdeckung, die so ausgestanzt war, dass sich vor der Glühbirne die Silhouette einer Frau aus dem achtzehnten Jahrhundert zeigte, mit Pompadourfrisur und vor ihrem Toilettentisch sitzend, und darunter der eingeschnittene Schriftzug *Mesdames*.

Als die Saallichter für die Apfelentkernertortur des Frage-und-Antwort-Teils angingen, war Clarissa fort, für immer versunken im lächelnden Meer nicht mehr ganz junger, ach was, ältlicher Bücherliebhaberinnen und Schriftstellergroupies. Wie boshaft von ihr, so magisch aufzutauchen und dann zu verschwinden! Hatte sie ihn tadeln wollen für sein Verschwinden aus ihrem Leben, zu dem sie ihm so unbeschränkten Zutritt gewährt hatte? Sie waren einander nie wieder begegnet, nicht einmal auf einer Redaktionsparty, denn Tompkins hatte dem *Missvergnügen* kurz darauf seine Gönnerschaft entzogen, und die Zeitschrift hatte noch ein Weilchen vor sich hin gekrebst und war dann eingegangen.

Im West-Side-«Y» – als Veranstaltungsort viel angenehmer als das East-Side-Forum an der Ninety-second Street, für das so laut die Trommel gerührt wurde – suchte Bech nach einem freundlichen Gesicht im Publikum, an dem er sich bei seiner Lesung festhalten könne. Er las dieses Kapitel aus seinem Roman *Große Pläne* (1979) wahrlich nicht zum ersten Mal und gab sich Mühe, Leben in die Szene zu bringen, in der Olive, die endlich herausgefunden hat, dass sie lesbisch ist, ihre früheren Amouren beichtet, während sie in den Armen von Thelma liegt, der abgehalfterten Maitresse von Tod Greenbaum, und orangerotes Sonnenuntergangslicht horizontal, Notenlinien gleich, von jenseits der Palisades ins Zimmer fällt. Es war ein heikles Unterfangen, diese Passage mit ihrem schleppenden Hin und Her zwischen zwei liebestrunkenen Frauenstimmen so zu lesen, dass sie lebendig wirkte, und er brauchte zur Ermutigung das bereitwillige Lächeln einer Zuhörerin. Nach diesem Lächeln – strahlend, sinnlich-saftig geradezu in dem breiten weißen Gesicht – musste er heute Abend nicht lange suchen; es schien vielmehr ihn gesucht zu haben. Während er las und in das knisternde, zuweilen tief brummende Mikrophon gurrte, ließ das Gefühl ihn nicht los, dass er dieses ermutigende Gesicht kannte. Das Lächeln, umrahmt von einem Lippenstiftrot, so dunkel, dass es schwarz wirkte im Halblicht des Zuhörerraums, war auf der einen Seite gütig, verzeihend schief gezogen, als wolle es auf eine alte Vertrautheit hinweisen, auf eine tiefere Kenntnis von ihm, angesichts deren seine schauspielerischen Bemühungen, dem papierenen Liebesgeflüster zweier ausgedachter Bilitistöchter Leben einzuhauchen, nicht verschlugen. Das Einzige, das wirklich stimmte bei dem, was er las, war das Zimmer: es entsprach exakt dem Apartment am Riverside Drive, wo er einige Jahre gewohnt hatte, vor seiner unseligen Heirat mit Bea Latchett, Norma Latchetts vergleichsweise sanftmütiger Schwester.

*Halt*, dachte er, ließ seine Stimme aber weiterarbeiten. In der von den Schwestern Latchett beherrschten Spanne seines Lebens gab es eine Ritze, eine Nische, da passte dieses körperlose schwarzlippige Lächeln hinein. Burgunderroter Mund, Augen mit violetter Iris und langen Wimpern, glattes schwarzes Haar, niederfallend auf schimmernde breite Schultern, lebhaftes schwarzes pfeilspitzenförmiges Dreieck mittig zwischen weißen, weich gepolsterten Beckenkämmen. Eine Frau, mit der er sich in großen zeitlichen Abständen getroffen hatte, eine Frau, die eine Spur zu fleischig und zu dogmatisch für ihn gewesen war, zu deren erstaunlicher wächserner Blässe, die Licht in trübe Räume brachte, es ihn aber dann und wann hinzog, damals in den verlotterten Sechzigern, als er sich nach Lust und Laune in den literarischen Zirkeln der Stadt umtat. *Gretchen.* Gretchen Folz, die so gern eine Dichterin sein wollte. Ihr rührendes Kämmerchen in der Bleecker Street, das schmale Bett an der petersiliengrünen Wand, der Zugang zur anderen Seite erschwert durch kippelig aufgestapelte New Directions und Grove-Press-Paperbacks. Das Bett hatte eine Amische Tagesdecke mit einem Muster aus dreieckigen Flicken, das ihn an Davidsterne erinnerte, und ein eisernes Kopfende, dessen senkrechte Rundstäbe ihm Rillen in den Rücken gruben, wenn Gretchen rittlings, mit aufgestützten Händen, über ihm kauerte und seinen Mund mit ihren dunklen Brustwarzen kitzelte.

Ein prickelnder Schauer überlief ihn, als ihm all das ins Gedächtnis zurückkehrte, und seine Stimme dröhnte unpassend bei der Stelle, wo Olive zärtlich zusammenfassend zu Thelma sagt: «Weißt du, das Ganze war wie Schneewittchens Wald, und der Pfad hat zu *dir* geführt.» Vor Jahrzehnten, das wusste er noch, hatte er zwischen «Pfad» und «Weg» geschwankt und «Weg» dann verworfen als ein Wort, das zu viele Bedeutungen hatte und zu sehr an Proust erinnerte, inzwischen aber erschien ihm «Weg» als der natürlichere Ausdruck, auch wenn er nicht so beiläufig, so nebenher, die Vorstellung von sexuellen Irrungen und Wirrungen weckte und von lüsternen Männergesichtern auf disneyesken Baumstämmen.

Gretchens Gedichte hatten sich schmächtig bis an den unteren Rand der Seite gezogen, elliptische Sprünge machend, die, so hatte er's empfunden, ganz der Art entsprachen, wie ihr Gehirn funktionierte, ein Bild gaben von ihrem erratischen Innern. Mit dem Orgasmus hatte sie es gleichfalls nicht leicht. Bechs ziemlich herzhafte Entschlossenheit, das Problem mit ihr zusammen anzugehen, hatte sie anfangs ängstlich und nervös gemacht. «Rein, raus, aus die Maus ist oft am befriedigendsten, wirklich», versicherte sie ihm.

«Das ist doch bloß ein Vorwand», sagte er. «Überleg mal, was für ein ausbeuterischer Lump ich dann wäre.»

«Aber was …? Ich meine, wie …?»

Wie entzückend, wie anbetungswürdig ihr breites, gierig intellektuelles Gesicht geglüht hatte in ihrer mädchenhaften Verwirrung, ihrer präfeministischen Scheu, sich ihre Genitalien im Einzelnen vorzustellen. Er hatte ihr Interesse angestachelt, und zusammen kletterten sie über Pound und Burroughs, Céline und Genet, Anaïs Nin und Djuna Barnes hinweg, die umfielen wie eine Reihe Dominosteine, ein Fallen bis zur Mitte des kleinen Zimmers hin.

Warum hatte er sich mit Gretchen so selten, so sporadisch getroffen, wo sie doch so bereit dazu gewesen war und sich von Mal zu Mal empfänglicher gezeigt hatte? Vielleicht hatte es ihn gestört, dass sie schrieb; seine erotische Neigung richtete sich im Allgemeinen nie auf schreibende Frauen, die mit ihm konkurrieren oder gar versuchen könnten, an das unnahbare, unsagbare Herz seiner Raison d'être zu rühren. Außerdem war sie statiös, nicht geschmeidig und grazil, wie er Frauen liebte; er misstraute der Üppigkeit ihres überquellenden Fleisches, der sahnigen Langsamkeit, mit der sie sich, von Schwaden brackigen Brunstgeruchs umgeben, zu sexueller Erlösung hinarbeitete. Wenn sie ein bisschen abgenommen hätte, wenn ein bisschen weniger Fleisch hätte bewegt werden müssen, möglich, dass ihr dann der Weg – der

Pfad – leichter gefallen wäre. Seine Handreichungen, dachte er voll Unbehagen, hatten weniger mit denen eines Liebhabers als mit denen eines Arztes zu tun, der ein therapeutisches Ziel verfolgte; auf seine eigene Erregung wirkte sich das dämpfend aus. Hinzu kam, dass er sich schon einen kleinen Namen gemacht hatte – die vier Titel, die bis 1963 von ihm vorlagen, hatten es sämtlich auf die Weihnachtsliste beachtenswerter Bücher der *New York Times Book Review* geschafft –, und zu der Enge und den vergeblichen literarischen Ambitionen der Bleecker Street hinabzusteigen war ein bisschen so, als gehe man zum Jux in die Slums. Und sie war Jüdin – nach einer Jüdin hatte er zum damaligen Zeitpunkt keinen Bedarf. Er fühlte sich jüdisch genug für zwei. Er hatte etwas, das sie dringend brauchte, seine sexuelle Geduld, und ihr unverhülltes Bedürfnis danach schreckte möglicherweise den mäkligen Vagabunden in ihm. Obwohl er sich oft wochenlang nicht blicken ließ, war sie ihm nie lange böse, wenn er wieder in ihrem Orbit auftauchte.

Auch heute Abend, nachdem er verbissen, geistesabwesend seine Lesung zu Ende gebracht und zu halbherzigen Erwiderungen auf einige der flaumweichen Fragen ausgeholt hatte, die das Publikum hochwarf, begegnete Gretchen ihm ohne eine Spur von Groll wegen seiner launenhaften Gunstbezeigungen und seines wortlosen, reuelosen Fernbleibens, sondern vielmehr mit einer gereiften Form ihrer alten wehmütigen Heiterkeit, ihrer mädchenhaften Hoffnung auf Erfüllung durch ihn. Ihr Begrüßungskuss war von ungewohnter Souveränität; keine Spur mehr von ihrer bohemehaften Verhuschtheit. «Henry, ich möchte dich mit meinem Mann bekannt machen», sagte sie.

Er war ein fülliger rotgesichtiger Typ, um die sechzig, gesetzt, aber nicht unfreundlich, und trug einen Nadelstreifenanzug, der sich auf Vorstandssitzungen sicher besser machte als bei Belletristiklesungen. «Gute Schreibe», sagte er tapfer; er ahnte, warum er hierher geschleppt worden war. Um vorgezeigt zu werden.

«Henry, was du dir aber auch alles so einfallen lässt!», sagte Gretchen. «Eine Lesbe ist doch das Letzte, was du sein möchtest. Du müsstest dann auf deine Eier verzichten.»

«Ich weiß nicht. Ich bin noch in der Entwicklung», sagte er und bedauerte es, dass ihr Kuss auf seinen Mundwinkel so flüchtig, so trocken gewesen war. Sie sah erfüllt aus. Ihre breithüftige Schwere war neben der massigen Gestalt ihres Gatten kein Problem; ihre Haare waren fransig kurz geschnitten und mit einem metallischen Zinnoberrot getönt, was sie zu einer ziemlich futuristischen Augenweide machte.

«Was ist aus deinen Gedichten geworden?», fragte er. Er wusste nie so recht, was er diesen Frauen, die auf einmal auftauchten, sagen sollte.

«Im Privatdruck erschienen», sagte sie. Die scharfen dunklen Winkel ihres Mundes kniffen sich mit einem Anflug von Rachsucht, dem einzigen, den ihre versöhnliche Natur sich gestattete, in ihre cremigen Wangen hinein. «*Wun*dervoll gedruckt. Bob *liebt* sie.»

«Bob», sagte Bech und dehnte den Vokal, als wolle er Gretchen noch einmal auf der Zunge schmecken, «ist offenkundig ein Kritiker mit einem feinen Urteilsvermögen. Er mag unsere Schreibe. Meine ebenso wie deine.»

Man rechnet in Indianapolis nicht damit, dass noch viel passiert, wenn man erst einmal den Hoosier Dome und das Soldiers' and Sailors' Monument gesehen hat. Diese Paarung erinnerte Bech an eine andere, engere, in London: die Royal Albert Hall – rund, geräumig, rosig – und gegenüber an der Kensington Road der phallische Dorn des Albert Memorial. Vielleicht kann man die Welt in diese zwei Grundformen dekonstruieren, überall sucht die eine die andere. Kurz vor Beginn seiner Lesung in der Public Library des Marion County, als er müßig und für den Augenblick unbetreut neben den Stufen zur Bühne stand, trat eine resche, kleine, angenehm aussehende Frau in einem magentaroten Tweedkostüm und mit leuchtenden Sternenaugen auf ihn zu.

Er war öfter leuchtenden Sternenaugen begegnet, bei Frauen, die zu viel in einen seiner Romane hineingelesen hatten und sich selbst in der Rolle der Heldin seines skizzenhaften Scripts sahen. Diese Frau aber näherte sich ihm nicht wie ein Fan. «Henry Bech», sagte sie in dem furchtlosen flachen Tonfall des weiten amerikanischen Binnenlands. «Ich bin Alice Oglethorpe. Du erinnerst dich vielleicht nicht, aber wir sind mal zusammen mit dem Zug von New York nach Los Angeles gefahren.»

Ihr Händedruck war wie ihre Stimme, fest und weder kalt noch warm, aber Bech spürte ein leichtes Zittern. Dann dämmerte ihm, wer da vor ihm stand, das Herz hämmerte ihm in der Brust, schlug ihr entgegen, und er, der professionelle Wortemacher, fühlte, wie sein Mund sich öffnete und nichts kam. Ihre blauen Augen mit der unheimlichen silbrigen Glanzverstärkung hingen aufmerksam an seinen, während sein Gehirn verzweifelt versuchte, sich zurechtzufinden. Er hätte sie nicht wiedererkannt. Sie schien zu jung, um seine Alice zu sein. Sein Blut war ihr entgegengewallt, aber er schämte sich dennoch, dass er seit dem letzten Zusammensein mit ihr ein alter Mann geworden war. «O mein Gott», brachte er schließlich heraus. «Du. Natürlich erinnere ich mich. Der Twentieth Century Limited.»

«Nur bis Chicago», korrigierte sie ihn. «Danach war es der Santa Fe Super Chief.»

Seine Linke, die das Buch hielt, aus dem er heute Abend lesen wollte, versuchte ungeschickt, die Hand zu streicheln, dies kostbare Stück von ihr, das er mit seiner Rechten umfasste. «Wie geht es dir?», fragte er. «Wo lebst du? Wie ging's damals weiter?»

Bechs Verwirrung tat ihr wohl und beruhigte sie. Sie zog ihre Hand zurück. Kein Zittern mehr. Ihre Augen blieben auf seine geheftet, aber ihr Mund, anfangs ein wenig verkrampft, entspannte sich zu einem Lächeln. Sie war wieder erkannt worden. «Ich lebe hier», sagte sie. «Jedenfalls nicht weit, in Bloomington. Es geht mir gut. Immer noch verheiratet. Ich hab's verwunden.»

Sie war merkwürdig wenig gealtert, hatte nur ganz leicht zugenommen. Ihre Haare waren noch immer blassbräunlich, zu undefinierbar im Ton, als dass sie gefärbt sein könnten – «Straßenköterblond» hatte seine Mutter diese Haarfarbe früher genannt –, und das kühne Magentarot bewahrte ihr Wollkostüm nicht ernstlich davor, ans betulich Hausbackene zu grenzen. Ihre Verkleidung als brave ehrbare Frau war untadelig.

Ihr Mann, erinnerte er sich, war Anlageanalyst gewesen oder so ähnlich, ein auf mittlerer Ebene tätiger Geldmensch. Sie hatte sich auf die Reise nach L.A. gemacht, um ihn dort zu treffen, nach einer einwöchigen Konferenz, die von der damals noch blühend jungen südkalifornischen Rüstungsindustrie gesponsert wurde. Oh, sie hätte gleich mit Tad fliegen und ins Hotel gehen können, aber was hätte sie den ganzen Tag gemacht – Bustouren zu den Villen der Stars? Mit ihren silbrigen Augen und ihrer trockenen Intonation ließ sie Bech wissen, dass sie sich in mancher Hinsicht selber für einen Star hielt. Zumindest war sie greifbar nah und sprach nur zu ihm. Sie habe immer schon quer durchs Land reisen wollen, erzählte sie ihm, und es sei ihr grässlich zu fliegen, aber wenn sie ein paar steife Drinks intus habe, kriege sie es schon hin. Bech hatte sich an die ferne Küste aufgemacht, um Sondierungsgespräche, vergebliche, wie seine Intuition ihm zuflüsterte, wegen einer eventuellen Verfilmung seines ersten, ziemlich aufsehenerregenden Romans *Unterwegs mit leichtem Gepäck* zu führen. Auch er fuhr lieber mit der Bahn, als seinen Körper den unruhigen Propellermaschinen der späten Fünfziger anzuvertrauen, kurz vor dem Ansturm der großen Jets. Die schicken Transkontinentalzüge waren aus der Mode, und dass er und Alice sich für eine solche Zugfahrt entschieden hatten, offenbarte eine Seelenverwandtschaft zwischen ihnen, eine beiden gemeinsame romantische Ader. All das kam gleich bei ihrer ersten Unterhaltung zur Sprache – man hatte sie, zwei Alleinreisende, im überfüllten Speisewagen zusammen an einen Tisch platziert.

Das leise Klirren des Bestecks auf dem vibrierenden Tischtuch. Die beruhigende, märchenbuchhafte Gediegenheit der dickwandigen Tassen und Kaffeekannen mit dem New-York-Central-Logo. Die theaterhaft ehrerbietigen schwarzen Kellner in einer Welt, in der zufriedene schwarze Dienstbarkeit ebenfalls aus der Mode war. In dem Augenblick, da man sie an seinen summenden Tisch führte, spürte Bech, dass sie mit ihm schlafen würde. Es lag an dem hellen Licht in ihren Augen, an dem eine Spur zu blauen Blau ihres Gabardinekostüms, an der drängenden Lebhaftigkeit, mit der sie sich bewegte und, nach ein paar Schlucken Wein, auch redete. Nach dem, was in seiner Knabenzeit in Brooklyn als gesichertes Sexualwissen gegolten hatte und was seine begrenzte Erfahrung zu bestätigen schien, waren Frauen, die gern viel redeten, auch sonst nicht zurückhaltend. Er und diese Frau waren in dem Zug, der in schneller Fahrt am blauen herbstlichen Hudson entlang gen Norden klackerte, so allein wie auf einer einsamen Insel.

Seine Betreuerin, die Bibliotheksdirektorin von Indianapolis, verlangte ihn zurück; es war Zeit, dass er auf die Bühne ging und etwas tat fürs Honorar. Alice Oglethorpe sagte, herzlich, aber konventionell, es sei schön gewesen, ihn nach all den Jahren mal wiederzusehen.

«Du siehst phantastisch aus – phantastisch!», das war alles, mehr brachte er nicht heraus. Sie wandte sich ab, er wandte sich ab. Wie dumm er sich angestellt hatte! Der schüchternste Schuljunge wäre nicht so auf den Mund gefallen gewesen. Diese tapsige kratzende Liebkosung, die er ihr mit dem Buch in der Hand hatte zukommen lassen. Und dass er sie überhaupt nichts gefragt hatte! Er hatte das Gefühl, als sei er ein mit dem Klöppel geschlagener Gong, geschwollen vom Nachhall. Zu denken, dass sie in der Nähe war, dass sie gekommen war, um ihn zu sehen! Während er sich benommen durch seinen Lesetext pflügte, kamen ihm die Fragen, die er ihr hätte stellen sollen, scharenweise in den Sinn. Wo genau wohnte sie? War sie glücklich? Würde sie mit ihm durchbrennen, jetzt, da ihre Mutterpflicht getan war? Sie hatte von kleinen Kindern gesprochen, erinnerte er sich, die sie in der Obhut der Eltern ihres Mannes in der Bronx gelassen hatte. Aber sie war nicht aus New York City, ihre Reise hatte weiter nördlich begonnen, und das, so schien ihm, machte sie umso mehr zu einem Geschenk von jenseits. Jenseits aller Vernunft. Jenseits aller Erwartungen. Seine Hände sahen im Schein der Lesepultlampe fremd und welk aus, aber trotzdem schön. Artikulierte Gebilde, mit Haaren auf den Fingerrücken. Er war einmal schön gewesen.

In der ersten Nacht schlief sie nicht mit ihm. Sie stand nach dem Kaffee auf und wünschte in festem Ton eine gute Nacht. Zu jener Zeit galten die langen Pullman-Schlafabteile mit oberen und unteren Betten hinter grünen Vorhängen bereits als antiquiert; die Schlafwagen des Twentieth Century Limited waren in Kabinen unterteilt, die jede zwei Meter zehn mal neunzig Zentimeter maßen. Bech schlief kaum, der Gedanke, dass sie nur wenige Schritte von ihm entfernt war, in einer anderen Kabine, hielt ihn wach. Vielleicht wand sie sich wie er zwischen den zu straff gespannten Laken und drehte, vergeblich hoffend, dass die kühle Seite die ersehnte Entspannung bringen werde, das Kopfkissen herum, während unter ihnen das unermüdliche Wummern der Schienenstöße war. Kurz vor Morgengrauen gab es einen längeren hell erleuchteten Tumult; das musste Buffalo gewesen sein.

Sie trafen einander beim Frühstück, im Speisewagen, der gerade klirrend und klingelnd durch Ohio schaukelte. «Wie haben Sie geschlafen?», fragte er.

«Furchtbar.»

«Vielleicht waren wir einsam.»

«Ich schlafe in der Eisenbahn nie gut, danke der Nachfrage», sagte sie. Ihre übernächtigte Blässe und das übelnehmerische Morgensonnenlicht, das von den glitzernden Stoppeln der Maisfelder hochprallte, hoben eine leichte Unebenheit unterhalb ihrer Wangenknochen hervor, eine Konstellation winziger Vertiefungen, Spuren eines pubertären Aknehagels vielleicht. Das harsche Sonnenlicht verriet sie, aber Telegraphenmasten, Backsteingiebel, Lagerhäuser am Gleisrand griffen ein und versetzten ihm einen Dämpfer. Make-up hatte den rührenden Makel nicht ganz überdeckt. Bech hatte ihn vergessen, er hatte vergessen, danach zu suchen in den wenigen überwältigenden Augenblicken, da sie ihm wieder erschienen war. Sie hatte ihn einst gefragt, ob er sie je vergessen werde.

Er blätterte die leicht schmirgelnde, von der Lesepultlampe beschienene Seite um. Gott weiß, warum, wahrscheinlich, weil er Indianapolis für eine fromme Stadt hielt, hatte er aus *Bruder Schwein* (1957) jene Passage ausgewählt, wo die Trappistenmönche – in Anlehnung an das, was er bei Thomas Merton gelesen hatte – stumm, mit Handzeichen und bekritzelten Zettelchen, den Plan schmieden, einen jüdischen Reporter von einer New Yorker Boulevardzeitung, einem Skandalblatt, wie man heute sagen würde, einzuschmuggeln und ihn die Tyrannei und die Päderastie des Abtes aufdecken zu lassen. Wie konnte er, Henry Bech, sich in diesem peinlichen Wust an den Haaren herbeigezogener, dekadenter Motive verfangen, wo doch die wunderbarste Bettgenossin seines Lebens irgendwo da unten im Dämmer zwischen den Zuhörern saß, lauter inbrünstigen, in ihrem Zartgefühl verletzten Quayle-Anhängern und Butler-University-Evangelisten?

Alice und er hatten zusammen gefrühstückt und saßen dann schläfrig, jeder mit einem Buch, im Salonwagen. Andere Reisende sprachen sie an und verleiteten sie zu einer Partie Bridge, einem Spiel, dessen Regeln er kaum kannte; neben den von Sonnenlicht überfluteten Fenstern in seine Karten blinzelnd, bemüht, Alices Ansagen zu enträtseln, hatte er die ganze Zeit das Gefühl, mit ihr in einer Traumwelt übernächtigter Sehnsucht und wortlosen Wartens auf die Nacht zu sein. Als der Zug am Spätnachmittag in Chicago einlief und das Rangieren einen halbstündigen Halt erforderlich machte, stürzte Bech aus dem großen Tonnengewölbe des Bahnhofs hinaus auf den Jackson Boulevard zu einem Rexall's und kaufte, in jener Ära kurz vor der befreienden Ankunft der Pille, ein Dreierpäckchen Präservative. Sein Herz hämmerte, als wollte es ihm die Rippen brechen. Der schlitzohrige, blondbärtige Angestellte versuchte, ihn zu einer Packung mit fünfzig Stück zu überreden – «Sie werden sie brauchen», versicherte er, allein auf Bechs erhitztes Gesicht und sein Keuchen hin –, und gab mit boshafter Langsamkeit, weil er auf seiner Haushaltspackung sitzen blieb, Bech das Wechselgeld heraus. Was, wenn der Zug ohne ihn losfuhr?

Jetzt, in Indianapolis, war er gezwungen, sich durch Seiten zu quälen, die zu schreiben er sich vor Jahrzehnten verpflichtet gefühlt hatte, weil sein verluderter, irreligiöser Journalist einen Familienhintergrund brauchte und einen beruflichen Werdegang, anhand dessen sich die literarischen Klüngel im Nachkriegs-New York satirisch aufs Korn nehmen ließen. Hatte es je eine derart ungeschickte Auswahl gegeben, eine, die so unerträglich lang war? Einige Zuhörer giggelten nervös, bemüht, sich dem kulturellen Anlass gewachsen zu zeigen. Hörte er Alices Lachen? Sie hatte gelacht, damals, als sie sagte: «Du hast nichts zu befürchten.»

Beim Abendessen, als der Zug in die Dunkelheit flachen Farmlandes brauste, wo in der Ferne vereinzelte Häuser kleine helle Löcher in die Nachtschwärze stachen, erhob sie sich unsicher von ihrem Kaffee, strich sich ein paar Krümel vom Rock und sagte: «Ich muss mich hinlegen. Mir ist nicht gut.»

«O Liebste, was ist denn?»

Seine neue Freundin lächelte. «Die dauernde Bewegung. Der lange Tag. Es hat nichts mit Ihnen zu tun. Ich mag Sie.» Sie zögerte, musste sich ein wenig anstrengen, nicht das Gleichgewicht zu verlieren, als der Super Chief über eine holprige Stelle des Gleisbetts schlingerte. Sie beugte sich zu ihm, über das klappernde Silberzeug hinweg, und sagte sanft, aber sachlich: «Gib mir eine Stunde. Ich muss mich ein bisschen ausruhen. Abteil sechzehn. Klopf zweimal.»

««Klein war zu seiner Verblüffung fasziniert von den Trappisten»», hörte er sich lesen. ««Wie die Chassidim schienen sie im Besitz eines archaischen Geheimnisses heiterer Lebensfreude zu sein, eines Geheimnisses, das in ihrer grotesken Haartracht verschlüsselt war. Die Tonsur entblößte ein kreisrundes rosafarbenes Stück Kopfhaut, und auf den Gesichtern der Mönche lag ein kindlicher Schimmer, der zu leuchtender Benommenheit poliert war von den grausam langen Andachtsstunden und der zu kurzen Nachtruhe, denn die trüben, eintönigen Tätigkeiten im Stall und auf dem Feld verlangten ein Aufstehen vor Tau und Tag.»» Zu viele Dentallaute, dachte Bech. Und dann zwang er seine gefesselte Zunge, sich zu lösen, und las eine lange, veraltete Beschreibung des Bruders von Klein vor, der ein Gewerkschaftsführer war, zu einer Zeit, als Männer dieses Schlages noch die Macht besaßen, ein ganzes Land lahm zu legen.

Nachdem er eine Stunde in die flache, lehmdunkle Landschaft hinausgestarrt hatte – waren sie eigentlich noch in Illinois? –, hatte Bech dem Schlafwagenschaffner aufgetragen, sein Abteil herzurichten, Nummer 5. In Pyjama und feingestreiftem Baumwollschlafrock trat er auf den teppichbelegten Gang hinaus, allein mit dessen strenger, sich verjüngender Perspektive. Er fürchtete, Alice könnte schon schlafen, aber sie antwortete sofort auf sein zweimaliges Klopfen. Das Haar straff zurückgebürstet, das Gesicht frei von allem Make-up – er musste an eine Nonne denken oder an eine Gefangene in ihrer Zelle –, kniete sie im Nachthemd auf dem Bett; einen anderen Platz gab es nicht in der winzigen Kabine. Damit vierundzwanzig Einzelabteile in einem Schlafwagen untergebracht werden konnten, waren sie exakt ineinandergepasst; von je zwei benachbarten Abteilen war das eine um zwei Stufen höher als das andere, und das Bett des etwas tieferen Abteils wurde tagsüber unter den Boden des höheren geschoben, nachts allerdings, wenn man schlafen wollte, musste der, welcher die ein wenig tiefere Kabine innehatte, die Füße unter einen Überhang strecken, was ihm wenig Bewegungsfreiheit ließ. Aber Alice war klein und biegsam, und er war nicht groß, und manchmal war es, als dehnten sie den ihnen zugeteilten Raum zur Weite eines Ballsaals aus. Dann und wann schoben sie das Rouleau hoch, ganz vorsichtig, als könnte der Puritanismus des Mittleren Westens seine Wächter da draußen haben, in der schwarz vorbeiströmenden Luft. Die weite schlafende Landschaft wurde zuweilen von einem jähen Gewirr umrisshafter Architektur unterbrochen oder von heruntergelassenen Schranken, vor denen geduldig Autoscheinwerfer brannten, oder vom Perron einer Bahnstation, der wie ein spannungsvoll leeres Bühnenbild war. Die kleinen Städte mit ihrer Neonreklame und den schnurgerade aufgefädelten Straßenlampen schwenkten heran und fielen ins Dunkel zurück, um den Blick auf das eigentliche Drama zu lenken, die grenzenlose Leere des Farmlands. Niedrige Wolkenstreifen hingen in einer schwachen Phosphoreszenz, wie ein radioaktives Nachglühen.

Sie mussten jetzt in Missouri sein, wahrscheinlich schon in Kansas. Ihre schmiegsame Nacktheit, im Ganzen erfahrbar nur für seinen Tastsinn und seinen Geruchssinn, blitzte in geschwungenen Teilstücken auf, wenn der Zug an Lichtern vorbeidonnerte, die zum Schutz eines Wasserturms oder einer Gruppe von Getreidesilos leuchteten. Als der Zug unter Gezisch an einem Bahnsteig hielt, der leer war, bis auf einen kahlen Gepäckwagen und eine geräuschvoll Wiedersehen feiernde Familie, schob er das steife grüne Rouleau so weit hinauf, dass er die rücklings hingestreckte Schönheit seiner Gefährtin als eine ununterbrochene, ruhige, triumphierende Entität erfassen konnte, mit Erhebungen und Mulden und lieblichen schattigen Winkeln. Das eigentümliche silbrige Licht ihrer Augen war jetzt auch allüberall auf ihrer Haut. In dem kleinen abgetrennten Raum inmitten des sie schützend umgebenden Ratterns und Rasselns des dahinstürmenden Zugs war sie eine Riesin, die ihn, so empfand er's, in einer umarmenden Höhle aufnahm, wo immer es ihn hindrängte. Sie machte alles und musste immer wieder ihr Stöhnen unterdrücken, um die unbekannten Mitreisenden nicht zu stören, die auf Armeslänge entfernt vermutlich im Schlaf lagen. «Wirst du mich vergessen?», flüsterte sie in einem bestimmten Augenblick, ein Schrei, der leise von weit her kam. Hin und wieder schliefen sie für kurze Zeit ein, ohne sich aus ihrer Vereinigung zu lösen. Der durchtriebene Drogist hatte Recht gehabt: Bech hatte viel zu wenig gekauft. In ihrer Klause gestillter Begierde breitete sich ein warmer brünstiger Geruch aus, der nicht der seine war und nicht der ihre. «Wir sind ganz und gar ineinander geflossen», flüsterte sie, nachdem sie seinen Samen hinuntergeschluckt hatte und wieder zu Atem kam. Das Herzland, durch das sie endlos hinrollten, erschien ihnen nicht weiter, nicht ausgedehnter als die Territorien, die sie in sich selbst entdeckt hatten. «Du bist vollkommen», seufzte sie gegen Morgen an seinem Ohr; es klang wehmütig, wie fernes Lokomotivenpfeifen. Sie selbst war nicht ganz vollkommen, das harte Licht beim Frühstück im Speisewagen hatte es ihm verraten. Im Dunkel berührte er ihre Wangen, die ausgesehen hatten, als seien sie von winzigen Einkerbungen verunziert. Ein Wunder. Sie waren vollkommen glatt. «Du auch», sagte er. Es war die Wahrheit.

Während er las, musste er immer wieder daran denken, dass es der Vorgesetzte seiner unglücklichen Schwägerin gewesen war, ein selbstherrlicher roher Mensch in zweireihigem Kamelhaarmantel, der dem jungen Autor widerwillig Auskunft darüber gegeben hatte, wie Gewerkschaften funktionierten. Damals dachte Bech, er könne in der langen Zukunft, die vor ihm lag, ganz Amerika als ein Mosaik darstellen, zusammengesetzt aus solchen Recherchesteinchen. Jetzt wirkten diese Details, als sie durchs Mikrophon in den Saal hinausdrangen, künstlich und aufgesetzt, und seines Antihelden zynische Sicht der Trappisten – Leute, die sich nicht anpassen können, die gestört sind, die sich drücken – hatte etwas Pubertäres, Herzloses. Er war erleichtert, als er schließlich ans Ende kam; aber er musste noch die Fragen aus dem Publikum ertragen. Benutzen Sie ein Textverarbeitungssystem und wenn ja, was für eines? Welche Autoren haben Sie in Ihrer Jugend beeinflusst? Wie hat Ihnen die Verfilmung von *Unterwegs mit leichtem Gepäck* mit Sal Mineo gefallen? Welches Ihrer Bücher – dies die ihm unliebste Frage – ist Ihnen persönlich das liebste? Das Saallicht war eingeschaltet worden, damit er die wedelnden Hände sehen konnte, die eifrigen, respektvollen, aggressiven Gesichter. Er hielt Ausschau nach Alice und konnte sie nirgendwo entdecken, es waren einfach zu viele Leute da, und die Reihen zerfransten an den Enden, zu den Wänden hin, in schummrigem Gewusel. Und nichts an ihr, nicht einmal das magentarote Kostüm, hätte verhindern können, dass sie in der Menge unterging.

Als der Morgen höher heraufzog, fuhren sie durch karg bewässertes Farmland, das sich Meile um Meile der Wüste geschlagen gab. Er war wie ein Gopher aus ihrem Abteil gehuscht und hatte sich für ein paar Stunden in seinem eigenen Bau verkrochen, um zu schlafen. Der Pullmanwagen hatte eine Ökologie, in die sie hineinpassten. Die anderen Reisenden akzeptierten sie inzwischen als Paar. Sie wurden wieder zu einer Bridgepartie eingeladen – Bech war zu zaghaft, um einen Kleinschlemm anzusagen, obgleich Alice ihm deutlich signalisiert hatte, dass ihr Blatt mit Trümpfen gespickt war –, und zum Dinner setzte sich ein korpulentes texanisches Ehepaar mittleren Alters zu ihnen an den Tisch, offenbar ohne Blick dafür, dass die anderen beiden zu erledigt waren, um Konversation zu machen, und ihnen dafür auch eine gemeinsame Vergangenheit fehlte. Bei einem zehnminütigen Halt in irgendeinem Ort, wo die spanische Adobe-Architektur wie betäubt unter einem Himmel voller aufquellender Gewitterwolken hockte, stürzte Bech aus dem Zug und suchte einen Drugstore, um sich mit Präservativen einzudecken. Er sah sich um und sah nichts, nur Töpferwaren und Wildlederandenken an den Westen, und hörte den Zugführer rufen: «Alle einsteigen!» Der Zug war ihm eine Gewissensinstanz geworden, ein Heim, zu dem er zurückeilte, voller Angst, dass es sich in Bewegung setzen und verschwinden könnte.

«Das ist mir nur recht», sagte Alice in jener Nacht. «Ich hätte nichts dagegen, wenn ich ein Kind von dir bekäme.»

«Aber –», fing er an und dachte an ihren nichts ahnenden Mann. Tad. Bei dem Namen drängte sich die Vorstellung von einem unsicheren, übertrieben liebenswürdigen Typen mit affektierter abgehackter Sprechweise auf.

«Mein Körper gehört mir», sagte sie, eine Frau, die ihrer Zeit voraus war. Er fragte sich, ob wohl in jeder konventionellen Hausfrau so eine sexuelle Radikale steckte. Sie war gnädig mit ihm: «Mach dir keine Sorgen, ich bekomme in Kürze meine Tage. Du hast nichts zu befürchten.» Sie lachte dann, ein kurzes, hartes Bellen, als habe sie sich für einen flüchtigen Moment in die Sichtweise eines Mannes eingefühlt und dadurch eine tiefere Stimme bekommen.

Sie gingen wie Schlafwandler durch den Tag, doch als die Nacht sich auf die Dünen und die Kandelaberkakteen der Wüste niedersenkte, hatten sie den toten Punkt überwunden. «Dein Abteil oder meins?», hatte er gefragt.

«Deins», sagte sie. Es sich aussuchen zu können, diesen kleinen Spielraum in ihrer Situation zu haben, bereitete ihr Vergnügen. «Ich hasse diesen scheußlichen Vorsprung, meine Füße kriegen in der Enge Klaustrophobie.» In seinem etwas höheren Abteil gab es diese Einschränkung nicht. Sie konnten sich ausbreiten. Als sie die beiden Stufen hinaufgegangen waren, fühlten sie sich wie im Himmel. Sie hatten in ihren gemeinsamen drei Tagen, dachte er oft, junge Liebe, Flitterwochen und Ehe durchlebt. Anfangs vögelt man, um ein Claim abzustecken, und danach, um das abgesteckte Claim zu sichern. Sie waren in dieser zweiten Nacht nicht mehr ganz so heißhungrig, und ihre Genitalien waren ein wenig wund, und mehrmals schliefen sie ein, für eine Stunde oder länger. Am jähen schluckenden Geräusch und an der veränderten Tonhöhe, wie bei einem großen Musikinstrument, konnten sie hören, wenn der Zug in einen Tunnel fuhr, und sie fühlten, wie seine Räder bei einem heiklen Gleiswechsel sich vorsichtig über die Weichen tasteten. Sie fühlten auch, wie der Zug immer höher kletterte und in Schlangenlinien über einen Pass kroch, oben auf dem geschweiften Grat eines Canyons unter den unbeachteten Sternen, die kalt und nah über den Bergen in der Wüste hingen. Als Bech spürte, dass die Nacht krängte und langsam Kurs aufs Ufer nahm, fing er in seiner sexuellen Hysterie und Erschöpfung zu weinen an und verschmierte, gleich einem Hirsch, der einen Baum markiert, die Tränen mit seinem Gesicht auf ihrem Bauch und ihren Brüsten, eine Art spirituellen Samens, eine ganz eigene glitzernde Schleimspur hinterlassend. Sie ließ ihn gewähren und zog unterdes einzelne Locken seines dicken Haars in die Länge und drückte sie wieder zurück.

Die Leute standen an, um sich Bücher signieren zu lassen, und ein Ende der Schlange war nicht in Sicht. «Würden Sie in das hier einfach nur ‹Für Roger› schreiben? Es ist für meinen Großvater, er liebt Ihr Werk, er sagt, Sie haben seiner Generation wirklich aus der Seele gesprochen.» – «Könnten Sie's hier wohl ein bisschen persönlich gestalten, vielleicht ‹Für die einzigartige Lyndi›? L-Y-N-D-I, ohne E hinten. Perfekt. Tausend Dank. Es ist wunderbar, dass Sie zu uns in den Hoosier State gekommen sind.»

Bei Tageslicht tauchten Oasen in der Mojavewüste auf, erst eine, dann noch eine, und schließlich gab die Wüste nach und machte dem kalifornischen Paradies Platz. Pastellene Häuser und Palmen vervielfachten sich und schufen eine horizontal hingebreitete Stadt, die sich merkwürdig farblos ausnahm unter einem Himmel, der so blau und ungetrübt war wie der gemalte Hintergrund einer Filmdekoration. Der Zug kroch in die im Missionsstil gebaute Union Station und hielt mit einem endgültigen scharfen Ruck, und in allen Wagen brach das Gestöber los, das hektische Geschwirr einer kleinen Welt, die auseinanderbricht: Schlafwagenschaffner bekamen noch schnell ein Trinkgeld, Gepäckträger wurden herbeigewinkt, man musste sich verabschieden oder wollte ebendas vermeiden, Koffer und Taschen wurden zusammengesucht und in Gewahrsam gegeben. Alice, die den ganzen Vormittag geschlafen hatte, im Salonwagen, den Kopf an Bechs Schulter gelehnt, hatte seine Hand gedrückt, war aufgestanden und hatte gesagt: «Ich bin gleich zurück.» Die Sonne des Südwestens schien heiß durchs Fenster, und er döste ein. Der Zug ruckte. Wo war sie? Er trat auf den Bahnsteig hinaus, in die unwirklich milde Luft. Als er sie erspähte, hatte sie schon die Distanz von zwei oder drei Waggonlängen zwischen sich und ihn gelegt, war, einen Dienstmann mit Gepäckwagen im Schlepptau, vorn auf Höhe der Lokomotive, wo der siegreiche Lokführer mit einem uniformierten Bahnhofsangestellten wiehernd um die Wette lachte. Sie verschmolz mit einem Mann in biederem Braun – Hose und Jacke nicht gleich im Ton – und verschwand in der Menge, hatte sein Claim für sich reklamiert. Bech hatte den Eindruck, dass Tad Oglethorpe groß und kahlköpfig war. Wie ging's weiter? Im Lauf der Jahre vergaß er, warum der Anblick einer Frau mit einer leisen Rötung oder Rauheit auf den Wangen, die von Natur seidig glatt gedacht waren, ihn jedes Mal traurig stimmte und etwas in ihm aufrührte.

Er hatte geglaubt, dass er sie irgendwo, irgendwie wiedersehen würde. Das Universum, das Zeuge einer so sublimen Vereinigung gewesen war, würde dafür sorgen. Und es hatte dafür gesorgt, auf seine unzulängliche Art. Der letzte Fan in der Schlange zog ab mit seiner authentischen Henry-Bech-Signatur, diesem winzigen Stück von ihm, diesem Abschabsel von seiner immer kürzer werdenden Lebensspanne, und im Foyer war niemand mehr, nur die Angestellten des Buchladens, die seine unverkauften Bücher in Kartons packten, und die müde, aber fröhliche Matrone, vielleicht auch sie insgeheim eine sexuelle Radikale, die dem Komitee vorgesessen hatte, welchem es gelungen war, ihn hierher zu holen. Alice war verschwunden, und die Bibliotheksdirektorin von Indianapolis war auch schon nach Haus gegangen.

Der Anblick seiner Bücher, der sieben schmalen überlebten Titel, die flott in Kartons verstaut wurden, erfüllte Bech mit Ekel. Einerlei, wie viele er verkaufte und signierte, immer blieben ganze Stapel übrig, Makulatur zentnerweise. Diese Frauen, die sich bei seinen Lesungen blicken ließen: sie kamen, das schien ihm klar, um seine Bücher spöttisch Lügen zu strafen – kunstfertige, verzwirbelte, eitle Bücher, bar all dessen, was wirklich zählte, sagten diese Frauen, mit denen er geschlafen hatte. Wir, *wir* sind deine Meisterwerke.

## Wie war's wirklich?

Don Fairbairn hatte zunehmend Mühe, sich zu erinnern, wie es wirklich gewesen war in der breiten Mittelspanne seines Lebens, als er seiner ersten Frau, wie zerstreut auch immer, half, die gemeinsamen Kinder großzuziehen. Seine zweite Ehe, einst so strahlend und staunenswert und neu, war jetzt zweiundzwanzig Jahre alt, genauso alt wie seine erste damals, als er an einem grässlichen Wochenende auf und davon gegangen war. Seine zweite Frau und er bewohnten ein Haus, das bei weitem zu groß für sie war, aber es enthielt so viele Souvenirs und kostbare zerbrechliche Erbstücke, dass sie sich nicht vorstellen konnten, woanders zu leben. In ihrem gegenwärtigen Freundeskreis drehte sich der Klatsch hauptsächlich um gesundheitliches Befinden und um Tod, früher dagegen hatten Gerüchte von Affären und Scheidungen die Telefone heißlaufen lassen. Seine jetzige Frau, Vanessa, legte den Hörer hin, um zu verkünden, dass Herbie Edgertons Krebs wieder da sei und jetzt offenbar auch die Lymphknoten und die Knochen befallen habe; vor dreißig Jahren hängte seine erste Frau, Alissa, auf und fragte ihn, ob sie diesen Samstag Lust auf Drinks und beim Italiener geholte Pizza bei den Langleys hätten. Klar, fuhr sie dann fort, eine derart kurzfristige Einladung würde man jedem als grob unhöflich ankreiden, aber bei den Langleys sei das etwas anderes. Sie waren, was Geselligkeit anging, unersättlich, seit ihnen die Psychotherapie zu der Erkenntnis verholfen hatte, dass sie einander nicht ertragen konnten. Jeder, so hatte Don es in Erinnerung, war in seinem seelischen und ehelichen Befinden angegriffen, so angegriffen, dass Frauen, wenn sie einander begrüßten, ihrem «Wie geht's?» ein «Nein, wie geht es dir *wirklich?*» hinterherschickten.

Und außerdem – dies mit abgewandtem Blick und zartem Erröten seitens Alissas –, sie habe Wendy Chace in der Superette getroffen und sie ganz spontan gefragt, ob sie und Jim morgen Abend auf einen Drink vorbeikommen wollten. Wendy habe ja gesagt, furchtbar gern, aber sie könnten höchstens eine Minute bleiben, Jim müsse zum Treffen des Baugenehmigungsausschusses, sie seien gerade dabei, sich gegen diesen üblen Bauunternehmer von außerhalb durchzusetzen, der das gesamte alte Treadwell-Anwesen in Condos im Schweizer Chalet-Stil umwandeln wolle. Allein die Wiedergabe dessen, was Jims sprunghafte, immer von neuem für eine gute Sache begeisterte Frau gesagt hatte, ließ Alissa glühen. Dies zumindest hatte Don sehr lebhaft in Erinnerung: wie ein Leuchten in die Augen seiner früheren Frau kam und ihre Wangen, normalerweise ein wenig fahl, sich röteten und ihre Lippen, meist nachdenklich schmal zusammengezogen, sich lachend und weich zu witzigen Bemerkungen öffneten, wenn Jim da war oder in Sicht kam. Er konnte es ihr nicht verargen; er war genauso schlimm gewesen wie sie, hatte außerhalb der Familie die Kraft gesammelt, die er brauchte, um die Familie aufrechtzuerhalten. Das Rezept hatte nur bis zu einem bestimmten Punkt seine Wirkung getan – vermutlich bis zu dem Punkt irgendwann in ihren Vierzigern, als ihnen bewusst wurde, dass das Leben nicht endlos war. Dabei waren die Fairbairns unter den Letzten in ihrer alten Clique gewesen, die sich scheiden ließen. Sie hatten auf dem sinkenden Schiff ausgeharrt, als das Deck sich schon schräg neigte und der Mast splitterte und die Segel flatterten und überall loses Tauwerk hin und her peitschte.

Don trank jetzt nicht mehr (Gewichtsgründe, Leber, Pillen, die sich mit Alkohol nicht vertrugen), aber er konnte sich an die Drinks erinnern – Drinks auf Veranden und Anlegestegen, auf Booten und in Gärten auf dem Rasen, in Wohnzimmern und Küchen und gemütlichen Studios. Der helle metallische Glanz des Gins, die ein wenig viskosere Transparenz des Wodkas, das maiskorngoldene Spelzig-Rauchige beim Bourbon, das blassere, schärfere Timbre beim Scotch, das Minzenzweiglein, die Orangenscheibe, das Stück Limone, die Biersäule mit der Kannelierung aus aufsteigenden Bläschen, die Hemisphären weißen und roten Weins, die auf ihren unsichtbaren Stielen über dem Tisch schwebten, die kleinen klebrig geränderten Gläser mit Anisette und Cointreau und B & B und grünem Chartreuse, die dem Dinner folgten und die Minuten in wirbelnder Geschwindigkeit gen Mitternacht trieben, indes die besonneneren, sich eher abseits haltenden Gäste verstohlen auf die Uhr sahen und an den Babysitter dachten und an die Übelkeit und das Kopfweh am nächsten Morgen. Sich in die Rolle des Gastgebers zurückversetzend, erinnerte Don sich an das ritterlich verzeihende Knirschen der Eiswürfel, wenn man sie mit gebieterischem Hochreißen des Hebels aus ihren Kammern im Aluminiumbehälter brach, und an die in der Pantry aufgereihten rundschultrigen Zweiliterflaschen aus dem

Spirituosenladen neben der Superette, die Kosten für die Getränke eine Art Beitrag, den man gern entrichtete für die Mitgliedschaft im statutenlosen Club junger Ehepaare. Wie merkwürdig sättigend und ausreichend es war, dies dauernde Zusammensein mit den immer gleichen zehn oder zwölf Leuten. Siedler im westlichen Grenzland, erinnerte er sich, irgendwo gelesen zu haben, sagten vom Bisonfleisch, dass man seiner seltsamerweise nie überdrüssig werde und es immer essen könne. Die Freunde der Fairbairns trafen zu Drinks unter der Woche meist gegen sechs ein, abgehetzt und zerzaust, mit Kind und Kegel im Schlepp – die Frauen nach einem vollen Hausarbeitstag wie durchs Wasser gezogen, die Männer mit ihrer Großstadtblässe direkt vom Zug kommend – und verwandelten sich nach und nach in sprühende, glamouröse Erscheinungen. Sie wurden schwindelerregend attraktiv füreinander, eine berückende innige Vertrautheit entstand, und so rissen sie sich nur zögernd los, gegen acht, wenn es höchste Zeit war, den Kindern, die sich vorm Fernseher in der Küche mit Kartoffelchips und Fig Newtons vollgestopft hatten, ein ordentliches Abendbrot zu machen und sie zu Bett zu bringen.

«Wie habt ihr das bloß ge*schafft*, Mom und du?», fragten Dons Söhne und Töchter voll ehrlicher Bewunderung und meinten seinen alten dienstbotenlosen Vier-Kinder-Haushalt. Seine Kinder, die inzwischen auf die vierzig zugingen, lebten in Stadtwohnungen oder in abgeschotteten Enklaven in New Jersey, mit jeweils einem oder zwei Sprösslingen, deren Ernährung und Beaufsichtigung den täglichen Schichtdienst zweier farbiger Frauen erforderte: spezialisierte Betreuerinnen, eine, die beim Anziehen half und für das Frühstück und den sicheren Weg zum Kindergarten sorgte, und eine zweite, die für Abendbrot, Bad und Zubettgeh-Video zuständig war. Trotzdem waren seine Töchter erschöpft von der Mutterschaft, die ihnen spät zugestoßen war, als Ergebnis eines progenitiven Nebenjobs, dem sie parallel zu ihren blühenden Karrieren nachgingen; Empfängnis hatte jedes Mal zu psychischen Spannungen geführt, und Geburt war etwas Gefahrvolles gewesen. Seine Söhne sprachen feierlich und besorgt mit ihm über die Ausbildung ihrer Kinder und über die beruflichen Möglichkeiten dieser Hosenmätze im Jahr 2020. Beide Söhne betrieben undurchschaubare Geschäfte am Computer, irgendetwas mit Equities, und sie dachten in langfristigen demographischen Trends. Don musste lachen, dass sie ihn befragten, als sei er eine Art Pionier, jemand, der noch ein mythisches Zeitalter der Häuslichkeit erlebt hatte, als Giganteneltern auf der Erde wandelten. «Ihr wart doch dabei», rief er ihnen in Erinnerung. «Ihr wisst doch, wie es war. Wohlwollende Gleichgültigkeit, das war im Wesentlichen unser Konzept.» Aber sie wollten sich nicht so einfach abspeisen lassen, und tatsächlich überzeugten sie ihn halb davon, dass er ein heldenhafter Familienvater gewesen sei, der Wälder gefällt hatte, um Hütten zu bauen inmitten der Babyboom-Wildnis.

Die Fortschritte bei der Entwicklung ihrer eigenen Kinder verfolgend, fragten sie ihn, wie alt *sie* gewesen seien, als sie zum ersten Mal krabbelten, liefen, redeten und lasen, und es genierte ihn, sagen zu müssen, dass er sich nicht erinnere. «Fragt eure Mutter», empfahl er ihnen.

«Sie sagt, sie erinnert sich auch nicht. Sie sagt, wir waren alle wunderbar normal.»

Ein Einzelkind, auf die Welt gekommen während der Depression, war Don zu seiner Geburt mit dem Kauf eines großen weißen Buches geehrt worden: auf den gepolsterten Deckel war stolz, in erhabener Schrift, *Babys Buch* geprägt, und im Innern gab es taubengrau liniierte Seiten, auf denen seine frühesten Ruhmestaten festgehalten wurden, mitsamt den dazugehörigen Daten. *20. Juli 1935. Donald ist zum ersten Mal gelaufen. Sehr wacklig. 6. September 1938. Auf in den Kindergarten! Donny hat sich an mir festgeklammert und wollte und wollte nicht loslassen. Herzzerreißend.* Er war überrascht, als er feststellte, dass seine Mutter in ihrer kleinen kringeligen, nach hinten kippenden Schrift, die seinen Augen nachgerade als Destillat gewissenhafter Mutterschaft erschien, alles eingetragen hatte, bis hin zu seinen diversen Schul- und Studienabschlüssen und seiner ersten Hochzeit; sie hatte auch die ersten beiden Enkelkinder noch verzeichnet, aber das dritte und vierte nicht mehr und auch nicht seine zweite Eheschließung. Wie sonderbar es doch ist, dachte er: Amerikas gegenwärtiger Wohlstand, der darauf beruht, dass wir mehr arbeiten als die Deutschen und die Japaner, hat die gleichen bedrückten, ängstlich behütenden Familien hervorgebracht wie die Depression. Die jeweilige Entwicklung seiner Kinder, er erinnerte sich nicht mehr, in seinem dämmrigen Gedächtnis hatten alle vier sich freundlich verknäult, während er sich tagaus, tagein von Geselligkeit nährte, dem Äquivalent für Bisonfleisch.

Dass sein Erinnerungsvermögen so mangelhaft war, machte ihm fast Angst. Hatte er den Kindern bei den Hausaufgaben geholfen? Er musste es doch getan haben.

Hatte er je mit Alissa zusammen im Lebensmittelladen eingekauft? In seinem Kopf gab es kein Bild davon. Die Betten, wie kam es, dass sie immer gemacht waren, und die Mahlzeiten, wie waren sie auf den Tisch gekommen, zweiundzwanzig Jahre lang? Alissa musste all das erledigt haben, irgendwie, während er den Sportteil las. Die Kinder zur Welt zu bringen, jetzt eine so demonstrative Feier New-Age-mäßigen Miteinanders und ungenierter Körperanbetung, war auch etwas, das sie allein erledigt hatte, in der Klinik, ohne Komplikation und ohne größere Beschwerden hinterher. Das Baby war irgendwann einfach da, lag neben ihrem Bett in einem Korbwägelchen oder an ihrer Brust, und wenige Tage später fuhr er die beiden nach Hause, zwei, wo vorher einer gewesen war, eine Personenverdopplung, wie ein Zauberkunststück, das zu schnell fürs Auge war, als dass es den Trick hätte durchschauen können. Die Geburt des letztes Kindes, daran erinnerte Don sich gut, hatte sich mitten in einer Winternacht angekündigt, und der Arzt, den er aus dem Schlaf gerissen hatte, war in seinem Auto vorbeigekommen, um sie in die Klinik mitzunehmen, und sie hatte, auf der verschneiten Straße stehend, lächelnd zum Fenster hinaufgesehen, wie eine von Haus zu Haus ziehende Weihnachtssängerin, und war dann im zweifarbigen Buick des Geburtshelfers verschwunden. Allein gelassen mit den übrigen drei Kindern, hatte er vor Nervosität gezittert, erinnerte er sich, und war überzeugt gewesen, dass ein Einbrecher, ein geistesgestörter Angreifer, der witterte, wie verwundbar seine Familie in diesem Augenblick des Auseinandergerissenseins war, sich mit ihnen in dem großen knarrenden Haus aufhielt. Don war erst eingeschlafen, als er einen Golfschläger – ein Eisen 3, kein Holz, mit einem Holz konnte man weniger schnell ausholen – neben sich ins Bett gelegt hatte, zur Verteidigung.

Er versuchte, sich Alissa mit einem Staubsauger vorzustellen, und konnte es nicht, hingegen erinnerte er sich, dass er selber im Esszimmer des Hauses, in dem sie zu Anfang gewohnt hatten, mit einem Tapetendampfeisen umgegangen war: er wusste noch, wie er die große eckige Pfanne ein, zwei Minuten lang gegen die Wand gedrückt und die Tapete dann mit einem breiten Spachtel heruntergeschält hatte und in durchweichten Shorts und klitschigem T-Shirt durch sich wellende nasse Bahnen mit ausgebleichten Silberblumen gewatet war. Einmal in der Woche hatte sie in diesem Zimmer Rindsrollen aufgetragen, fiel ihm plötzlich ein, das braune Fleisch appetitlich um eine in der Mitte nistende, stark gewürzte Farce festgesteckt und die ganze, mit Petersilie und kleinen rotschaligen Kartoffeln garnierte Platte in seiner Erinnerung duftend nach einstigen Hauswirtschaftsidealen, nach dem rührenden, in den Fünfzigern aufgekommenen kulinarischen Ehrgeiz, der dem Familienessen die Bedeutung einer heiligen, mit dem Schweiß weiblicher Mühe gesalzenen Zeremonie erhalten wollte. All die botmäßig servierten Mahlzeiten, und am Ende hatte er sie entlassen wie eine überflüssige Dienstmagd. Vanessa und er brauchten sich nicht nach Kindern zu richten, sie grasten, wo und wann ihnen der Sinn danach stand, sie liebten Snacks zwischendurch, gingen ins Restaurant, aßen ihr Abendbrot oftmals jeder für sich, machten sich etwas in der Mikrowelle heiß und verschlangen es gleich an Ort und Stelle, während Peter Jennings die ihm eigene Wärme in die Nachrichten einfließen ließ. Sie hatte immer noch eine Vorliebe für Pizza, heiß oder kalt.

«Aber wie habt ihr's geschafft, dass ihr genug *Schlaf* bekamt? Kinder wachen nachts doch dauernd auf.» Die ältere seiner hart arbeitenden Töchter, mit zarten blauen Schatten unter den Augen, ließ nicht locker.

«Ihr habt alle durchgeschlafen, praktisch von Geburt an», beschied er sie. Das war vermutlich geflunkert, aber es enthielt auch Wahrheit, nur dass er unfähig war, zu sagen, worin sie bestand. Ein Kind hatte einmal gewimmert, weil es Ohrenschmerzen hatte, und das wehe Ohr auf die Wärme eines frisch gebügelten Geschirrtuchs gepresst, war es eingeschlafen. Aber war er selbst das gewesen, als Kind? Er konnte sich an Alissa mit einem Bügeleisen in der Hand nicht erinnern. Woran er sich erinnerte, war, dass er in tiefer Nacht das Bett verließ und mit einem schreienden Bündel Protoplasma im Arm zurückkehrte und es der Mutter übergab, die sich schon aufgesetzt und die Nachthemdträger heruntergestreift hatte, sodass ihr nackter Busen schimmerte. Begleitet vom Geräusch winziger saugender Lippen und friedlich strampelnder kleiner Füße, kehrte er dann in den Schlaf zurück. Er war der Säugling gewesen, so schien es ihm. Gleichviel, niemand von der Fürsorge läutete an der Tür, um seine Kinder vor Misshandlung zu bewahren, kein Nachbar beschwerte sich bei den Behörden, die Kinder warteten auf den Schulbus und waren angezogen wie die anderen – sahen aus wie kleine Clowns in ihren Raumfahrtära-Outfits aus Synthetik, die Dekaden entfernt waren von den dunklen, ewig klammen Wollsachen, die er selbst getragen hatte –, stiegen in der Schule mehr oder minder reibungslos von einer Stufe zur nächsten und fanden, wie Präzisionsbomben, Colleges und Gefährten und Berufe: demnach musste er ein hinlänglicher Vater und Haushaltsvorstand gewesen sein. «Es erschreckt mich», gestand Don seiner Tochter, «dass ich mich an so wenig erinnere.»

Die Samstagnachmittage, die männlichen Glanztaten zur Instandhaltung des Hauses, das Aushängen der Winterfenster und das Einsetzen der Rahmen mit dem Fliegengitter, die Hobelbank im Keller, wo Spinnen ihre Netze über das Durcheinander rostender Werkzeuge spannten. Die Rechnungen für Heizung, Strom, Telefon und Wasser – er erinnerte sich nicht daran, dass er auch nur einen einzigen Scheck ausgestellt hatte, und doch musste er viele ausgestellt haben, alle eingelöst, ungültig gemacht und in Alissas Mansarde verwahrt, zusammen mit den Dias, den Sammelalben, den Zeugnissen und den kolorierten Klassenfotos, all den Dingen, die sich über zweiundzwanzig Jahre angesammelt hatten, ungezählte Tage, jeder mit seinen Höhen und Tiefen, seinen Missgeschicken, seinem Schniefen und Schluchzen, seinen aufgeregten Geschichten, erzählt von Kindern, die sich auf den Weg zum Erwachsensein machten, durch eine Welt, welche in jeder Hinsicht neu für sie war. Don war der Zusammenhang des Ganzen abhanden gekommen. Er war wie ein Astronom vor den Voyager-Sonden, vor dem Hubble-Teleskop, der mit Verschwommenheiten operierte. Er erinnerte sich, dass er in dieses oder jenes Mannes Frau verliebt gewesen war, dass er sich nach dem Abendessen manchmal betrank und Alissa zu Bett schickte und dann ein ums andere Mal Ray Charles' «Born to Lose» spielte, oder vielleicht waren es die Supremes mit «Stop! in the Name of Love!», dass er den Plattenspielerarm wieder und wieder anhob und die Nadel in die Anfangsrille setzte und dass sein älterer Sohn ihm am nächsten Morgen mit reserviertem Lächeln sagte: «Du hast dir den

Song gestern Abend aber wirklich oft angehört.» Der Vorhang teilte sich für einen Augenblick, und das Licht fiel grell auf ein beschämendes Detail. Das Zimmer seines Sohnes lag über dem Studio, in dem Don gesessen hatte, verfangen in sich und den kreisenden Rillen. Er hatte den Jungen, der früh zur Schule musste, um seinen Schlaf gebracht.

Und wie war das mit den Rendezvous seiner Töchter, dieser traditionellen Tragikomödie mit ihrem Beigeschmack von attischem Vatermord im Zeitalter der Sitcom? Seine ältere Tochter war aufs Internat gegangen, als sie fünfzehn war, und die jüngere war erst zwölf gewesen, als er das Haus verließ. Er konnte sich nicht erinnern, dass jemals ein Jüngling in frisiertem Auto die kiesbestreute Auffahrt heraufgeprescht wäre, um eine seiner zitternden Jungfrauen zu entführen.

Jetzt lud diese jüngere Tochter ihn zu Drinks auf einem Boot ein. Er brauche natürlich nichts Alkoholisches zu trinken, erklärte sie. Immer mehr Leute verzichteten auf Alkohol, er behindere sie in ihrem Trainingsprogramm. Sie selbst war schmal und zäh wie ein Greyhound und nahm an lokalen Marathonläufen teil; ihr Haar, das wie Alissas früh angefangen hatte weiß zu werden, war knabenhaft kurz geschnitten, wegen der besseren Windschlüpfrigkeit, nahm er an. Die Sache war so, Dad: der Mann einer Freundin von ihnen wurde vierzig, und die Frau, die Freundin, wollte ihm zum Geburtstag eine kleine Sonnenuntergangskreuzfahrt in den Marschen schenken, und weil *seine* Eltern kamen, wollte die Freundin, die Frau, gern – kannst du folgen, Dad? –, dass noch ein paar andere Vertreter der älteren Generation mit von der Partie sind, die Frage ist also, könntet ihr kommen, Vanessa und du, zumal ich glaube, dass du den Vater des Mannes, der Geburtstag hat, kennst, du hast offenbar ein paar Mal mit ihm an Golfturnieren teilgenommen.

Tatsächlich erinnerte er sich an den Mann, als er ihm unter dem Segeltuchdach des flachen Ausflugsbootes die Hand gab: er war einer von der gegnerischen Partei gewesen und hatte auf dem achtzehnten Grün regelwidrig die Lage des Balls verändert und ihn dann eingelocht, um das Match zu gewinnen. Don hatte damals allen die Peinlichkeit einer Beschwerde bei den Veranstaltern ersparen wollen, aber Clubturniere waren für ihn seither nie mehr in Frage gekommen. Jetzt stand der Kerl da – einer dieser grässlich lebenslustigen Pensionäre mit einem Gesicht, das ganzjährig sonnengebräunt und voller Falten und Verdickungen war – und krähte vor Glück, als ihm sein Triumph von damals einfiel. Seine Frau, um einiges jünger als er und herausgeputzt auf eine Weise, die in Florida nicht ganz so knallig gewirkt hätte, erkor Vanessa zu ihrer einzigen Seelenverwandten und ließ nicht mehr von ihr ab. Don driftete davon, mischte sich unter die trinkenden jungen Paare, denen er nichts zu sagen hatte. Das kam davon, wenn man nicht mehr trank – es fiel einem nichts ein, das man sagen könnte.

Wie merkwürdig es war, wieder auf einer Party zu sein, wo die Frauen noch menstruierten. Schlank, elegant, bewegten sie sich hin und her und zwitscherten und wechselten ihre Posen mit elektrisierender Geschwindigkeit, wie in Stummfilmen, die im Zeitraffer ablaufen. Die Männer in ihren karierten Jacken und hellen Slacks waren jungenhaft und laut – relativ stumpfe Folien für die Lebendigkeit ihrer Frauen, die im Gewoge der Party immer intensiver aufblühte zu neuer, leicht verdutzter Schönheit. Don atmete tief ein, als wollte er den Duft ihrer Sekrete, ihrer Geheimnisse aus der Salzluft herausholen. Auf einer Party wie dieser war es gewesen, dass er Vanessa Langley kennen gelernt hatte, Vanessa und ihren, was Geselligkeit anging, unersättlichen Mann. Dass ihr Name dem Alissas so ähnlich war, hatte den Reiz erhöht; sie würde eine Ehefrau mit einem hinzugefügten «V» sein, «V» wie Vitalität und Virtuosität, wie vivat!, Vagina und Viktoria. Er hatte sich in sie verliebt und sie sich in ihn, und zusammen standen sie hier an Deck, mehr als zwanzig Jahre danach.

Beladen mit Musik vom Band, klirrenden Drinks und feiernden Paaren, schob das Boot sich durch die gewundene Fahrrinne zwischen den schwarzen Schlickbänken der goldgrünen Marsch zum offeneren Wasser hinaus, wo Inseln voller schindelgedeckter Sommerhäuser langsam von Steuerbord nach Backbord wechselten, als der Kapitän mit seinem Schiff auf einen malerischen halbkreisförmigen Kurs ging. Ein weißer Leuchtturm kam in Sicht und ein frappierender sonnenbeschienener Hang, auf dem ein amerikanischer Grande von einst ein symmetrisches Muster aus gestutzten Büschen hatte anlegen lassen wie ein großes Ideogramm, dann eine Marina, deren blasse Masten so dicht standen wie Weizenhalme, und ein welliges, blaugrünes, weites Stück Waldland, das wundersamerweise noch nicht erschlossen war, und der Horizont nach Osten zu, draußen über dem offenen Meer, dunkelte schon und empfing sein erstes Sternenlicht, während sich über dem sanft hügeligen Land im Westen leuchtende lachsrosa Streifen hinzogen, die schmalen Reste der Tageshelle. Don schaute stumm hinaus auf all das, was da ausgebreitet war, und auch die anderen Gäste sahen dann und wann hin, aber ihre Aufmerksamkeit war hauptsächlich nach innen gerichtet, auf sich selbst und aufeinander, in übermütigem, zubeißendem Geplauder, das schrill wurde, als die Drinks ihre Wirkung taten, ein Fest der Liebe, das die Musik vom Band übertönte. So war es, und so war es immer gewesen, der lebendige, von Schönheit überquellende Augenblick, man beachtete ihn nicht, man sehnte sich nach einem anderen, einem besseren Augenblick, eine Spur anderswo, mit jemandem, der ein kleines bisschen anders war, indes auf den Päonienbeeten das Unkraut wuchs und unterm Sofa sich die Staubflocken sammelten und die Kinder unbemerkt ihre eigenen Fluchten planten, ihre eigenen Anderswos.

Ein paar Kinder waren zusammen mit ihren Eltern gekommen, ließen sich ermahnen, nicht über Bord zu fallen, und gingen ihrer Wege. Auf dem Heimwärtskurs machte Don einen Jungen, der ins Schauen versunken neben ihm an der Reling stand, auf eine Landspitze aufmerksam und auf eine ihm mit Namen bekannte rosa Villa jenseits des Marschengrases, das jetzt, da das Wasser von seinen Wurzeln wegebbte, Dunkelheit trank. Im Auto, auf der Fahrt nach Hause, sagte Vanessa: «Die Frau vom Vater des Geburtstagskinds und ich, wir haben eine ganze Reihe gemeinsamer Bekannter, haben wir festgestellt. Sie sagte, eine alte Collegefreundin von mir, Angela Hart, wir waren mal Zimmergenossinnen, hätte gerade eine zweifache Mastektomie hinter sich.»

Don überlegte, ob er sich revanchieren sollte mit dem Geständnis, wie wunderbar seltsam er es gefunden habe, wieder unter fruchtbaren Frauen zu sein, wie erregend und anregend das gewesen sei. Möglich, dass er in seiner jugendlichen Grausamkeit einst etwas Derartiges zu Alissa gesagt hätte – irgendetwas, um sie zu einer Reaktion zu bewegen, um das Blut in Fluss zu bringen –, aber zwischen Vanessa und ihm herrschte der Takt von zwei Krüppeln, Opfern der Zeit, die aufeinander angewiesen waren.

## Szenen aus den Fünfzigern

Wahrlich, die Zeit vergeht. Neulich las ich, Harold «Doc» Humes sei gestorben. Ich kannte Doc flüchtig, so, wie Hunderte von Leuten ihn kannten. Er war in den Fünfzigern ein berühmter Schriftsteller und Gesellschaftslöwe oder trachtete doch danach, berühmt zu sein – ein klein geratener Mann mit einem fröhlichen, dünnhäutigen Gesicht und mit mehr intellektueller Energie und Lebenslust, als ein Schriftsteller vielleicht braucht. Er hatte 1957 einen dicken Roman veröffentlicht, *Die unterirdische Stadt*, und 1959 dann einen schmaleren, *Männer sterben*. Dieser Titel, den ein Freund von mir damals als «kahl und kunstlos» bezeichnete, war nicht unzutreffend, wie der Tod des Autors jetzt zeigt. Das letzte Mal, als ich ihn sah, spielte er Schach mit Marcel Duchamp, auf der Party, die meinen Abschied von New York City besiegelte.

Es war 1959, und das Bild, das mir von dem Augenblick in Erinnerung geblieben ist, erscheint jetzt sehr zeittypisch – dieses lebendige Relikt des High Modernism an einem Schachbrett, das wie ein surreales Floß wirkte, auf dem der Alte an die Brotfruchtinsel des Eisenhowerschen Amerika gespült worden war. Rings um ihn tranken und knabberten und schnatterten Dutzende aufstrebender junger Künstler und Kunstvermittler und zogen hungrig ihre Kreise auf der Suche nach der Unsterblichkeit, deren

Duchamp sich bereits erfreute. Kunst wurde groß geschrieben in den Fünfzigern. Es herrschte Frieden, wir hegten die exklusivsten Ambitionen, und unser Selbstbewusstsein war unangekränkt. Ich, der ich ein silberhaariger Antiquitätenhändler in Boston geworden bin, sehe jene Party, die in den hohen Räumen des doppelgeschossigen Apartments eines Mäzenatenehepaars namens Berman stattfand, als ein Schaufenster, dessen Auslagen um das kostbarste Stück gruppiert waren, den Erfinder des eine Treppe hinuntergehenden Akts und etlicher anderer unvergänglicher, gefeierter Juwele ironischer Verfremdung. Duchamp war ein schöner Mann, asketisch schlank, mit einem ambossförmigen Kopf. Möglich, dass er Socken und Sandalen trug. Mit Sicherheit gehörten eine Pfeife, große behaarte Ohren und ein Seidenfoulard zum Bild.

Ich erinnere mich, dass ich mich fragte, ob Doc ihm beim Schach überhaupt gewachsen war. «Howie, hi», sagte Doc leutselig. «Ich nehme an, Sie kennen Marcel.»

«Ich weiß, wer er ist, selbstverständlich», sagte ich. Während ich beiden Männern die Hand gab, versuchte ich in jugendlicher Überheblichkeit, absichtlich auffällig zu taxieren, wie die Partie stand. Ich war aufgeregt und befangen, mich in Gegenwart einer solchen Berühmtheit zu befinden, und so sah ich auf dem Brett nur ein wildes Durcheinander von Figuren. Ich hatte dann immerhin den Anstand, mich schnell zu entfernen, und bedauerte es aufrichtig, dass der große Mann dadurch, dass er mir die Hand hinstreckte, womöglich gestört worden war in seinen Berechnungen. Die Massenblätter, die in den Fünfzigern den Künsten noch beträchtlich viel Platz einräumten, hatten berichtet, dass Duchamp, der es elegant verschmähte, weiterhin Kunst hervorzubringen, seine Kräfte für den Rest seines Lebens aufs Schachspiel verwenden wolle, ähnlich wie Rimbaud seine dichterische Aktivität für den Waffenschmuggel aufgegeben hatte. Ich konnte mir nicht vorstellen, dass Doc ein ernst zu nehmender Partner für ihn war, musste aber doch bewundern, wie mein wichtigtuerischer Zeitgenosse sich in den Radius der Prominenz vorgedrängt hatte und sich vergnügt dort sonnte.

Die *Paris Review*, zu deren Gründern Humes gezählt hatte, berichtete in ihrem liebevollen Nachruf, er selbst habe, nach seinen zwei Romanen, jede weitere schriftstellerische Tätigkeit eingestellt, weil es in den frühen Sechzigern mutmaßlich zu einem Rencontre zwischen ihm und dem britischen Geheimdienst gekommen sei: der habe ihm in einen seiner Zähne ein mikroskopisch winziges Funkempfangsgerät implantiert, wodurch er auf quälende, obsessive Weise einbezogen gewesen sei in die Geheimnisse und das subtile Säbelrasseln des Kalten Kriegs. Die CIA und der KGB hatten beide, so glaubte er, sein Zimmer verwanzt, und er saß da, drehte den Kopf hin und her, redete erst zum einen, dann zum anderen der versteckten Mikrophone und verhütete mit seinen Anmerkungen gerade noch rechtzeitig den unmittelbar bevorstehenden Kataklysmus. Er sprach von einer Black Box, genannt Fido, die von MIT-Konstrukteuren in den Äther geschickt worden war und Warnsignale sendete, die nur er deuten konnte. Er ließ sich einen spinnwebdünnen Vollbart wachsen, wie das dem Nachruf beigefügte Foto zeigt. Er schrieb nicht mehr. Das leise Summen globaler Beklommenheit wurde für Doc zu einem ohrenzerreißenden atmosphärischen Rauschen; er war ebenso ein Opfer der Spannungen des Kalten Kriegs wie, sagen wir, Gary Powers.

Was mich angeht, so langweilt mich nichts so sehr wie Verschwörungstheorien, internationale Spionage oder Romane, die derlei ominöse, paranoide Themen behandeln. Für mich war die lange, nahezu mein gesamtes Erwachsenenleben umfassende Geschichtsspanne zwischen Churchills Rede, in der er den Begriff vom Eisernen Vorhang prägte, und dem Fall der Berliner Mauer ein segensreiches Interim, eine Metternichsche Remission der allgemeinen Barbarei –, die, wie ich feststelle, wieder um sich greift. Der Kalte Krieg brachte die Menschheit um ihre infernalischen heroischen Möglichkeiten. Ich habe, zusammen mit einem langjährigen Partner, ein Antiquitätengeschäft an der Charles Street und verdanke den Frieden meines mit Zerbrechlichkeiten vollgestellten Verkaufsraums der Atombombe, dem Marshallplan, dem SAC und den Sowjetpanzern. Ob Sie es glauben oder nicht, Leser des Jahres 2000, die Fünfziger waren eine süße Zeit der Ichsuche, strotzend, wie mein Geschäft, von täglicher Erwartung und stillem Wert.

In New York ereignete sich Abstrakter Expressionismus, Pop war im Begriff, sich zu ereignen, und meine Frau und ich, die wir uns auf der Kunsthochschule kennen gelernt hatten, standen kurz vor unserem Durchbruch, jedenfalls glaubten wir das seit drei Jahren. Es war, als gäben wir eine Party, und niemand kam. Wir hatten den Loft, die Hingabe und Askese, die Farben, Pinsel, Leinwände und die Schweißbrenner (ich malte, sie machte Skulpturen) – kurz, wir hatten alles, nur keine Förderer, kein Publikum, kein Einkommen. Bei einem der wenigen Male, da es sexuell zwischen uns klappte, hatten wir dem Packen, an dem wir trugen, eine kleine Tochter hinzugefügt, und im rigorosen Bemühen, unsere Lebenshaltungskosten zu senken, waren wir von New York fortgezogen in ein Küstenstädtchen nördlich von Boston, wo von einstmals florierenden Bootswerften, die Holzclipper gebaut hatten, nur noch eine Reihe Muschelbuden übrig war und so etwas wie ein ständiger Fisch- und Gemüsemarkt entlang des Hauptdamms der kleinen Stadt. Hier, umgeben von grandiosen Salzmarschen und wortkargen Yankee-Yeomen, würden wir unsere Begabungen definitiv zur Reife bringen, meine Frau und ich. Und wenn die Zeit gekommen war, würden wir im Triumph nach New York zurückkehren. Ich war, als jene Party stattfand, vorübergehend zurückgekehrt, für zwei Tage nur, um die noch offenen rechtlichen Fragen wegen des an uns untervermieteten Lofts zu klären und die Verfrachtung unserer entsetzlich sperrigen, traurig unerwünschten Kunstwerke zu arrangieren.

Es klingt alles trübseliger, als es war. Ich war fünfundzwanzig und hatte mein Leben praktisch noch vor mir, so empfand ich's. Im selben hohen Raum wie Marcel Duchamp zu sein: das allein schon ließ alles möglich erscheinen und machte jede Schwierigkeit wett. Auf der Party war überdies eine Frau, in die ich mich verliebte, wie mir schien. Wir unterhielten uns eine gute Stunde und posierten dabei bald so und bald so auf der Armlehne eines riesigen, mit einem noppigen haitischen Baumwollstoff bezogenen Chromsofas. Ich habe den Namen der Frau vergessen, nicht aber den Ton ihrer Haut, eine neutrale stille Farbe, wie die eines Gipsabgusses «nach der Antike», wie es auf der Kunsthochschule hieß. Sie war eine Venus von Milo mit Armen. Sie trug ein tief ausgeschnittenes Kleid, flaschengrün, aus einem dieser glänzenden steifen Stoffe – Taft, glaube ich –, die man in den Fünfzigern sexy fand. Alles stimmte, einschließlich meiner geographischen Entfernung von meiner Frau und dem quälenden, feindseligen Gefühl des Ungenügens, das sich seit dem Umzug nach Norden in unserer Ehe eingenistet hatte. Aber es gelang mir nicht, den richtigen Stoß zu führen und den Treffer anzubringen, mit dem diese Venus hätte mein werden können für die Nacht. Stattdessen kamen wir überein, dass ich anderntags bei ihr an ihrem Arbeitsplatz vorbeischauen würde; sie war eine kleine Angestellte im neu eröffneten Guggenheim-Museum. Als ich eintraf, errötend und mit Gepäck beladen, war sie fort, zum Lunch, wie ich bei der Auskunft erfuhr; ich schlenderte die Rampe hinauf und sah mir die großen, wild hingeschmierten Malereien an. Abstrakte Kunst erschöpfte sich allmählich, aber etwas anderes gab's anscheinend nicht – nur die Leere in der Mitte von Wrights grandiosem, hohlem Tempel.

Als die Dame wiederkam, in schwarzen Strümpfen und eine Handtasche am Riemen über der Schulter tragend, winkte sie mich in ihr Büro, ein winziges Kabuff im vollgerümpelten Souterrain. Ich setzte mich auf einen mit blauem Segeltuch bespannten Regiestuhl, und sie nahm lässig an ihrem Schreibtisch Platz und wartete auf meinen Eröffnungszug. Sie wusste, dass ich verheiratet und stadtflüchtig war; das hatte ich ihr gesagt, als der Kontakt zwischen uns geölt war durch die Party. Jetzt hakte mein Getriebe. Wir rauchten, unterhielten uns vorsichtig über den Kunstmarkt und klatschten über unsere Gastgeber vom Abend zuvor. Sie kannte Sally Berman gut genug, um mit Entschiedenheit zu sagen: «Sie ist nicht glücklich.»

Ich war bestürzt und fühlte mich, ich weiß nicht warum, persönlich betroffen. «Was könnte sie denn dagegen tun?»

«Das muss sie selber rausfinden.»

«Na ja», sagte ich lahm, «ihr wird schon was einfallen.»

«Was haben Sie denn da in Ihrer Tüte?», fragte sie.

«Ach, eine Kleinigkeit für meine Tochter. Eine Spielzeugbürste und einen Kamm. Sie wird demnächst drei und hat gerade gelernt, sich die Haare zu bürsten.»

«Sie muss wonnig sein, Howard. Ich wüsste gern, ob ich wohl je ein Kind habe – es soll sich ja angeblich lohnen.»

«Es ist wunderbar, aber es löst keine Probleme. Es schafft *mehr* Probleme.»

Sie wurde kühler, als ich so selbstverständlich voraussetzte, dass sie Probleme habe. Mit ihrem weiblichen Blick sah sie, dass *ich* der mit den Problemen war. «Viel Glück da oben», sagte sie forsch zum Abschied, wie eine Schuldirektorin, die mir alles Gute wünschte. «Hoffentlich ist es nicht zu einsam.» Sie hing dem Manhattan-Glauben an, dass nur die Menschen in New York real existierten, alle anderen waren lachhafte Phantome.

«Oh – ein paar verwandte Seelen gibt es immer, sogar da oben.»

«Wie oft, denken Sie, kommen Sie nach New York?»

«Ich weiß nicht. Nicht oft. Es ist eine lange Fahrt.»

«Bitte, besuchen Sie mich, wenn Sie doch mal kommen.»

«Ja. Das mach ich sehr gern. Ganz bestimmt sogar.»

Doch obwohl sie mir mit beinah flehentlicher Grazie ei-

nen nackten, gipsblassen Arm entgegenstreckte, war aus
uns nie etwas geworden, so wenig, wie für mich aus New
York etwas geworden war.

Es gab Fluglinien zu jener Zeit, das schon, aber man
kam nicht auf die Idee, mal eben nach New York zu fliegen und wieder zurück, im Pendelverkehr, wie er später
üblich wurde, ein Bus am Himmel für graue Anzüge.
Man fuhr mit dem Zug, eine Reise von fünf Stunden mit
Aufenthalt in New Haven, wo die Lokomotive gewech-
selt wurde. An der South Station in Boston nahm ich mir
ein Taxi zur North Station und stellte fest, dass der nächste Zug zu meiner kleinen Stadt an der Nordküste erst in
etwa zwei Stunden fuhr. Aber in fünf Minuten fuhr einer
nach Haverhill ab, und in meiner Unkenntnis der New-
England-Geographie – wir waren erst vor einem Monat
umgezogen – dachte ich, ich könne Zeit sparen, wenn ich
nach Haverhill führe, denn das lag ja auch im Norden,
und von dort meine Frau anriefe.

Ich stieg ein und starrte eine Stunde lang durch ein
schwarzes Fenster hinaus auf unerforschliche, vorbeihu-
schende Lichter und auf mein flackerndes trübes Spiegel-
bild. Es war Abend; wegen meines misslichen Besuchs im
Guggenheim hatte meine Abfahrt sich bis drei Uhr nach-
mittags verzögert. Von New York sich zu lösen ist immer
eine zähe, langwierige Sache – als müsse man von einer
Party fort, auf der sich etwas Wunderbares ereignen
könnte, kaum dass man zur Tür hinaus ist. Im großen
und hallend leeren Bahnhof von Haverhill gab es mehrere Münztelefone, aber keines funktionierte. Als ich
schließlich von einem Drugstore eine Straßenecke entfernt anrief, reagierte meine Frau so, als könne sie das

Ganze kaum fassen. «Haverhill! Schätzchen, wer hat dir denn bloß gesagt, du sollst nach Haverhill fahren!»

Es war nach neun, und ich war müde und gereizt vom langen Sitzen und Schaukeln in überheizten Eisenbahnabteilen. Ich hatte mir zum Lesen nur die Everyman-Ausgabe von den *Reisen des Mungo Park* mitgenommen, und der verschwimmende kleine Druck war anstrengend für die Augen gewesen. «Niemand hat mir das gesagt. Ich bin ganz allein auf die Idee gekommen. Ich dachte, es würde dir gefallen. Ich dachte, es wäre ein Beweis für meine Flexibilität und die Fähigkeit, mich veränderten Verhältnissen anzupassen.» Sie war in New England zu Hause; ich kam aus Maryland. Hierher zu ziehen war zum Teil ein Versuch gewesen, sie glücklicher zu machen.

«Murkelchen», sagte sie, «bis Haverhill sind es zwanzig Meilen, es liegt am Ende der Welt. Ich kann dich unmöglich abholen – Annie hat an beiden Tagen, die du weg warst, Fieber gehabt, und ich möchte sie nicht aus dem Bett holen und ins kalte Auto packen. Aber Kopf hoch, Malcolm ist gerade hier, er hat uns was gekocht, ich frage ihn mal. Wahrscheinlich macht es ihm nichts aus, er ist sowieso immer bis in die Puppen auf und hört Musik.» Sie deckte die Hand über die Sprechmuschel, aber ich hörte trotzdem, wie sie sagte: «Hält man das für möglich?», dann ein kurzes Gelächter, geflochten aus zwei Strängen, einem männlichen und einem weiblichen.

Malcolm wohnte in Manchester-by-the-Sea, nicht weit von unserm weniger schicken Essex. Er war mit einem flüchtigen Bekannten von uns in New York befreundet und so weit der einzige Gebildete, den wir in diesem salzigen Schlupfwinkel zur Gesellschaft hatten. Er war uns beiden mit der Zeit lieb geworden, meiner Frau mehr noch als mir. Mir erschien er ein wenig verstiegen. Er hatte offenbar genug Geld, um keiner regelmäßigen Erwerbstätigkeit nachgehen zu müssen. Er malte Aquarelle von Sumpfland und Dünen, spielte auf einem Spinett, das er selbst gebaut hatte, hörte Platten mit klassischer Musik und Vierzigerjahre-Jazz und las pro Woche mehrere Bücher. Er *brenne* darauf, sagte er, einen Roman über seine schrecklichen Eltern zu schreiben, aber die lebten immer noch, säßen in ihrem riesigen Sommerhaus auf Coolidge Point. Um einiges älter als wir, mit weichem Fleisch, sehr weißer Haut und einer Leidenschaft fürs Kochen und für Inneneinrichtung, brachte Malcolm meine Frau zum Lachen, ja zum Schnurren, wenn er in unserm Wohnzimmer saß, sich langsam mit Bourbon vollsog und sozusagen sein Haar herunterließ. Sein Haar war romantisch schwarz, lichtete sich aber: hinten war schon eine kahle Stelle. Es gab nichts, das er nicht wusste oder über das er nicht auf jeden Fall zu reden bereit war – das hatte er mit dem verstorbenen Doc Humes gemein. Der plauderselige, unerschütterlich gutgelaunte Malcolm bereitete mir ein klein wenig Unbehagen, manchmal, aber wir hatten nur ihn, und meine Frau brauchte Gesellschaft. Die beiden dachten halb im Ernst daran, zusammen einen Antiquitätenladen aufzumachen, in Essex an der Hauptstraße, wo es schon einige solcher Geschäfte gab.

«Malcolm sagt, vierzig Minuten wird's dauern, es sind alles kleine Landstraßen», sagte sie. «Er ist ein Engel, finde ich. Haverhill, wirklich, Liebling – kein Mensch fährt nach Haverhill!»

In Maryland gab es unzählige Orte, zu denen kein Mensch fuhr; ich machte mir keine Gedanken. Ich hatte mir eine Coke und einen Doughnut im Drugstore genehmigt, der jetzt schloss, und ging in der Kälte zurück zum Bahnhof. Wahrscheinlich ist er inzwischen längst abgerissen worden. Ich bin nie wieder da gewesen, um mich zu vergewissern. Ein Bau aus dem neunzehnten Jahrhundert, war er in der Mitte des zwanzigsten, wie die Kirchen in der Stadt, seiner Pracht beraubt und auf das Maß enttäuschter Hoffnungen reduziert. Im Innern verdeckten mutwillig beschädigte Telefonzellen und Münzschließfächer große Teile der Täfelung mit der Perlstabverzierung und geschnitzte Ornamente im Carpenter-Gothic-Stil. Über den Fahrkartenschaltern mit den liebevoll gearbeiteten schmiedeeisernen Gittern war ein rohes Schild an die Wand genagelt: AB 18 UHR GESCHLOSSEN. Ich war allein mit Bankreihen voller Gespenster: Reisende, die nie heimkehren würden. Weit weg beschwerte sich jemand mit tragender Stimme, wohl ein Zugschaffner. Zwei Männer durchquerten die weite Wartehalle und verschwanden zusammen in der Herrentoilette. Unter den Buntglasfenstern gluckerten und sangen braune Heizkörper und wärmten die mit Lack überzogenen Wandbretter hinter ihnen. Ich wollte die vor mir liegenden Minuten der Ungestörtheit genießen und setzte mich in die Mitte einer leeren Bank, stellte den Koffer neben meine Füße und schlug den Mungo Park auf. Es waren nur noch wenige Seiten bis zum Ende des Tagebuchs seiner todbringenden zweiten Reise:

Wir stiegen höher hinauf in den Bergen südlich von Toniba, bis wir um drei Uhr den höchsten Punkt der Bergkette erreichten, welche den Niger von den entfernten Armen des Senegal trennt. Ich ging den anderen ein Stück voran, und an einen steil abfallenden Klippenrand kommend, *sah ich abermals den Niger,* der seine gewaltigen Fluten durch die Ebene wälzte!

Aber es gelang mir nicht, mich auf die afrikanische Szenerie zu konzentrieren. Ein Gefühl beherrschte mich, für das sich in meiner gegenwärtigen Notlage eine Metapher anbot: mein Leben war *aus dem Gleis.* Meine hochfliegenden Ambitionen und Hoffnungen hatten sich irgendwo in der Gegend von New London in Luft aufgelöst. Ich würde mir einen Job suchen müssen, irgendeine eintönige, erniedrigende Arbeit, um meine Malerei zu finanzieren. Die dahinwelken würde. Und meine Ehe: niemand war schuld daran, aber auch sie gehörte zu all dem, das sich nicht erfüllte. Die aufgeregte Begeisterung meiner Frau für Malcolm war ein Indiz dafür. Und meine kleine Tochter Annie: gerade, dass sie so entzückend war, erschreckte mich. Voller Stolz, sich jetzt selber das Haar bürsten zu können, striegelte sie es unbeholfen so lange, bis es ihr in langen schwebenden Strähnen fächerförmig vom Kopf abstand, und dann kam sie zu mir, überzeugt, dass es wunderschön glatt sei, das kleine Gesicht vor Eitelkeit schier platzend, und sagte: «Kuck mal, Daddy. Kuck mal.»

Ich war nicht gänzlich allein im Bahnhof. Mein Zug war anscheinend seit Stunden der letzte gewesen. Einer der Männer, die zur Toilette gegangen waren, hatte die Wartehalle nicht verlassen, er stand an der Tür und starrte in die diesig graue Kleinstadtdunkelheit hinaus. Ein Auto ließ seine Scheinwerferkegel im Bogen über den Bahnhofsplatz schwenken und hielt mit quietschenden Reifen am Bordstein. Ich erspähte mehrere Köpfe, auch den bauschigen Schatten eines Frauenkopfes, und dachte, dass meine Frau und meine Tochter sich erbarmt und Malcolm begleitet hätten. Sie waren schneller gewesen, als sie vorhergesagt hatten – übernatürlich schnell.

Aber es war ein junger Mann in einer alten Sportlerjacke, der, mit den Doppeltüren knallend, in die Halle und zur Toilette stürmte. Zu viel Bier, nahm ich an. Er hatte den Motor laufen und die Scheinwerfer brennen lassen. Licht spülte in das Gesicht des Mannes, der an der Tür wartete, und tuschte ihm einen Glorienschein um das dünne helle Haar. *Kuck mal. Kuck mal.*

Der Sportler stürzte zum Wagen zurück, der Motor heulte auf, die Scheinwerfer drehten ab und verschwanden. Der Mann an der Tür sagte zu mir: «Nich schlecht, hä? Zwei Macker und eine Fotze.» Er schlurfte ein paar Schritte auf mich zu, ein schlanker Mann mit krummem Rücken. Er war nicht jung, aber auch nicht alt – bloß verbraucht und arm.

«Mhm», sagte ich und sah angelegentlich in mein Buch.

Es war Nachmittag, und wir banden das Tier an den Baum nahe dem Zelt, wo alle Esel angebunden waren. Kaum war es dunkel geworden, rissen die Wölfe ihm die Eingeweide heraus, keine zehn Yards vom Zelteingang entfernt, vor dem wir alle saßen.

Die kurzen Schlurfschritte kamen näher. «Was glaumb Sie, macht sie, dass beide was von ihr ham?»

Ich weigerte mich zu antworten. Innerlich zitterte ich erbärmlich. «Wetten? Eim von denen bläst sie einen.» Krummrücken schlurfte dicht an meinen Knien vorbei, blieb stehen, schlurfte um die Rückseite der Bank herum, blieb wieder stehen und brummelte klagend wie zu sich selbst: «Nichs los hier heute Aamd.» Zu meiner ungeheuren Erleichterung ging er dann durch die Doppeltüren hinaus in die Dunkelheit.

Bei aller sorgfältigen viktorianischen Gestaltung fehlte in der Bahnhofshalle eine Uhr. Malcolms vierzig Minuten waren bestimmt um. Zu meinen Künstleraffektiertheiten jener Jahre gehörte es, nie eine Armbanduhr zu tragen. Ich las weiter:

> Wir sahen auf einer der Inseln, in der Mitte des Stroms, einen großen Elefanten; er hatte die Farbe von rotem Lehm, und seine Beine waren schwarz.

Der traurige krumme Kerl kam wieder herein durch die Doppeltüren mit den dicken Messingstoßstangen, die von Generationen von Händen blank gewetzt waren. «Wird kalt da draußen.» Ausweichend über meinen Kopf hinwegschauend kam er näher, seine Schuhe schrammten auf dem Marmorboden, und sein kleiner Kopf legte sich schief zur Seite. «Nichs los hier heute Aamd», wiederholte er. Ich erklärte: «Ich warte auf jemanden. Ich wär verdammt froh, wenn er endlich käme.»

«Tjäa, soso», sagte er in eigentümlich spöttischem, heiser singendem Tonfall.

Ich begriff, dass mein Reagieren, mit was für Worten auch immer, ein Fehler gewesen war – eine Ermutigung. Krummrücken war drei Meter entfernt stehen geblieben, Witterung aufnehmend. Ich sah entschlossen in mein Buch, als bildete die weiße Seite, gleich einem Lagerfeuer, einen Kreis der Sicherheit. Ein Fuß schlurrte einen Schritt näher, und dann saß der Mann auch schon neben mir. «Du hast es mit Büchern, was?» Sein mit einer ungebügelten Baumwollhose bekleideter Schenkel war wenige Zentimeter von meinem entfernt. «Hey», fuhr er im selben beiläufigen Ton fort, «hat dir schon ma einer einen geblasen?»

Ich sprang auf und rannte, den Koffer stehen lassend, aus dem Bahnhof. Mein Herz war dick angeschwollen, größer als das eines Elefanten, und hämmerte vor Entsetzen und Empörung. Bedenken Sie, ich war sehr jung. Nicht ganz sechsundzwanzig – mir selbst noch unvertraut. Ich zügelte meinen Drang, das steinige Tal zwischen dem Bahndamm und einer Reihe dunkler Läden hinaufzurennen. Der Drugstore, in dem ich den Doughnut gegessen hatte, war am Ende dieser Ladenreihe und gleichfalls dunkel. Aber ein Aufenthaltshäuschen für Taxifahrer gegenüber vom Drugstore hatte innen noch Licht und wartete darauf, dass von den sterbenden Eisenbahnen vielleicht doch noch etwas abfiel. In einem kleinen, mit Kalendern tapezierten Raum hinter einem schmutzigen Panoramafenster saßen sich zwei alte Männer an einem abgenutzten Schreibtisch gegenüber, auf dem ein Telefon und ein Radio standen. Das Radio, meine ich mich zu erinnern, brachte gerade, von atmosphärischem Knistern begleitet, ein Benny-Goodman-Quintett. Einer der Männer, er trug ein Holzfällerhemd, stieß die Tür auf und fragte mich: «Wollen Sie ein Taxi, Sohn?»

Ich sagte, nein, ich würde gleich von einem Freund abgeholt, aber ob ich wohl so lange hier draußen warten könne. Meine Stimme klang knabenhaft und blechern dünn, und ich wusste, ich muss befremdlich ausgesehen haben in meinem Großstadtanzug und mit meiner zottreligen Künstlerfrisur und den Finger immer noch bei der Seite eingeklemmt, bis zu der ich gekommen war in dem

Everyman-Band, den ich die ganze Zeit in der Hand hielt.

Ja. Wie jung wir 1959 waren, wie wenig dazu gehörte, uns aus der Fassung zu bringen. Malcolm kam kurz darauf in seinem marineblauen MG-Cabrio. Ausländische Autos waren damals noch selten – ein Statement, würden wir heute sagen. Ich hatte mich schon ein gutes Stück hügelabwärts getraut, zum Bahnhof hin, um Malcolm nicht zu verpassen. Keuchend schilderte ich ihm, wie man mich bedroht hatte und wie ich geflohen war, und er sah mich ziemlich ungläubig an, dort im Halblicht auf der steilen kalten Straße. Er parkte vor dem Bahnhof, und zusammen gingen wir hinein, um meinen Koffer zu holen. Der gebückte Mann war weg, aber mein Koffer war da, mitten in dem weiten Raum mit den leeren Bankreihen, und an den getäfelten Wänden klopften und zischten die rostigen Heizkörper. Auch die Tüte mit der kleinen Bürste und dem Kamm für Annie war noch da.

Als wir die Heimfahrt antraten, war Malcolm nicht so heiter wie sonst. «Howard», sagte er in fast scheltendem Ton, «dieser Mann war keine Bedrohung für dich. Sie sind so gut wie nie gewalttätig. Gewalt ist nicht das Problem, und abgesehen davon hat *er* ein Problem gehabt, nicht du.»

Ich kam mir gezüchtigt vor und töricht, dass ich solche Angst gehabt hatte. Wo immer ich hingekommen war auf diesen meinen Reisen, hatten Leute mir Botschaften gesandt, nur dass meine Zähne nicht verkabelt waren, sie zu empfangen.

Malcolm ließ nicht ab von dem Thema; er schien sich ausgiebig damit beschäftigt zu haben. Er führte, aus einem Buch, das er gelesen hatte, statistische Erkenntnisse über männliche Homosexuelle an: ihre Aggressionslosigkeit, ihre niedrige Verbrechensrate, ihre Kreativität und Toleranz. Sie waren, bei Licht besehen, die idealen Bürger der emanzipierten, vielseitigen, entpuritanisierten Welt der Zukunft. In seiner Stimme mit dem exotischen New-England-Näseln war etwas, das ich vorher nie gehört hatte, eine ernste Bestimmtheit. Wenn meine Frau dabei war, kehrte er stets nur den amüsanten, verspielten Charmeur heraus.

«Na ja, gut», sagte ich, «das mag ja alles so sein. Aber warum *ich*? Warum hatte er es ausgerechnet auf *mich* abgesehn?»

Malcolm sagte: «Die Antwort liegt auf der Hand – weil du da warst.»

Dann sagte er, ganz gegen seine Gewohnheit, nichts mehr. Gab es eine Antwort, die nicht auf der Hand lag? Die trüben Lichter von Haverhill eilten vorüber; wir fuhren über einen Fluss nach Groveland hinein. Im Cabrio war es überraschend warm, wie es das auch im Bahnhofssaal gewesen war, und ich entspannte mich. Er trug ein flauschiges kariertes Hütchen, vielleicht zum Schutz der kleinen Glatze. Ich war gerührt und empfand meine relative Jugend, mein volles Haar vage als einen Vorteil, als Zier, als eine Quelle der Kraft. Ich erzählte ihm von der Begegnung mit Duchamp auf der Party und von Doc Humes, wie der sich irgendwie ans Schachbrett des berühmten Mannes gemogelt habe. Malcolm lachte und war auf Details erpicht. Ich lieferte sie ihm, sparte aber den Bann aus, in den Venus mich gezogen hatte, und verschwieg auch meinen Besuch bei ihr nach der Mittagspause und die Geste ihres langen Arms, die mich huldvoll aus dem Bann entließ. Malcolm seinerseits erzählte, er und seine Schwester seien letzte Woche in Manchester-by-the-Sea zu einem Dinner geladen gewesen, zu den Gästen habe auch John Marquand gehört, ein fabelhaft aussehender, liebenswürdiger Mann. Marquand war damals eine Berühmtheit.

Die Erinnerung verblasst, aber Malcolm muss mich nach der langen gemütlichen Fahrt auf winterlich dunklen gewundenen Nebenstraßen, die durch Groveland und Georgetown und Ipswich führten, sicher zu meinem Haus und meiner Frau gebracht haben. Verlegen, als trüge ich Schuld an dem, was passiert war, sagte ich ihr nichts von dem Mann im Bahnhof. Die Geschichte blieb ein Geheimnis zwischen Malcolm und mir. Jahre vergingen, in denen er nicht aufhörte, uns beiden ein Freund zu sein, gleichermaßen verführerisch für sie wie für mich, sanft den Druck der Liebe auf denjenigen von uns ausübend, der sich ergeben würde. Nichts geschieht über Nacht. Als es so weit war, dass er und ich zusammen nach Boston zogen und das Geschäft an der Charles Street aufmachten, waren die Sechziger schon weit fortgeschritten.

## Metamorphose

Anderson, ein Müßiggänger und Playboy, könnte man sagen, hatte zu viel Zeit in der Sonne verbracht; als seine Erdenjahre mehr als fünfzig zählten, machten sich diese Sonnenstunden in Form von Hautkrebs bemerkbar, im Gesicht und an anderen empfindlichen, übermäßig der Sonnenstrahlung ausgesetzten Stellen. Sein Augenarzt, ein gewissenhafter Mann mit Brooklyn-Akzent, war besorgt wegen einer Verhornung nahe dem Tränenkanal des rechten Auges – «Wenn sie hineinwächst, werden Sie weinen, weil Sie keine Tränen mehr haben» – und schickte ihn zu einem Facharzt für plastische Gesichtschirurgie, einem Dr. Kim, der sich als Frau erwies, eine überraschend junge koreanische Amerikanerin, die selbst in ihrem unförmigen Laborkittel beträchtlichen Liebreiz an den Tag legte. Sie war verhältnismäßig groß, fast so groß wie Anderson, hatte aber die niedrige Taille, die stämmigen Beine und die runden Waden, die asiatischen Frauen eigen sind. Sie bewegte sich mit einer verhaltenen Sportlichkeit, ihre Gesten gerieten ihr ein wenig schwungvoller und größer, als der Augenblick es verlangte, der Laborkittel klaffte dabei auseinander, und seine weißen Hälften flatterten. Sie sprach ein vollkommen reines, assimiliertes amerikanisches Englisch, nur dass eine sanfte, sachliche Nachdrücklichkeit mitklang: er musste an ein Mondmobil denken, das in einem Umfeld von geringer Gravitationskraft entschlossen über ein von keinerlei Erosion geglättetes Terrain vorrückt. Ihr Gesicht war schmal, am breitesten in Höhe der Wangenknochen, und von einer mattierten Blässe, gelbstichigem Elfenbein gleich, und so glatt, dass er sich zerknirscht der Leberflecken, Knötchen und Narben in seinem eigenen Gesicht bewusst wurde. Aber sie war Ärztin, er brauchte sich nicht zu genieren. Er konnte sich entspannt ihrer Untersuchung anvertrauen, wie ein kleines Kind zur Ruhe kommt unter dem vernarrten Blick der Mutter.

Sie untersuchte ihn erst mit unbewaffnetem Auge, dann mit einer Lupe und schließlich mit einem ausgeklügelten Gerät, in dem er sein Kinn abstützte, während Linsen ein- und ausklickten und Lichtflecken und -bögen sich vor ihr halb verdecktes Gesicht schoben, das in dem abgedunkelten Raum wenige Zoll von seinem entfernt war. Er konnte sie atmen hören, wenn er selbst den Atem anhielt. Endlich schob sie den Apparat zwischen sich und ihm beiseite und tat kund, ja, sie werde operieren, sie sehe keine größere Schwierigkeit. Es gebe übrigens mehrere verschiedenartige krankhafte Veränderungen im inneren Winkel seiner Augenhöhle und am unteren Lidrand, aber sie würden sich ohne Komplikation entfernen lassen. «Es sieht so aus, als hätten Sie mindestens einen Millimeter gesundes Gewebe zwischen dem Basalzellenkarzinom und dem Tränenkanal.»

Er sah immer noch Flecken und Glühwürmchen. «Was ist mit dem anderen Auge?», fragte er, nicht so sehr, weil er neugierig war, sondern weil er den Wunsch verspürte, sie ein wenig länger reden zu hören. Ihrer Artikulation lag ein eigenartiges tiefes Summen zugrunde, ein

Unterton in Moll, der leise nachklang, wenn der Satz schon zu Ende gesprochen war.

«Das andere Auge scheint in Ordnung. Weiter kein Problem.» *Probleemm*.

«Ist das nicht merkwürdig – das eine Auge ist in Ordnung und das andere nicht, obwohl beide doch dieselbe Menge Sonne abbekommen haben? Oder glauben Sie, ich habe das eine Auge immer zugekniffen, wie Popeye?»

Sie lächelte über eine derart unwissenschaftliche Frage und ließ sich zu keiner Antwort herab. Stattdessen füllte sie mehrere kleine Formulare aus und gab sie Anderson mit auf den Weg. Als er neben ihr stand, empfand er Freude über die drei oder vier Zentimeter, die er größer war als sie. Ihr schwarzes Haar war in der Mitte gescheitelt und hinten in einem hochgesteckten Pferdeschwanz zusammengehalten – wie ein Henkel an einem erlesenen Krug.

«An der Anmeldung vorn bekommen Sie den Termin für die Operation», sagte sie. «Nur ein leichtes Frühstück, wenn es so weit ist, und nicht zu viel Flüssigkeit. Rechnen Sie alles in allem mit zwei Stunden.» *Stunndenn*. Sie verließ vor ihm den Raum, eilte zum nächsten Termin, in einem anderen Untersuchungszimmer, ging mit beschwingtem leichten Schritt, unterm wehenden Kittel schimmerten die runden Waden.

Er konnte es kaum abwarten – zum einen, weil das Karzinom auf den Tränenkanal vorrückte –, aber an der Anmeldung hieß es, er könne frühestens in zehn Wochen einen Termin bekommen. «Dr. Kim ist ein viel beschäftigtes Mädchen», sagte die nicht mehr ganz junge Sekretärin, der ein flüchtiger Blick genügte, um zu sehen, wie entflammt er war. Dr. Kim, erkannte Anderson, war ein ebenso kostbarer Teil der Klinik wie die Aussicht, die sie an diesem funkelnden Morgen vom vierzigsten Stock aus auf den East River und die flimmernden Boroughs auf der anderen Seite gewährte.

Sie war schwanger. Er hatte bei seinem ersten Besuch nichts bemerkt, und auch zehn Wochen später musste er eigens darauf hingewiesen werden; während sein Gesicht in keimfreies Papier gerahmt und mit Betadine vorbereitet wurde, sagte eine der Schwestern, die im Operationsraum assistierten: «Also ehrlich, Doktor, man würde im *Traum* nicht auf die Idee kommen, dass Sie in der dreiunddreißigsten Woche sind. Als *ich* so weit war, bin ich mir wie ein Autoscooter vorgekommen. Ich hatte *so* einen Bauch.»

Es waren zwei Schwestern da, und die drei Frauen unterhielten sich über Andersons Kopf hinweg, als ob er ein Tischschmuck aus Wachsfrüchten wäre. «Beim ersten war's genauso», sagte die Ärztin mit ihrem aufregenden unwillkürlichen Schnurren. «Nichts zu sehen und dann peng.» *Pennggg.*

Anderson versuchte, den Kopf zu heben, er wollte einen Blick auf Dr. Kims Bauch werfen, aber sie war hinter ihm, er sah sie verkehrt herum, mit einer glitzernden Spritze in der Hand. «Es ist sehr wichtig, dass Sie den Kopf stillhalten», sagte sie. Macht es Ihnen etwas aus, wenn wir Ihre Arme festschnallen?»

«Ich glaube nicht. Versuchen wir's.»

«Manche Leute geraten in Panik», erklärte sie.

Anderson hatte sein Gesicht schon öfter chirurgisch behandeln lassen müssen, aber nicht ausgestreckt auf einem Operationstisch. Er hatte in einem gepolsterten Sessel mit schräg nach hinten gekippter Rückenlehne gesessen, während ein smarter junger Mann, angetan mit weißem Hemd und weißer Krawatte, als wolle er herausstreichen, wie unbedeutend die Rolle war, die Blut bei seinen Prozeduren spielte, an dieser oder jener kleinen Keratose herumschnitzte. Weh tat es nur, wenn das schmerzstillende Mittel injiziert wurde, besonders an der Oberlippe und an der Nasenwurzel. Die Tränenkanäle flossen dann über. Dr. Kims Nadel aber, die einem nach Zimt oder Nelken riechenden Tupfer folgte, drang ein, ohne dass er es spürte. Eine Schwester zog ihm leichte Gurte über der Brust fest, und er ließ sich in eine selige sichere Wehrlosigkeit fallen.

Die drei Frauen kreisten um ihn. Eine der Schwestern überprüfte in regelmäßigen Abständen seinen Puls und pumpte die Blutdruckmanschette auf, und die andere reichte der Chirurgin die Instrumente. Dr. Kims gewölbter Bauch – nun da Anderson sich seiner bewusst war – presste sich ihm oben gegen den Kopf und abwechselnd gegen das eine Ohr und gegen das andere, während sie sich über ihn beugte und guten Muts seine Haut aufschnitt, mit blitzenden Werkzeugen, von denen er sich nur mit Mühe ein Bild machen konnte, weil sie sich seinem Gesicht von der Seite her näherten und immer am Rand seines Blickfelds blieben. Es gab ein Messer, schmal und scharf geformt wie ein gespitzter Bleistift, aber auch so etwas wie einen exquisiten Apfelentkerner, dessen Eindringen Anderson als sanften Druck erfuhr, und einen Kauter, der mehrmals kurz zischte und zarte Rauchwölkchen aufsteigen ließ. Die Berührung ihrer Finger in den Latexhandschuhen war wie das Huschen von Elfenfüßen, die in Pantöffelchen aus Babymaulwurfshaut steckten.

Zwischendurch wurde heftig getupft, um das Blut zu stillen, und manchmal war ein Zwicken und ein Ziepen zu spüren, beim Nähen, als die Fäden in verschiedenen Farben, von unterschiedlicher Stärke und Löslichkeit festgezogen und verknotet wurden, was mit einem schnellen, hypnotisierenden Wirbeln der Pinzette erfolgte.

Die Themen, über die die Frauen sich unterhielten, wechselten rasch – ob Hillary Clinton beim nächsten Rennen ums Senatorenamt wohl tatsächlich gegen Bürgermeister Giuliani antrat und ob das von Mumm zeugte oder eher lächerlich war; ob die Situation im Kosovo keine Hoffnung mehr zuließ oder ob es doch noch eine gab; ob in *Nottinghill* die Chemie zwischen Hugh Grant und Julia Roberts stimmte oder ob sie ganz und gar nicht stimmte –, und Anderson versuchte von Zeit zu Zeit, aus seiner Gesichtsmanschette keimfreien Papiers heraus seine Meinung beizusteuern. «Die Roberts ist zu dünn», sagte er. «Und er stottert zu viel herum.»

«Wenn Sie sprechen», bemerkte Dr. Kim, «bewegen sich sämtliche Muskeln in Ihrem Gesicht.»

«Ich konnte es erst gar nicht fassen», sagte die für die Instrumente zuständige Schwester, «als ich in Anatomie hörte, wie viele Muskeln das Gesicht hat. Vierundachtzig, glaub ich, hat der Professor gesagt, je nachdem, wie man zählt. Ich meine, gehören die vom Hals und von den Augäpfeln dazu, oder gehn die extra?»

Anderson fühlte, wie die Hände und die Messerchen der Chirurgin ans untere Lid herangingen, eine kitzlige, empfindliche Gegend.

Die Schwester, die seinen Puls und seinen Blutdruck kontrollierte, fragte über seinen Kopf hinweg: «Sind Sie müde, Doktor? Mich würde es umbringen, wenn ich in Ihrem Zustand wäre und so lange stehen müsste.»

«Ich kann gar nicht lange genug operieren, ich werde niemals müde dabei», kam das überraschende Bekenntnis. «Ich trete völlig aus mir heraus.» *Herrauss.* «Ich könnte die ganze Nacht durcharbeiten.»

«Könnten Sie sich nicht auf einen Hocker setzen?», fragte Anderson galant und bemühte sich, nicht die Lippen zu bewegen, wie ein Bauchredner.

«Das funktioniert bei mir nicht», geruhte sie zu antworten. «Ich muss stehen, ich muss die Arme frei bewegen können.» Ihre runden, glatten *Arrmme.*

«Den meisten Friseuren geht es genauso», sagte er. «Den ganzen Tag stehen und die Arme hochhalten, mich würde das umbringen.»

«Noch ein bisschen Lidocain», sagte Dr. Kim in merklich strengerem Ton. «Nicht bewegen, und wehe, Sie sagen auch nur *ein* Wort.» Sie spielte mit ihm, dachte Anderson. Sie lernten, miteinander zu spielen.

Als sie sich voneinander verabschiedeten – er mit fleischfarben zugepflasterter Augenhöhle, sie mit müden dunklen Ringen unter den Augen, trotz ihrer Beteuerungen –, wünschte Anderson ihr alles Gute zur bevorstehenden Niederkunft. *Accouchement* sagte er und zog den Nasallaut verführerisch in die Länge. Sie wies ihn vorsorglich darauf hin, dass er eine Woche lang ein blaues Auge haben werde, und sagte, er solle sich bitte an der Anmeldung zwei Termine geben lassen, einen für nächste Woche, da wolle sie die Fäden ziehen, und einen für die Nachuntersuchung in sechs Monaten. Unten glitzerte, von sich dazwischenschiebenden Manhattan-Wolkenkratzern in Fragmente zerstückelt, der East River. Ein

Lastkahn, beladen mit orangefarbenem Alteisen, wurde von zwei Schleppern seewärts bugsiert, und über sein langsames schwarzes Kielwasser zog die eilig sich auffächernde weiße Heckwelle einer Polizeibarkasse hin. Dicht neben Andersons Tränenkanal setzte ein leiser stechender Schmerz ein.

Sieben Tage später zog sie ihm, schnurrend vor Freude über ihr gelungenes Werk, die Fäden, und dann verging fast ein Jahr, bis er Dr. Kim wiedersah. Sie war an dem Tag, da die Nachuntersuchung stattfinden sollte, noch nicht aus dem Mutterschaftsurlaub zurück, und aus Trotz, aus einer gewissen Eingeschnapptheit ließ er einige Zeit verstreichen, bis er sich einen neuen Termin geben ließ. Die Operationswunden waren langsamer abgeheilt, als er erwartet hatte; sie hatten wochenlang genässt, und der Steg seiner Lesebrille hatte über Monate hin schmerzhaft auf einen eigenartigen Höcker aus knorpeligem Gewebe seitlich von seiner Nasenwurzel gedrückt. Als die Wunden sich endlich schlossen und die roten Flecken blasser wurden und sich in das rosa Patchwork seines Gesichts einfügten, war immer noch eine Falte da – nicht eigentlich eine Falte, eher so etwas wie eine leicht aufgewölbte Sehne, eine Parenthese aus Fleisch nahe seinem Tränenkanal. Andersons Freundin, eine aus einer langen nörgeligen Reihe, fand, dass diese Verunstaltung seinem Gesicht etwas Böses gab. Als er der seit kurzem wieder schlanken Dr. Kim den kleinen Wulst zeigte, stupste sie mit dem Finger sacht dagegen, nicht einmal, sondern mehrere Male. «Sie hätten massieren sollen», sagte sie. «Aber jetzt ist es dafür wahrscheinlich zu spät.»

«Zu spät?»

Sie lächelte und berührte abermals die anstößige Stelle, streichelte sie fest mit kleiner kreisender Bewegung. «So», sagte sie. «Jeden Tag zwei-, dreimal, dreißig Sekunden lang.»

Ihr liebkosender Finger machte ihn benommen, aber er bemühte sich, vernünftig zu bleiben. «Ich kann mir nicht vorstellen, dass das etwas nützen soll.»

«Versuchen Sie es sechs Monate lang. Haben Sie Geduld.»

«Können Sie es nicht operativ in Ordnung bringen?»

«So sehr stört es Sie? Kosmetisch lässt es sich sehr leicht behandeln, aber eine operative Korrektur wäre nicht einfach, und der Erfolg wäre keinesfalls gewiss.» *Gewissss.* Es war, als sei ihre Stimme nicht ganz die ihre, eine Bauchrednerstimme, die von anderswo herüberklang, aus einer idealen Welt.

Anderson rutschte ganz nach vorn auf seinem Stuhl, wie wenn er sich zurechtsetzte, um das Kinn auf die Metallstütze im Untersuchungsapparat zu legen. «Ich würde es gern probieren», sagte er. «Wenn es Ihnen recht ist.»

«Die Versicherung –»

«Meine ist sehr großzügig», beruhigte er sie. Er stellte sich den Eingriff vor – die kapriziöse Berührung ihrer latexumspannten Finger, wie tanzende Elfenpantöffelchen; das schmerzlose Zischen des Kauters; das heitere, um aktuelle Themen kreisende Geplauder der assistierenden Schwestern; das Rascheln des keimfreien Papiers an seinem Gesicht, wenn er versuchte, zur Unterhaltung etwas beizusteuern; die Wölbung ihres Bauchs, die sich gegen seinen Schädel presste.

Als der festgesetzte Tag kam, war alles ein wenig anders, als er es sich ausgemalt hatte. Sie war nicht schwanger, der Operationsraum war kleiner, und es war nur eine Schwester da, die kam und ging. Die Prozedur erforderte diesmal strapaziöseres Zerren und Ziepen, und das Nähen dauerte fast zu lange: das Betäubungsmittel war eben davor, seine Wirkung zu verlieren. Die Intensität des Kontakts aber war unvermindert. Diesmal gestattete er sich, mehr Gebrauch von seinen Augen zu machen, und beobachtete kühn die ihren, die verkehrt herum über ihm waren. Die Kelche ihrer oberen Lider, unterstrichen vom schmalen schwarzen Lächeln der Brauen, schienen überzufließen von diesen Augen. Langgestreckte bernsteinfarbene Flecken, wie Nadeln in einer Emulsion, gaben ihrer Iris eine vielstrahlige, sternenhafte Tiefe, während ihre Aufmerksamkeit durch die Öffnungen der verengten Pupillen strömte, Durchlässe für die Welt in all ihrer Lichtstärke. Wenn sie blinzelte, war es jedes Mal ein grässlicher Anblick: wie schnappende Krabbenmäuler.

Als es vorüber war und sie die hellgrüne Papiermaske herunterstreifte, wirkte ihr Mund zufrieden. Sie nahm die champignonförmige Chirurgenhaube ab und schüttelte kräftig den Kopf, sodass ihr Haar in dichtem, welligem, von wachshellen Glanzlichtern betupftem Schwall niederstürzte. «Es hat sehr gut geklappt», sagte sie. «Es ist nicht leicht, schlaffes Gewebe dazu zu bewegen, dass es sich wieder konformiert.» *Konforrrmmmiert* – die «r» waren so kehlig und die «m» so lang gezogen, dass er sich fragte, ob sie ihn necken wollte. Aber die Professionalität, mit der sie fortfuhr, war untadelig und undurchdringlich; sie instruierte ihn mit ernstem Nachdruck, die Medikamente, die sie ihm verordnete, streng nach Vorschrift einzunehmen und sich auch sonst an ihre Anweisungen zu halten, und versah ihn mit einer sorgfältig buchstabierten Prognose hinsichtlich des Heilungsverlaufs. «Diesmal massieren Sie, denken Sie daran.» Sie beschrieb mit der Fingerspitze kleine Kreise an der Seite ihrer eigenen makellosen, geraden, straffen, mattierten Nase. Die ganze Zeit, während sie sich hin und her bewegte in ihrer weichen, untersetzten, eiligen Gangart und all das tat, was es routinemäßig nach einer Operation zu tun gibt, hing ihr das Haar schimmernd den Rücken herab, und einzelne Kringel entrollten sich immer noch: wie Muskeln, die sich langsam entspannten. «Die Fäden lösen sich von selbst auf», sagte sie. «Kommen Sie in sechs Monaten wieder.»

Es war Mitte Januar, der East River war mit Eis gesäumt und dampfte in der Kälte. Anderson suchte bei Dr. Kim verstohlen nach Anzeichen von Schwangerschaft, konnte aber nichts erkennen, weil sie wieder den unförmigen Laborkittel trug. Sie streckte die Hand aus und berührte die nahezu unsichtbare Narbe neben seinem Tränenkanal. «Perfekt», sagte sie. «Symmetrisch.»

«Gratuliere.»

«Haben Sie massiert?»

«Wie Sie's mir gesagt haben. Aber mir fällt jetzt auf, dass in der dünnen Haut unter dem Auge eine kleine Knitterstelle ist, die ich unter dem andern Auge nicht habe. Und beide Oberlider hängen. Morgens habe ich das Gefühl, als lägen sie auf meinen Wimpern. Im Spiegel sehe ich dann, dass sie in dicken, unordentlichen Falten zusammengesackt sind, wie nasse Wäschestücke.»

Sie musterte ihn aufmerksam, befühlte seine Haut und drückte mit der Fingerkuppe durch das Lid hindurch auf seinen Augapfel, sodass er, als er das Auge wieder aufmachen durfte, alles verzerrt und doppelt sah. «Ein kleiner Abnäher wäre nicht schlecht», räumte sie ein, «aber er ist nicht zwingend notwendig. Die Funktion ist noch nicht gestört.» Sie fuhr fort, seine Lider zu betasten, und er sprach abgehackt, wie ein Mann unter der Folter.

«Aber es stört *mich* – dass sie so zerknautscht sind», brachte er heraus. «Ich möchte etwas, das vielleicht zu schwierig für Sie ist.»

Ihre Berührung bekam eine andere Qualität, wurde zögerlich. «Und das wäre?»

«Ich möchte, dass meine Lider aussehen wie Ihre.»

Ihre Fingerkuppen, die gerade in den inneren Winkeln seiner Augen angekommen waren, verharrten dort. Er meinte, ein leichtes Zittern zu spüren. «Mit Epikanthus?», fragte sie.

«Nach Möglichkeit.»

«Sie haben Recht, das ist schwierig. Das Transplantat müsste von einer sehr empfindlichen Stelle genommen werden. Es gibt wenige Stellen am Körper, wo die Haut so zart ist. Die Schenkelinnenseite, der – Die Farbe kommt nie ganz hin.»

«Könnten Sie nicht die Haut nehmen, die *da* ist, und sie irgendwie zu einer Falte ziehen? Ich komme mir in letzter Zeit wie ein Nashorn vor, überall zu viel Haut. Wenn ich mich vorbeuge, kann ich fühlen, wie mir das Gesicht von den Knochen fällt. Und das Gewabbel hier unterm Kinn – kann man das nicht straffzurren?»

Sie strich mit den Fingern nachdenklich an seinem Unterkiefer entlang und verschob dabei ganz sacht die Haut. «Es ist üblich geworden, das zu machen», sagte sie, «aber es ist nicht so einfach, es ist nicht so, als ob man ein Stück Stoff zurechtschnitte. Es gibt eine Muskulatur darunter und Nerven und Kapillargefäße. Die Operation würde lange dauern und anstrengend sein.» Sie lehnte sich mit gestrecktem Oberkörper zurück wie im Lotossitz, die Hände mit den Innenflächen nach oben im Schoß gefaltet. Er sah ihr Gesicht nicht nur als leuchtendes Oval, er sah es auch als ein Stück nahtloser Schneiderarbeit: Schichten von Dermata, maßgenau den Wangenknochen und Kiefergelenken und den gallertigen weißen Augäpfeln angepasst.

«Es könnten mehrere Operationen sein», schlug Anderson vor.

Zwischen ihren Brauen zeigte sich ein winziges Kräuseln der Missbilligung und glättete sich sogleich wieder. «Es ist besser für Sie, wenn man alles auf einmal macht. *Eine* Strapaze, *eine* Erholung.»

«Wenn *Sie* es verkraften, ich kann es, sagte er in dem leisen, quasi feindseligen Ton, in dem er, unter anderen Umständen und einer anderen Frau gegenübersitzend, einen Antrag machen würde.

Dr. Kim straffte sich in ihrem Sessel, sah ihm mit ihrem feuchten opaken Blick in die Augen und setzte ihre Worte mit noch mehr Bedacht als sonst. «Ich bin bereit, es zu tun. Wenn Sie bereit sind, es mit sich tun zu lassen. Seien Sie sich im Klaren darüber, dass es manchmal zu einem Verlust an Empfindungsvermögen führen kann, auch zu einer gewissen Starrheit des Ausdrucks.»

«Ich riskiere es», entgegnete Anderson. «Mein Gesicht ist mir zuwider, so wie es jetzt ist.» Er wollte der reinen Beziehung zwischen ihnen nicht die Schramme eines solchen Geständnisses zufügen, aber ihm war inzwischen alles zuwider, was zum täglichen Leben gehörte: sich rasieren, sich kämmen, den Besuch beim Friseur erdulden, sich abends einen Pyjama anziehen und ins Bett gehen und am Morgen, zerkrumpelt und verschwitzt, aufstehen und den Pyjama wieder ausziehen. Er hatte die muffigen Ausdünstungen satt, die von den unteren Gegenden seines Körpers aufstiegen und ihm in die Nase zogen, und er war des jählings schmeckbaren Verfalls überdrüssig, der zwischen seinen überkronten, oft reparierten Zähnen wohnte, als seien all die Tode, von denen die Zeitungen berichteten, und all die Jahre, die er hinter sich gebracht hatte, miniaturisiert und in den Ritzen seines schleimigen Mundes untergebracht worden.

Die Operation war anstrengend, wie Dr. Kim vorausgesagt hatte; sechs Stunden lang war sie auf den Beinen, schneidend und straffend, dieser und jener Sektion seines Gesichts etwas einspritzend, bevor sie sich daranmachte, sie zu bearbeiten, wie eine Farmerin, die ihre Felder bestellt. Sie trug eine Vergrößerungsbrille über dem grünen Mundschutz; sein Gesicht kam ihm mondstill vor unter ihren Händen und ihrem intensiven Blick. Selbst die Arbeit an seinen Lidern schien in großer anästhetischer Entfernung stattzufinden, obgleich er sich ziemlich davor gefürchtet hatte. Eine Transplantation war nicht erforderlich; es gab so viel überschüssige Haut um seine Nase herum wie im Nacken eines jungen Hundes. Als es vorüber war, drängten die beiden Schwestern sich um sie, als wollten sie sie davor bewahren, ohnmächtig umzufallen. Er blieb die Nacht über in der Klinik; das Bett war straff und sauber.

Am Morgen lächelte er mit starrem Mund unter seinen Verbänden, als er sah, wie die Patienten im Wartezimmer erschraken bei dem mumienhaften, bedrohlichen

Anblick, den er bot. Durch Schlitze, ähnlich denen in Eskimo-Sonnenbrillen, sah er tief unten den East River, seine schwarze Haut aufgerissen von einem vorbeiziehenden, bis zum Rand mit Müll beladenen Frachtkahn und einem in schnellerem Tempo fahrenden Ausflüglerboot, das die Insel umrundete. Das blaugrüne Citibank-Gebäude, der einzige Wolkenkratzer in Queens, stieß in die Höhe wie ein Krokus. Es war Frühling; die Bäume waren voller Knospen, aber noch transparent; das Auffalten ihrer Blätter würde ein Vorgang sein, der sich ebenso unabwendbar und sanft fortschreitend vollzog wie seine Genesung und sein Erblühen in Schönheit.

Es folgten mehrere Besuche in wöchentlichen Abständen, bei denen sie ihre feine Stickerei nach und nach auftrennte – merkwürdigerweise war der Schmerz beim Entfernen der Fäden größer, als er beim Einstechen der Nadel gewesen war –, und dann sollte er alle zwei Monate zur Nachuntersuchung kommen. Als hätten sie eine Verzückung geteilt, die zu heftig gewesen war, um so bald schon wiederholt zu werden, ging es bei diesen Terminen vorsichtshalber gehetzt und unpersönlich zu: sie war immer spät dran, und der Patientenverkehr in der Klinik war so dicht, dass es kaum ein Durchkommen gab. Sein verschwollenes, grün und blau verfärbtes Gesicht entsetzte Anderson, wenn er in den Spiegel sah. Die Beteuerungen seiner Freundin – einer neuen –, dass er mit jedem Tag besser aussehe, bedeuteten ihm nichts; sie gehörten zum abgeschmackten Repertoire weiblicher Schmeichelei, waren nichts weiter als eine übliche enervierende Kriegslist. Verlass war nur auf Dr. Kim, nur von ihr war die nüchterne, unvoreingenommene Wahrheit zu erfahren. In ihrer Berührung lag Wahrhaftigkeit.

Als acht Monate verstrichen waren und er zum verein-
barten Termin erschien, inspizierte sie ihn aus einem
knappen Meter Entfernung und sagte langsam: «Es ist
gut geworden. Ihre inneren Augenwinkel sind noch zu
sehen, aber die Lider sind sehr straff. Die gelbe Verfär-
bung am Kinn, die noch vom Bluterguss herrührt, wird
mit der Zeit verblassen» – *ver-blas-sen*, drei gleichmäßig
betonte Silben, wie wenn eine Sprechpuppe sie sagte –
«und ebenso die vertikalen roten Narben vor Ihren Ohren.» Sie beugte sich vor und streichelte sie sacht, mit
nackten Fingerspitzen. Ihr Laborkittel öffnete sich, und
Anderson sah, dass sie wieder schwanger war. Sie reichte
ihm einen schweren Handspiegel aus Plastik und sagte:
Schauen Sie genau hin. Sagen Sie mir dann, was noch ver-
bessert werden könnte. Ich gehe so lange aus dem Zimmer.»

Mit ihrem geschwinden wiegenden Schritt, schwarze
Schuhe mit flachen Absätzen an den Füßen und nicht die
allenthalben in Krankenhäusern üblichen hässlichen weißen Joggingschuhe, ging sie zur Tür hinaus, der Kittel
wehend, das hinten gebündelte und hochgesteckte Haar
schimmernd wie ein Tau aus schwarzer Seide. Es war kurz
vor Weihnachten, und auf ihrem Schreibtisch stand zu
seiner Überraschung eine kleine Krippe. Im Spiegel sah
er ein Gesicht, das asiatisch war in seinem unbewegten
Ausdruck, einige Striemen beeinträchtigten einstweilen
noch die glatte, empfindungslose Oberfläche, die verwa-
schenen blauen Augen hatten die falsche Farbe, und das
graue Haar wurde schütter und wich an den Schläfen zurück, aber sonst sah er eigentlich nichts, das einer Verbes-
serung bedurft hätte.

Er war noch nie allein in ihrem Sprechzimmer gewesen. Er erhob sich von dem Untersuchungsstuhl mit der lästigen ausklappbaren Fußstütze und ging zum Schreibtisch. Die Krippe war aus Plastik, aber mit viel Liebe gefertigt, das Kind, Maria und Josef, die Schafe, die Ochsen und die Hirten, alle hatten den gleichen bestürzten Ausdruck im Gesicht. Neben der Krippe standen Farbfotos von zwei Kindern – das eine im Kindergartenalter, das andere vielleicht etwas älter als ein Jahr, ein Junge und ein Mädchen, beide gemischten Bluts – und von einem alten Mann. Nicht eigentlich alt, wahrscheinlich nicht älter als Anderson, aber warzig, weiß, grienend, großnasig, monströs zerkrumpelt und zerknittert.

«Oh!» Dr. Kims Stimme hinter ihm klang mädchenhaft hell vor Überraschung, dass er an ihrem Schreibtisch stand. Sie fand zu ihrem ruhigen, professionellen, ziemlich leisen Ton zurück. «Das ist mein Mann.» *Mein Mannnn*, köstlich lang gezogen – schon die Idee entstammte einer fernen, vollkommenen Welt. Anderson blieb abgewandt stehen, als wolle er sein törichtes Gesicht vor ihr verbergen, und tastete nach seinem rechten Tränenkanal. Er war noch da.

Foto: Nancy Crampton

## Philip Roth Der menschliche Makel

**«Wenn Sie sich für das Leben interessieren, dann müssen Sie dieses Buch lesen. Es ist aus dem Stoff, aus dem auch wir gemacht sind.»** Frankfurter Rundschau

*Das Leben*
Philip Roth wurde 1933 als Sohn jüdischer Eltern in New Jersey geboren. Nach dem Studium folgten Lehrtätigkeiten an mehreren Universitäten in den USA. Seit 1965 lebt er vorwiegend in New York. Sein Werk, in dem sich Roth immer wieder mit der jüdischen Problematik auseinander setzt, wurde mit zahlreichen Literaturpreisen ausgezeichnet. Zuletzt erhielt er für «Sabbaths Theater» den National Book Award.

*Der Roman*
Zuckerman begegnet dem alternden Professor Coleman Silk, der durch Missverständnisse und Intrigen alles verloren hat – sein Renommee, seine Familie. Das große Geheimnis, das ihn umgibt, kann er nur mit seiner jungen Geliebten teilen... Ein Sittenbild der amerikanischen Gesellschaft.

*Die Kritik*
«Das Leben, ist es wirklich so theatralisch, so wahnsinnig wie hier beschrieben? Ja! Und wenn nicht, ist es auch egal. Wahnsinnig und ergreifend wie Dostojewski oder Dickens. Besser geht's nicht!»
*Willi Winkler, Süddeutsche Zeitung*

3-499-23165-4